最強を統べる最弱者
～転生したら召喚魔法で女勇者と奴隷契約できました～
犬野アーサー
Arthur Inuno
illust: アジシオ
KiNG novels

異世界迷宮に挑む青年
常盤一弘
復活魔法の巨乳聖女
マリアーヌ

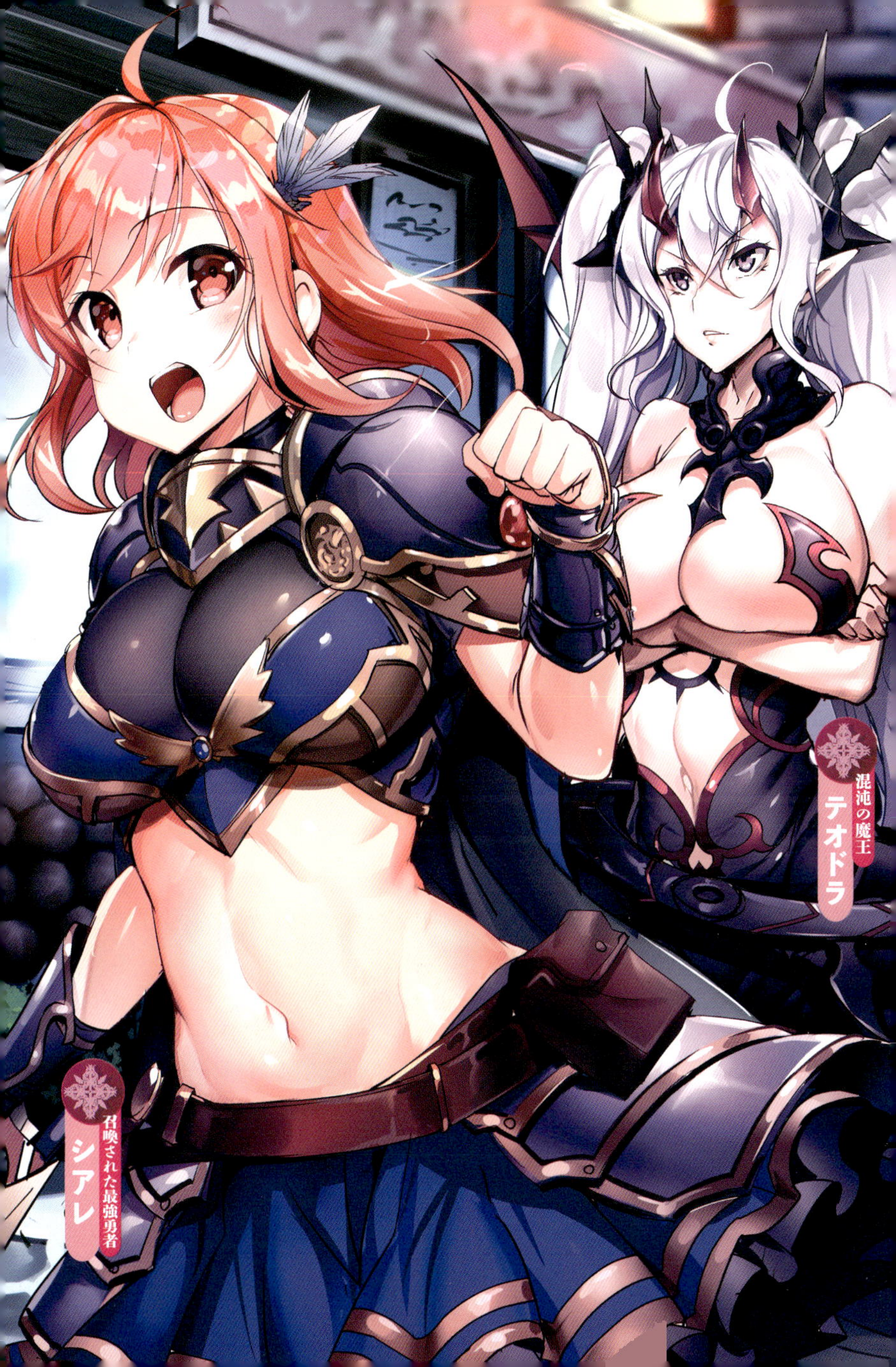
混沌の魔王
テオドラ
召喚された最強勇者
シアレ

「あ……ふぅ……一弘……私……」
シアレは一弘の手を掴んで、何か伝えようとしている。
「……お願い、我慢出来ない」
その言葉を受けて、一弘はとても窮屈な膣に、
少し強引に肉棒を埋め込んでいく。
シアレの膣内は強引に侵入してくる一弘を、
ぎゅうぎゅうに締めつけた。

最強を統べる最弱者

～転生したら召喚魔法で女勇者と奴隷契約できました～

犬野アーサー
illust：アジシオ

KiNG novels

最強を統べる最弱者

contents

プロローグ ―― 3

第一章 契約と信頼 ―― 9

一話 召喚
二話 漂う魔力
三話 気まずい関係
四話 お互いの目的
五話 クエストを求めて
六話 抗えない欲求
七話 エレンスシティ
八話 噂のふたり組
九話 討伐から

第二章 新たな仲間と不穏な影 ―― 86

一話 ふたりの絆
二話 清楚なる神官
三話 奇跡の確立
四話 オーガ討伐
五話 悪魔襲来
六話 復讐の誓い
七話 世代の差
八話 溢れる秘所

第三章 伝説の剣と臆病な魔物 ―― 143

一話 対抗策
二話 貴族の家宝
三話 不治の病
四話 迷宮
五話 魔物の臓器
六話 争奪戦
七話 地上の街
八話 本来の力

第四章 復讐と平和 ―― 202

一話 ふたりの過去
二話 千年越しの邂逅
三話 決闘
四話 三人の力
五話 崩壊
六話 確率
七話 辱め
八話 堕ちた魔王
九話 快楽に溺れて

エピローグ ―― 269

アフターストーリー 最強魔王のスローライフ ―― 275

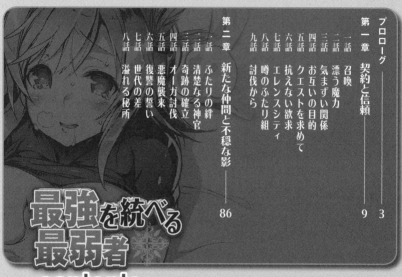

プロローグ

「常磐《ときわ》君。そろそろ仕事切り上げない？」

常磐一弘《かずひろ》は上司の言葉で、パソコンの画面から目を離した。時計を見ると、通常勤務の時間を大きく過ぎている。仕事で固まった身体を解すために、一弘は大きく伸びをした。

「ふぅ……。そうですね、後は明日に回しますか」

まだ途中の仕事を切り上げて、一弘は手早くデスク周りを片付けて帰り支度を済ませる。

すでに荷物を持って、出口近くに移動していた上司と共にオフィスを後にした。

「それじゃ常盤君、また明日ね」

一弘は雑踏に消える上司に軽く頭を下げて、反対方向へと歩き出す。

会社から出てすぐの通りにはほとんど人の気配はない。いつも通りの帰路を、足早に歩いていく。

駅前通りまで出ると、かなりの人で溢れている。歩くのが困難になるほど、とまではいかない程度の人口密度。だが、それでも人混みが苦手な一弘には十分な心的疲労を与えた。

ため息を押し殺しながら、他の大多数の人間と同じように駅の中へと入っていく。他人と肩が当たってしまいそうな混雑を掻き分けて、改札を通り抜け、発車時刻を待つ電車へと乗り込む。

動き出した電車で数十分。一弘は家の最寄り駅へとたどり着く。足早に駅の外へと出ると、新鮮な空気が肺に送られて、朦朧としていた意識を晴らしていった。

「ふぅ……」

――もう少しで自宅だ。それを自覚すると、溜まっていた一日の疲労がどっと押し寄せてくる。

だが帰宅してもすぐに寝られるわけではない。小腹を満たし、風呂に入って髪を乾かす。それが終わった後に明日の準備をして、ようやく布団へと潜り込む。それが一弘のルーチンとなっていた。

大学を卒業する頃はもっと輝かしい未来を進むものだと思っていたが、蓋を開けてみれば、つまらない毎日が続き、そんな生活にもいつの間にか慣れてしまっている。

水底から上がる気泡のように、この生活への不満がときどき浮かび上がってくるが、それを解消するためのアクションを起こすような気力は出てこない。

結局、今の立場を捨てたとしても、同じような不満が出てくることを分かっているからだろう。

「……いかん。こんな変なこと考えてないで、急いで帰ろう」

もやもやとした考えを振り切るように歩く速度を上げようとした――瞬間、爆音が響いた。

何が起きたのか分からないまま、一弘の意識は闇に解け――。

◆　◆

「え……？」

気が付くと、見知らぬ場所にいた。世界を覆う黒いカーテンに、白い輝きが散りばめられている。

まるで宇宙のような場所だ。一弘は突然の出来事に、何のリアクションも取ることが出来なかった。

「……常磐一弘さんですね」

「……!?」

訳の分からない場所に飛ばされ、理解が追いつかない一弘に、急に〝誰か〟が話しかける。

慌てて声のするほうへと顔を向けた。一瞬前に見渡したときには誰もいなかったはずの場所に、目も眩むような美女現れている。透き通るような白い肌、彫りの深い顔立ちには万人を虜にするような魅力があった。その美女は目を細め、微笑みを深めると一弘に再び声をかけてくる。

「驚いていますね。それもそうでしょう……。突然の出来事ですから、仕方がありません。まずは一つずつ、現状の確認からしていきましょう。と、その前に自己紹介がまだでしたね。私の名前はフレイル。あらゆる世界を見守る女神のひとりです」

女神フレイルと名乗った女性のそんな肩書きに、一弘は疑問を持った。普通の家庭に生まれ、普通に学校を出て、普通に仕事をしてきた一弘にとって、女神という単語は非日常そのものだ。

ただ、彼女の雰囲気が柔らかいおかげで、混乱していた意識が少しだけ落ち着きを取り戻す。

「は、はぁ……。あの、それで……ここはどこですか？　俺は確か……」

直前までの記憶を整理する。たしかに仕事を終えて、満員電車を使って家の近くに戻り……。

(自宅への道を歩いていたはずなのに——あっ！)

何が起きたのか必死に思考を巡らせて……そして、決定的な瞬間を思い出す。

「どうやら思い出されたようですね。そうです、あなたは足下にあったマンホールが爆発するという不幸な事故によって、命を落としたのです」

にわかには信じられないような話だが、確かに一弘の記憶には、そのときのことが残っていた。

だからこそ、フレイルの言っていることが嘘ではないと直感できる。

そんな一弘を見て、フレイルは話を続けた。

「その事故は、本来は起こるはずのないものでした。ですが、ある世界で起きたとても大きなエネルギーの衝突が、はからずもあなたの世界に干渉してしまった……その結果が、あの爆発です」

フレイルはそれまで湛《たた》えていた笑顔を消して、哀れむような視線を送ってくる。

「起こるはずのなかった……って、つまり死に損ってことか？　そんなのって……」

女神から直球に無駄死にだったと宣言され、視界がショックで歪む。崩れそうになる身体のバランスをなんとか保とうとしてやっと、そもそも今の自分が宙に浮いていることに気が付いた。

忙《せわ》しない反応を見せるそんな一弘を見て、フレイルはくすくすと楽しそうに笑う。

「――ですので、私はあなたを生き返らせるために、ここへ呼んだのです！」

そしてそこでなぜか、フレイルは自慢げに胸を張った。

それでもその言葉を聞いて一弘は僅《わず》かな希望を抱き、弱々しい声でフレイルに問いかける。

「ほ……本当か？　生き返れるって」

「ええ、もちろんです。ただ――」

女神の表情が、再び陰《かげ》る。よほど伝えにくい内容なのか、何度か窺うような視線を向けてきては逸らしていく。それでも話を進めるために、女神はおずおずと話し始めた。

「ただ……残念なことに、あなたの身体はすでに焼却され、跡形も残っていません……。そんな状態でも、私の力なら生き返ることはできます。ですが、ご遺族の方も驚かれるでしょうし、なにより、世界にいらない歪みを発生させてしまいかねません。そこで代案ではありますが……別の世界で復活できるということになりました。そこは元の世界と違い、魔法があったり、危険な魔物も生息しています。……それでももっと生きたい、というのであればいかがでしょうか？」

その提案を聞いた一弘は、一度深く考え込む。どうも、かなりのファンタジー世界のようだ。

「……仮に俺がその異世界での生活を受け入れた場合、生活の保障とかってあるのか？」

勝手が違う以上、安心は欲しかった。無謀に生き返っても、すぐに死んでは意味がない。

「ええ。無制限という訳ではありませんが、ある程度生活するためのお金はお渡しします」

「ふぅん……」

十分なお金を貰うことが出来るなら、一弘にその生活を拒否する理由もない気がする。

危険な魔物がいるということには少し恐怖を覚えるが、その世界で生きる以外の選択をとれば、きっと確実な死が待っているのだろう。生きるか死ぬかとなれば、選ぶほうは決まっていた。

「……分かった。俺はその世界に行くよ」

一弘の意志を確認したフレイルは、安心したように微笑み、それではさっそく――と手を叩く。

「では、すぐに転移を行いましょう。あ、そうそう。忘れないうちにこれだけはやっておかないと……。向こうの世界は、先ほども言ったようにとても危険です。少しでも上手くあなたの第二の人生が送れるように、一つだけ特別な能力を授けたいと思います」

「特別な能力……？」

「ええ、とっておきの能力です。さあ、手を……」

促されるまま女神に手を差し出した。女神の柔らかな指先が一弘の手に触れる。指先からじんわりとした熱が伝わり、全身へと心地よく広がっていくのを感じた。

「身体に違和感はありませんか？　うん……大丈夫そうね」

「あの、俺はどんな能力を使えるように？」

「うふふ、気になるわよね。あなたに授けた能力は、召喚能力です」

「召喚……能力……？」

「ええ、そうです。今から転移を行う世界での、歴史に残るような偉業を達成した英雄を召喚し、強力な信頼関係を築く能力なのです」

「それって……つまり」

一弘は、そんな簡単な説明を聞いて生唾を飲み込んだ。世界に影響を与えるような英雄を召喚して仲間にすることが出来る……となれば、魔物がいたところで問題にならないということらしい。

「はい、とても強力な力ですよ。……ですが、使用するのに制限があります」

「制限……」

「召喚魔法を一度使用する度に、一弘さんが持つ魔力を全て使い切ってしまうのです。簡単に言えば、召喚を行ったらその後数ヶ月間は、新たな召喚魔法を使うことは出来ないということです。召喚の効果は絶大ですが、そのせいで乱用は出来ません」

それは逆に言えば、かなりのピンチに追い込まれても、召喚能力さえ使えれば逆転の目は残すことができるということだ。なんせ、伝説級の戦士を呼べるってことだ。危険な魔物がいる世界では、かなり重要な意味を持っているように思う。

「分かった。気をつけて使うことにするよ」

「それでは、あなたを異世界オリオンフットへ送りましょう。良い人生を、常磐一弘さん」

フレイルは両腕を開き、その胸へと迎え入れるようなポーズをとった。

女神の微笑みに誘われて、一弘の視界が歪んでいく……。そして——。

第一章　契約と信頼

第一話　召喚

――視界は急速に暗転していった。

それでもすぐに、足の裏にしっかりとした地面の感触が戻る。

ひんやりとした空気が頬を撫で、空気には草の臭いが混じっている。どうやらもう、宇宙とかではないらしい。

明らかに環境が変化したのを感じ、いつの間にか閉じていた目を開けた。何度か瞬《まばた》きをして目を慣らし、自分がどこにいるのかを確認する。

視界には、ビルを一つ建てられるくらいの高さに天井が見えた。そこから視線を下ろしていくと、天井があることとは不釣り合いにも、自然な草原が広がっている。とにかく薄暗い場所だった。自生しているらしい光を放つ植物が明かりを提供していなければ、真っ暗闇になってしまうことだろう。

「なんなんだ、あの天井は？　ん……？　それにこれは……ああ、お金か」

ずしりとした感触に手をやると、いつの間にか腰に下がっていた巾着には、金貨や銀貨、宝石などが詰まっていた。これがフレイルが用意すると言っていたお金なのだろう。

再び周囲に目を向ける。すると、一見のどかな風景のなかに、明らかに浮いている影があった。

「あれは……動物……か？」

一弘から少し離れた場所に、巨大な獣がいた。その獣は興奮しているようで、毛を逆立たせながら荒く鼻息を漏らしている。

危険そうだと身構えた……が、その瞬間、獣は脇目も振らず一弘に向かってきた。

空気が奮えるほど大きなうなり声を上げながら、その獣がものすごい速度で接近する。

「うおおおお!?」

走り出しから数秒で、獣は最高速度に達した。一瞬で一弘との距離が半分以上詰められる。

考える前に、一弘は横に飛び退いた。

直前まで一弘がいた場所を猛スピードで獣が駆け抜け、咄嗟に振り向いて獣の位置を確認する。

急ブレーキをかけている獣の姿が目に入り、一弘は慌てて走り出した。逃げ出した一弘を追って野太い叫び声が迫り、振り返っている余裕がないことに気が付いて全力で走る。

全速力の逃走によって、一弘の脇腹が痛みだす。それでもあの好戦的な獣から逃げきるには、痛みを無視して走り続けるしかない。

ズキズキと痛みを発する腹を手で押さえながら逃走を続けていると、視界に数え切れない程の人影が道を塞いでいるのが見えた。

丁度良く現れた人々に、一弘はほっと胸をなで下ろした。助けを求めれば、あの獣をなんとかしてくれるかもしれない。異世界人であっても、人間同士なのだから。

縋るような気持ちでその人だかりへと手を振ろうとして——そして顔を引き攣らせた。

(なんだ、あいつら……!)

その人だかりを形成する人達全員の頭は、しかし人間のものではなかった。顔を覆い尽くすほどの体毛に、頭の横ではなく上についた耳。突き出た口から覗く鋭い牙……。

狼の頭を持ち、首から下は毛深い人の身体がついている化け物だ。

「うっ……」

その内の一体と目が合ってしまう。狼男の血走った両目が、一弘をしっかりと捉えた。

次の瞬間、狼男は空を見上げて吠えた。

その遠吠えに反応して、一陣の狼男達が一斉に一弘へと顔を向ける。そして、甲高い鳴き声を発しながら襲いかかってくる。

殺気に満ちた数十体からの突撃に、一弘は逃走に急ブレーキをかけざるを得ない。

振り返って背後を確認すれば、怒濤の勢いで大地を蹴る獣が迫っていた。獣は身を屈めると、その勢いのまま一弘めがけて跳躍した。大きく口を開け、大砲の弾のように飛んでくる。

慌てて回避しようと足を動かすが――。

「うわっ……！」

無茶な体勢から動こうとしたせいで、バランスを崩して地面に転がってしまった。

どくんっ……と、心臓が一度、大きく跳ねる。

(やばいっ……これはもう……)

目には、周りの動き全てがゆっくりと映った。迫る牙と爪。そして目を血走らせた狼男達。

一弘は最後の抵抗として、出来るだけ身体を小さく丸めた。瞬間、肉と肉が衝突する音が響き渡る。

「……？」

ぎゅっと目を閉じた一弘だったが、いくら待っても何も起きない。恐る恐る目を開けると、そこには狼男の群れに飛び込んで暴れ回る獣の姿があった。

前面にいた狼男達は、突然飛び込んできた大きな獣に押しつぶされている。

仲間が倒されたことで、狼男達のターゲットは一弘から獣に移っていた。

獣のほうも攻撃を繰り出してくる狼男達が鬱陶《うっとう》しいのか、標的を変えて暴れ回っている。

(チャンスだ！)

一弘は双方に気が付かれないよう、そーっと距離を取っていく。

獣と狼男達がほとんど点になるくらい離れると、再び一目散に走りだした。

◆　◆

なんとか窮地を脱した一弘は、長く伸びた茂みの中へと身を隠した。

「危なかった……本気で死ぬかと思った。いや、危ない世界だって聞いてはいたけど……」

ここまで危険な場所だとは思ってもいなかった一弘は、深くため息をつく。

「ふぅ……」

まさか女神から授かった能力すら使う暇がないとは思っていなかったので、ようやく訪れた平穏に安堵する。

(今のうちに、ものすごく強い英雄を召喚しておこう……)

もう一度辺りを見渡して安全であることを確認すると、一弘は女神から授かった能力を使用した。

周囲が淡く光りだすと同時に、地面に召喚陣が浮かび上がる。

円形に縁取られた召喚陣の内側に、さらに複雑な模様が描かれていく。

数秒で完成した召喚陣は、一際強い光を放った。

強力な光に思わず目を瞑《つむ》る。瞼越《まぶた》しでも感じるほどの明るさ。それが落ち着くのを待って、一弘はそっと目を開けた。

地面に描かれていた召喚陣は消え去り、周囲の草木が穏やかに揺らいでいる。

下を向いていた一弘の視界に、脛《すね》まで覆うレザーブーツが映った。

一瞬前までは存在していなかった脚を見て召喚が成功したのだと確信すると、勢いよく顔を上げ、目の前に現れた人物を捉える。

そこに居たのは――、目を奪われるほどの美少女だった。

肩に掛かる程度の長さの赤髪は、風に揺れ、召喚陣から漏れる光に照らされて煌《きらめ》いている。

彼女は目の前にいる一弘を凝視した。

その鋭い視線には、確固たる意思が見て取れる。

腰には無骨で飾り気のない両刃の剣が下げられ、彼女が戦いの中で生きてきたことを主張していた。

美少女は一弘から一度目を離すと、辺りを見渡した。見覚えのない場所だと分かったのか、腕を組んで難しそうな表情になる。ただでさえ自己主張が激しい胸が、さらに持ち上げられた。

一弘は、気を抜けば目で追ってしまうその胸から強引に視線を外して、美少女の顔を見る。

周囲に視線を巡らせていた彼女も、目の前にいる見知らぬ男が気になるのか、最終的にはもう一度一弘へと視線を戻した。

「あなたは……？」

高圧的にも取れる声色に、一弘は身構える。

「あ、ああ。俺は――」

だが、自身が召喚した英雄なのは間違いないはずだ。気を取り直して名を名乗り、事情を説明すると、彼女はその話を黙って聞いてくれた。

ここは別の世界で暮らしていたこと。そこで事故にあって死んでしまったこと。

そしてよく分からない空間で女神と対面し、その死が本来起こりえないものであったと説明を聞かされて、この世界に送り出されたことも話した。

女神から貰った召喚魔法で呼び出したのが、目の前にいる彼女だったのだと。

一弘が分かる範囲での事情を、なるべく丁寧に説明する。

「ふぅん、なるほどね。事情は分かったわ。あなたが本当のことを言ってるんだって、なんとなく分かってしまうのも、きっとその召喚能力の効果ってわけね」

納得した様子の彼女は、組んでいた腕をほどく。

「それにしても、あなた運が良いわね。その女神から貰った魔法で最初に召喚したのがこの私なんて、ラッキーなんてものじゃないわ」

「きみは、そんなに強いのか？」

自信満々に胸を張る美少女を見て、一弘は首を傾げた。女神からは、召喚されるのは伝説となっている人物だけだと説明されている。こんな可憐な女の子を呼び出せるとは思っていなかった。

目の前の彼女が、相当に腕の立つことは間違いないのだろう。だがそれでも、一弘の目には彼女がそこまで強いようには見えなかった。

確かに鍛えてはいるようだが、普通の女の子よりもちょっと筋肉がついているくらいだ。

一弘の疑問の言葉に、彼女は少し不機嫌そうな表情をする。

「もう！　なんて言ったって、私は――っ！」

と彼女が声を荒げようとしたとき、近くで草がざわめいた。

少女は音のするほうへと顔を向ける。その先には、先ほど一弘を襲った狼男が一匹いた。

「……ウェアウルフ？」

その狼男は群れから離れて、ここまでやってきたようだった。

狼男のほうもふたりに気が付き、きょろきょろと動かしていた首をまっすぐに向けてくる。

そして次の瞬間、野性の獣を思わせる跳躍力で彼女に飛びかかってきた。

「まったく、人の話の邪魔をするなんて、礼儀がなってないわね！」

金属と硬質な爪がぶつかる音が響く。

一弘は突然始まった化け物との剣戟に驚いて尻餅をついた。狼男の攻撃を受け止めた彼女は、バックステップで距離を取る。そして、軽い調子で会話を再開した。

「そうだ、そういえば私の名前を名乗っていなかったわね……」

今まさに襲われているとは思えない気軽さで言葉を続け、その片手間に狼男の強靭な肉体へと剣を振り下ろす。一弘には軽く振られたように見えた剣だが、狼男を一撃で斬り伏せていた。

その一瞬で何ヶ所にも深い傷を付けられた狼男は、苦痛の叫び声を上げながら転がり悶える。

彼女は話のついでとばかりに斬りつけた狼男には目もくれず、一弘に視線を戻す。

「私はシアレ。一度はこの世界を魔の手から救った勇者、シアレよ。よろしくね」

第二話　漂う魔力

「どう？　これで私が強いってこと、信じてくれた？」

一弘は斬り捨てられた狼男に視線を落とした。舌を突き出して絶命する狼男に刻まれた傷は、確実に急所を捉えている。たった一瞬で致命傷を与え、魔物を倒すことに慣れた歴戦の戦士の証拠だ。戦いの最中で会話をする余裕まであったのだ。シアレの実力は本物だろう。

「ああ……わかったよ」

シアレは一弘が頷くのを見て、納得した様子だった。

「それで、これからどうするの？　いつまでも、こんな場所にはいられないわよ」

「あ、ああ。そうだな……」

もしまた獣や狼男に襲われても、シアレがいるならさっきよりも安全ではある。だが、そうやっていつまでも、シアレに戦わせ続けるというわけにはいかないだろう。

早急に、安心して休める場所へと移動する必要があった。

「とりあえず落ち着ける場所を目指そうと思う。街とかに行けたら一番なんだけど……」

こちらの世界に来たばかりの一弘には、どっちに歩けば街にたどり着けるのか見当もつかない。

「私もそう思うわ。だけど、どこに行けばいいのかな……」

シアレもここら辺の土地勘がないようだ。道案内を期待していた一弘はがっくりと肩を落とした。

「じゃあ、適当に歩くしかないのか……」

「そうなるわね。それも、出来るだけ早く」

「どういうことだ？」

不穏な言葉を聞いて、一弘の腰が引ける。

「なんだかここに満ちている魔力、とても嫌な感じがするのよ。なるべく触れないようにしないと、あとでどんな影響が出てくるか分からない。少しでも早く、安全な場所に行きましょう」

「そうなのか……」

「うん。人の気配がある方向に向かって歩いて行きましょう。うーん……あ、こっちよ」

シアレは、草むらの中に人が行き来した痕跡を見つけたようで、迷いなく歩き始める。

（……どこにそんな痕跡があるんだ？）

一弘も目を懲らしてよく見てみるが、シアレが言う地面の変化を見つけることが出来なかったため、大人しく後をついていく。

魔物達から身を隠しながら森の中をしばらく歩いていると、石が積み上げられた壁が見えはじめた。

地面も土から石畳へと変わり、しかもその先には、鉄の柵で仕切られた通路が見える。

不思議なことに、その石畳は地面の下にずっとあったようで、草原が終わったことで露出したようだ。明らかに人の手が入っているように見受けられる場所だが、その技術はあまり高くはないようだった。現代技術と比べて、数世紀は古い技術だろう。そしてそのさらに先には、天井まで続いているような、奇妙な絶壁とも言える建造物があった。

「なんだ、あれは？」

「分からないわ。見に行ってみましょう」

一弘とシアレは柵をよじ登ると、誰かに咎められることもなく仕切りを越えていった。

建造物の真下にやって来ると階段が現れ、それは螺旋を描くようにして、例の天井まで続いている。幅は狭く、壁にも挟まれており、なんとか人とすれ違うことが出来る程度の幅のようだ。

一弘がシアレの様子を窺うと、彼女も同じことを考えていたのか視線がかち合った。

ふたりは一度大きく頷いてから、その階段を上り始めた。

予想よりも長かった階段を上りきると、そこには六畳ほどの空間があった。天井までは、あと三メートルほどだろうか。そこそこの高さのある部屋だ。

「あの奥にあるのは扉……？　いや、門なのかな？」

一弘はその部屋に入るとすぐ、大きな門があることに気が付いた。その門の前まで移動すると、シアレに目配せをする。シアレはそれで、一弘がどうすれば良いのか分からないのだと察してくれた。

「私が階段を警戒しておくから、中を確認してみて。中に魔物とかがいたら、気が付かれないようにその場から離れてね。私が相手をするから」

「わ、分かった」

一弘は言われたとおりに、少しだけ開けた門から中を覗く。出来た隙間の細長い視界からは、建物や、きちんと整備された道路が見えた。その道には、人々が行き交っている。

魔物ではなく人間がいるのを確認した一弘は、扉の先が安全であることをシアレに伝える。

「なら、すぐに入って」

シアレは一弘の背中を、ぐいっと中へと押し込んだ。

「おお……」

押されるままに門の中へと入った一弘の視界に、中世ヨーロッパを思わせる街並みが広がった。

「……通り過ぎる人達も正気を保ってるわね。うん、空気中に漂ってる魔力も、さっきよりマシだわ」

やっと、魔物が悠々と歩き回る危険地帯を抜けたことで一息吐いて、ふたりは訪れた街を探索するように歩いていく。

そのまま人通りが少ない道を適当に歩いていると、もっと沢山の人々が往来する市場へとたどり着いた。その市場は、行き交う人々の活気によってかなりの賑わいを見せている。人々の表情も、楽しそうなものばかりだ。一弘とシアレは人の波を掻き分けながら、キョロキョロと辺りを見渡す。

建ち並んでいる店は様々で、色取り取りの果物を扱っている店や、一弘が見たこともない動物の毛皮や肉を売っている店まである。

「ふぅ……」

市場を横断するように歩いていたが、突然深くため息を漏らした。異世界への放流から魔物との追いかけっこ。非日常の緊張感は人混みの中を歩くことで解放され、一気に疲れを自覚させたのだ。

「大丈夫？」

シアレは、そんな風に疲れを隠しきれない一弘を気遣う。

「ちょっと疲れたかな……なあシアレ。ひとまず宿を探さないか？　俺は、こっちに来てから動きっぱなしで……」

この世界のことについて調べるとか、街の探索とかは明日へと先送りして、休める場所へ行くことを提案する。

「そうね。しばらくはこの街に滞在することになるでしょうし。街がどんなところなのか知るのは、明日からでも遅くないわね。さっさと宿を探して休みましょう」

シアレも歩き通しの疲れを自覚しているため、その提案に乗ってくれる。

ふたりは人でごった返す市場を抜け、宿泊施設を探し始めた。

市場から遠ざかった途端、行き交う人々がまた少なくなり、街並みにも寂しさを感じる。

「……あ、あそこ、宿って書いてあるわ」

そんな不安もあって、一番最初に見つけた宿屋にさっそく入ることにした。

気の良さそうな夫婦が、カウンターの奥からふたりを出迎える。

「すみません、部屋を借りたいんですけど」

一弘はその夫婦に、自分と後ろに控えるシアレを交互に指さして言った。

「ああ、ありがとうございます。すぐにお部屋へご案内しますよ」

と鍵束を持ってカウンターから出て、一弘達についてくるように手招いた。

短い廊下を渡って案内されたのは、簡素ではあるが、十分な広さがある部屋だ。

部屋の中は至ってシンプルで、小さなベッドが二つに、テーブルが一つ。そして椅子が二つ。

(部屋は分かれてないのか……。まあ、お金が無限にあるわけでもないし、贅沢は言えないか)

一弘はちらりとシアレの様子を窺うが、シアレは同じ部屋に通されたことに関しては、なんとも思っていないようだった。

「それじゃあ、これが部屋の鍵。ごゆっくりどうぞ」

宿屋の親父は一弘に鍵を渡すと、頭を下げて部屋から退出していった。

親父が出ていくと、一弘は部屋に置かれたベッドへ、どさりと身体を投げ出す。

清潔で柔らかな感触が身体を包み込み、疲れた身体に癒しを与えてくれた。

装備を外し、くつろいだ格好になったシアレも、一弘に続いてベッドへと座る。

「はぁ……ちょっと疲れたよ」

一弘の異世界生活の初日が、これでようやく終わりを告げたようだ。

不思議な場所で女神と出会い、もう死んでいると宣言され、危険な異世界に送り込まれてモンスターに襲われる——。普通に生きていたら、一生体験することが出来ないものばかりだ。

そのなかでも特に、シアレとの出会いは一弘の心に深く刻み込まれていた。

あのときシアレを召喚出来ていなかったら、狼男に殺されてしまっていたかもしれないのだから、当然といえば当然かもしれない。だが、それだけではない感動が、シアレとの出会いにはあったように思う。そこでふと、助けて貰ったお礼を言うのを忘れていたことに気が付いた。

お礼の言葉を言おうと、シアレに向き直る。

「あのさ……さっきは——」

だが、そこには苦しげに胸を押さえるシアレがいた。

「はあ……はっ……くっ……」

シアレの頬は上気して、赤い髪色に迫るほど朱に染まっている。

「だ、大丈夫か……？」

あまりにも苦しそうにしている彼女に、一弘は恐る恐る手を伸ばす。

「んっ……な、なんでもない……わ」

そう言いながら、シアレは座った姿勢のまま脚をもじもじさせた。

一弘の目には、まったく大丈夫そうに見えない。

「なんでもないわけないだろ……。調子が悪いなら、無理しないで横になったほうがいいぞ？　今日はもう、することもないしな」

「そ……そうね。そうしようかな……」

視線を逸らすと、シアレはベッドへと倒れ込んだ。

「んっ……く。ふぅ……ふぅ……」

横になったシアレは、それでもなお苦しげに息を漏らしている。

額に玉の汗を浮かべるシアレを気遣って、一弘は彼女の背中をさする。

「んんっ……！」

一弘が少し触れただけで、シアレはビクビクと身体を跳ねさせる。

「ご、ごめん！」

過剰に反応に驚いて慌てて手を放し、思わず謝ってしまうと、シアレは虚ろな視線を合わせてきた。

「あ……ああ……もう……我慢できない……」

シアレはそう言うと、自らの手を下腹部へと伸ばした。煩わしげに下着を脱ぎ捨てて、指を内側へと曲げてしきりに蠢かせている。その指が動く度に、かすかな水音が聞こえてくる。

(ま、まさか……)

シアレは、一弘の目の前で自慰行為を始めていた。

出会ってから一日も経過していない女性が、目の前で秘め事を始めたことに、一弘は言葉を失った。

「はぁ……はぁ……！　んっ……！　あうぅ……くぅ……」

ただただ呆然としている間にも、シアレの指使いはさらに激しさを増していく。必死に指を上下させる姿は、見てはいけないという気持ちをあって、とても背徳的だ。

水音もさらに大きくなり、いやらしい音がもう、はっきりと聞こえてくる。

「うっ……えっと」

それでもなお自慰に没頭するシアレを見て、思わず生唾を飲み込む。

気が付けば一弘は、シアレのオナニーに魅入っていた。艶のある自慰姿に、すっかり夢中になってしまう。女性のオナニーなんて、もちろん見たことはなかった。

だからシアレのオナニーを、一弘はついつい観察してしまう。

見れば彼女のオナニーは、指で秘裂をなぞる比較的ソフトなものだった。

指の動きに合わせて、秘裂の柔肉が形を変えていく。ときおり見えるピンク色の粘膜は、にじみ出た愛液で滑っていた。その艶姿をしばらくは見ていたが、我慢が出来ず、ついに彼女に手を伸ばす。

シアレの指の間を縫うように、一弘の指が陰部に触れた。

お互いの指と指を絡ませながら、愛液で滑る秘裂をゆっくり弄っていく。

「んあっ……！　ダメ……」

上部で主張する肉芽が、一弘の指に触れた。美少女の淫核に触れたことで、興奮が急激に高まる。

そこをほんの少し擦っただけで、シアレの身体はびくりと跳ね上がる。異性に触れられ慣れていないのか、シアレは一弘の指から逃げるように腰をくねらせた。

距離を取ろうとする腰を押さえ、温かな秘所を指で追う。濡れた秘裂に指先が引っかかり、ぴったりと閉じていた秘裂がめくれた。

いきなり与えられた刺激に、シアレの嬌声が漏れる。男の指による強烈な刺激で腰の動きが止まった。一弘は思いきって手を広げ、シアレの秘所を包み込むように覆う。

ごつごつとした男の手で下半身を掴まれたシアレは、抵抗するのを止め、手で表情を隠してしまう。それでも構わず、一弘は秘所全体を掴んだまま親指を動かした。濡れそぼった秘裂と、きっちりと硬くなっている陰核の両方を弄っていく。

弾力のある土手肉はじんわりと熱を帯び、秘所からにじみ出る淫蜜がますます滑りをよくしてくれる。男にはない柔らかさと、濡れた陰唇の独特の感触が心地良い。

一方のシアレも、とめどなく与えられる快楽にやられたのか、完全に身体を投げ出してしまっていた。だが、その腰だけは、快感をもっとねだるように何度も小さく突き出されている。

「お、俺……もう……」

ここまで官能的な姿を見せられた一弘は、一度彼女から離れると、下半身を露出した。

血管が浮き出るほど隆起した逸物は、シアレの女性らしい身体のラインと比較すると、かなりグロテスクに映る。

「あ……ふぅ……一弘……私……」

シアレは一弘の手を掴んで、何かを伝えようとしている。

「……お願い、我慢出来ない」

その言葉を聞いて、心の何かが弾けてしまった。一弘は膣口に亀頭を宛がうのももどかしく、窮屈な膣へと強引に肉棒を埋め込んでいく。

シアレの膣内は、無理やりに侵入してくるペニスをぎゅうぎゅうに締めつけてくる。

「はぁ……はっ、きっつぅ……ぅ？」

あまりのキツさに接合部分へと視線を向けると、うっすらと血が流れ出している。

（あ……え？　これって……）

それは紛れもなく、シアレが今の今まで純潔を守っていた証《あかし》だった。

ほとんど勢いで処女を奪ったにもかかわらず、一弘の胸中に罪悪感はなかった。それよりも、この美少女の膣内でもっと気持ちよくなりたいという思いが、どこからともなく湧き上がってくる。

しかしその欲望のまま腰を振っても、処女の膣内はぎちぎちでかなり動かしづらい。

そこで腰を、円を描くようにゆっくりと動かして、初々しい膣肉を解していった。

「あっ……！　駄目っ！　そんな動かされたら……」

すると、シアレの身体が突然に痙攣する。細い腰がびくつき、驚くほど力強く悶えた。

「は……あぁっ、ふあ……あああ……」

軽く絶頂したらしいシアレは息を荒げ、呼吸を整えようとする。だが落ち着こうとするのとは対照的に、一弘の突き上げに反応した身体は、まだまだ腰を弱々しく揺すっていた。

その動きが、一弘に予想外の刺激を与え、肉棒は快楽に応じるようにますます膨張して、硬度を増していく。みっちりと詰まった膣内は、さらにキツくなっていった。

シアレの膣内は何度かのピストンで十分に充血し、密着した肉ヒダが、ぷりりとした感触を亀頭に伝えてくるようになっている。

びっちりと亀頭に絡みついた肉ヒダを掻き分けて、潤んだ膣肉を堪能するのはとても気持ちいい。

ぎちぎちだった膣肉も徐々にとろけてきて、温かく肉棒を包み込み、適度な圧迫感を提供してくれた。一弘はその締めつけを味わうように、ゆっくりと出し入れを繰り返す。

そうして肉棒を奥へと深く挿入してやると、シアレはそれまで以上に表情を蕩けさせた。

「はっ、あああぁ……くる……あ……すごい」

シアレが気持ちよさそうに声を震わせる。それがとても可愛くて、一弘はシアレの媚声を塞ぐように唇を重ねる。

弛緩して開きっぱなしだった美少女の口へと、舌を突き入れて口内を弄んだ。

「うう……ん……シアレ……はぁ……あむ……」

「はぁ……んあっ……んんっ！」

一弘とシアレは上と下で同時に、淫らに体液を混じり合わせていく。気持ちが高まっていくにつれて精巣がどんどん精子を作りだし、玉袋はパンパンに膨れあがって放出の時を待っていた。

そうして溜まった精子を吐き出すためにラストスパートをかけると、部屋の外に聞こえてしまうのではないかと心配になるほどの、肉と肉がぶつかる激しい音が響く。

「ま、まって……おぅ……あっ……！　一弘……私……またぁ！」

シアレは一弘がピストンを続けたことでさらに気分を高揚させて、頭をベッドに押しつけ、高まりを必死に制御しようとしている。

「あ……だめっ、またクる……奥から……気持ちいいのが……とまらな……ううっ!?」

だが、必死の抵抗も意味をなさなかった。シアレの身体は激しく痙攣し、与えられる快楽から逃げようとしているのか、仰け反るような体勢になる。

必然的に腰が持ち上げられ、体勢の変化に伴って、肉棒に与えられていた刺激も変化した。

ただでさえキツかった膣圧が、さらに上昇する。全体をまんべんなく締め上げていた刺激に代わり、肉棒の一点への締めつけが増す。

「うっ……！　これは……くぅ」

肉棒の先端部分に、強い刺激が与えられたのだ。

それも、ピストンに合わせて丁度カリが引っかかるような場所だった。まるでタイミングを計算したのではないかというほど的確な射精を求める締めつけに、一弘は我慢することが出来なかった。

肉棒が一回り大きく膨張したかと思うと、溜まりに溜まった欲望がついに放出されていく。

出会ったばかりの美少女。その処女膣への無責任な射精という背徳感。

一度目の脈動で勢いよく飛び出た精液が、シアレの子宮口の中へと注がれるのが分かる。

そこまでやってしまってから、一弘はハッとする。

(膣内射精は……まずい！)

遅いとは分かっていても、思い至った瞬間にすぐ腰を引いた。

「うっ……！　うあっ、ああ……」

そうして引き抜く間際も、シアレの膣壁から雁首の刺激で一弘は力が抜けそうになる。

それでもなんとか肉棒を引き抜くことには成功した。膣から解放されたペニスはさらに大きく脈動し、何度も白濁液が飛び散らせ、シアレの身体を斑《まだら》に染めていく。

「はぁ……あ……すごい匂い……一弘の……。これが……男の人とのセックスなんだね……」

シアレは誰に言うともなしに、小さく呟いていた。

第三話　気まずい関係

いつの間にか眠ってしまっていた一弘は、朝の日差しで目を覚ました。

昨日の行為で濡れたベッドの中には、もうシアレがいないことに気が付いた。

「ま、まさか……」

処女を奪ってしまったことを根に持って出ていってしまったのか——と、一弘は焦る。

慌てて起き出し、着替えもしないまま部屋の扉に手をかけた。外へ出ようしたのと同時に、部屋の扉が開き、逆に外から入ってこようとしていたシアレと鉢合わせする。

「うおっ!?」

「きゃ——！」

お互いに、驚きで身を竦《すく》めさせた。

「ちょ、そんなに急いでどうしたのよ？」

「あ……ああ、いや。部屋にシアレがいなかったから、もしかしたら昨日のことを気にして、出て行ったのかと思って……」

「うっ……あぅ……うん。だ、大丈夫……だよ」

昨日の……という単語でシアレは赤面した。その反応で、シアレが昨日のことをけっこう気にしていることが窺える。

「お、お風呂を借りてたの」

シアレは一弘から視線を外したまま、部屋の中へと入ろうとする。道を譲るために一歩後退すると、シアレは一弘の脇をすり抜けて部屋に入り、備え付けられた椅子に座った。

ふわっと良い香りがしたせいで、一弘はドキリとしてしまう。昨日の痴態や嬌声が思い出されたのだ。そのまま無言の時間が過ぎ、部屋の中には、なんとも言えない空気が満ちていく。

一晩経って冷静になった一弘は、シアレが何故自分の目の前で自慰行為を始めたのか、その疑問に思いあたっていた。召喚能力によって呼び出されたとはいえ、女性があんな風に急に、初対面の男の前で自慰をするのは異様だ。

(はっきり聞いてみるか?)

一弘は、ごくりと生唾を飲み込んだ。

(いや、だけどこんなの、どう質問すればいいんだ……?)

出会ったばかりの女性に対して、それを率直に聞くのは憚《はばか》られた。

一弘は悩みに悩んで、シアレを見る。幸い、怒っているというよりは、照れているようにも見える。修羅場ではなく、どことなく新婚初夜の後のような気まずさだった。

シアレもちらちらと、一弘へと視線を流している。明らかにこちらの反応を気にしているようだ。

「あー……あのさ」

このままこの状態が続くのはまずいと判断した一弘は、思い切って声を掛けてみる。その声にシアレは、びくりと肩を跳ね上げた。その大げさな反応に、一弘はこれからも一緒に過ごすパートナーの警戒心を取らなくてはならないと決意する。

「なあシアレ。今から街を見に行かないか？」

そこで話題を変えてみた。まだ、この見知らぬ街に入ったばかりだけに、昨夜の気まずさよりも興味が勝ったようだ。シアレは様子を窺うようにして、また一弘を見てくる。

「これからどうなるか分からないけど、当分はこの街で暮らすことになるわけだしな。最低限は、ここに何があるのか把握しておかなくちゃだろ」

「分かってるわ……。うん、そうよね」

そう言ってから大きなため息を吐くと、シアレは頭を左右に振って立ち上がる。

「じゃあ、出かける準備するから受付のところで待っててよ」

「ああ、分かった」

一弘は部屋にシアレを残して外へと出た。風呂上がりだと言うし、身支度はしたいだろう。女性の準備が終わるまで、一弘は宿屋の夫婦と会話をして時間を潰すことにした。

「おはようございます」

「あら、おはよう。よく眠れたかしら？」

一弘を出迎えてくれたのは、宿屋の女将さんだった。その爽やかな笑顔は、少しだけ残っていた眠気を吹き飛ばしてくれた。

「ええ、とてもよく眠れました」

俺もできる限りの笑顔を返す。女将さんは「それは良かった」と満足げに頷いた。

女将さんは、かなり人が良いようだ。

「あの、ちょっと聞きたいことがあるんですけど、いいですか？」

一弘はこの人なら自分の疑問にも笑わずに答えてくれるかもしれないと、昨日から気になっていたこの世界のことについて質問することにした。

「ええ、構わないわよ。それで、何が聞きたいの？」

「まずは……ここがどんな街かなんですけど」

女将さんはとても不思議そうに首を傾げた。住民からすれば、その質問が常識的でないだろうというのは理解していた。だが、これを聞かなければ何も始められない。

「実はこの街に入る前、モンスターに襲われまして……。逃げ回っているうちにたどり着いたのがここだったんです」

いきなり、異世界からやって来たから常識が分かりません……などと言えば、いくら優しい雰囲気の女将でも一弘のことを怪しむだろう。事実を伏せるため、一弘は適当にでっち上げた嘘を話して聞かせた。それを聞いて女将は「大変だったわねぇ……」と心配する。こんなに素直な人を騙したことに罪悪感を抱くが、そんなことには気付かずに、女将は親切に答えてくれた。

「ここは十階層にある、ノーファシティよ」

「十階層……ですか」

「ええ、ダンジョンの十階層目ね」

(どこもずっと天井があっておかしいとは思っていたけど、ダンジョンの中に転移させられたのか)

一弘は何故石畳の上に土が敷かれて、そこに草木が生い茂るまで生長していたのか理解した。

(あの石畳の劣化具合を見ると、かなり昔からあるダンジョンみたいだな)

それ以上に、この街の住人がダンジョン内での生活という状況を受け入れていることにも、驚きを隠しきれなかった。壁外には、あんな危険な魔物がいるというのにだ。

「あの、ダンジョンに街があるって、危ないんじゃないですか？　俺、昨日狼男に襲われて……」

「ああ、あいつらは確かにこの辺じゃ一番やっかいな魔物ね。だけど、街の周辺はギルドの人達が定期的に巡回してくれてるから。それにダンジョンの中にある街のなかでも、ここはまだ階層が浅いから、本当に危険な魔物はいないわ」

「……なるほど、そうなんですか。ありがとうございます。もう一つ聞きますが、ここら辺で仕事を斡旋《あっせん》してくれる場所ってありますかね？」

「お仕事？　あなたと彼女は、冒険者なんでしょう？　それなら市場の近くにギルドがあるから、そこで色々クエストが受けられるはずよ。だけど、ギルドの依頼は危ないものも多いって聞くけど……。もしかして、お金に困ってるの？」

女将が心配そうに言う。

女神にもらった分があるので、当面の心配はない。それでも、いざというときには自分でも稼ぐ手段があると知って、ほっと身体から力が抜けていくのを感じた。

「ああ、宿代ならちゃんと払えるんで安心して下さい。ただ、これからしばらくはこの街で活動しようと思っていたんで。収入源が欲しかったんです」

この世界に来たばかりの一弘が、普通の仕事につくには相当な苦労をするはずだ。一弘はなにより、下手な組織に入って無駄に多忙な生活になってしまうのは避けたいと思っていた。

冒険者のクエストというからには、多少危険が伴うのだろう。それでも、魔物が巣くうダンジョンの中へ足を踏み入れれば、この世界でもすぐに稼ぐことが出来そうだ。もちろん、シアレがいると思うからこそ出来ることではあるのだが。屈強な狼男を数秒で倒してしまう彼女が一緒なら、比較的安全に、クエストもこなすことが出来るだろうと思う。なんといっても、自称勇者なのだから。

そうして、一弘がこの世界で知りたかったことを一通り聞き終えたときだった。

「お待たせ、一弘」

丁度のタイミングで、着替えを終えたシアレが現れた。

「じゃあ女将さん、ありがとうございます……あっ」

出かけるにあたって、もっとも大切なことを忘れていた一弘は、立ち止まって振り返る。

「そうだ。最後にもう一つ……この辺の地図があったら貸してくれませんか？」

「それくらいお安いご用よ。いってらっしゃい」

無事に地図を借りることが出来た一弘とシアレは、女将に見送られながら街中へと繰り出した。


「それで、最初はどこに行く？」

宿を出るとすぐに、シアレが地図を見ながら少し浮かれ気味の声色で尋ねてきた。

一弘は頭の中で選択肢を出し、その中で優先度の高いものをチョイスする。

「そうだな……。市場の近くにあるギルドには出来るだけ早く行っておきたいな。もらったお金も無限じゃないし、稼ぎのアテは出来るだけ早く作っておかないとな」

「それもそうね。私も冒険していたときは、少し余裕があるくらいにはお金を持っていたし……。そうだ、だったらギルドには一番最初に行きましょう」

何かを思いついたように、シアレは得意げにしている。

「でも、どれくらい登録に時間かかるかも分からないだろ？」

「だからこそよ。下手な時間に行って、また明日……なんて嫌でしょ。まずはギルドに行って、必要なことを終わらせてから、見に行ける範囲で街を散策しましょう」

「なるほどな……」

一弘はシアレの出した提案を聞いて、それもそうかと手で頭を掻く。

「それじゃ、決まりね」

最初の目的地が決まり、一弘とシアレは朝早くからでもお構いなしに賑わっている市場を横目に通り過ぎる。そこからそう離れていない場所に、ノーファシティのギルドはあった。特に目立つでもなく、街に溶け込むように出来ているその建物の中へと入っていく。

ふたりはさっそく受付に行き、適当な事情を言って、早めに仕事を受けたいことを伝えた。

「初心者の方ですか？　まずは、初受付はあちらになります」

受付にいたお姉さんが、事務的な笑顔で専用の窓口を紹介してきた。

するとその窓口では、一人に一部ずつ分厚い資料を渡された。その資料を読むように言われ、読み終わった後にまた別の窓口へ行くように促される。資料をめくって中身を確認したが、一弘はこちらの世界の文字など読むことが出来ないので、中身はもちろん理解出来ない。

「シアレ、何が書いてあるか読んでくれないか？」

「仕方ないわね。えっとね……。まずはダンジョンの成り立ちですって。なになに……多くの謎に包まれたこのダンジョンは、魔王テオドラ……によって……作られたと伝えられています……」

シアレはその一文を読むと、眉間に皺を寄せて言葉を詰まらせた。

「シアレ？」

「あっ、なんでもないわ。ちょっとお腹が冷えてきただけ。続きを読むわね……それ以前、魔王テオドラは傍若無人に世界を蹂躙していたが、千年ほど前の時代を境にこの地の深くに封印された。魔王テオドラは魔力が薄れゆくなかでも呪いを残した。その呪いは、この地を魔物が巣くうダンジョンへと変質させるものだった」

一弘は腕を組んだまま、シアレの言葉に耳を傾けた。

「ダンジョンは魔王テオドラの呪いに反応して、成長していった。そしてどんどんと地下へと伸びていき、今現在も攻略が続くこのダンジョン、「デビルズネイル」となった。デビルズネイルは、冒険者達の数百年の研鑽の上で今現在も攻略が続いている。また各層にはそれぞれ特色があり、広さもまちまちだ。なかには水で埋め尽くされた階層もあれば、迷宮状になっている階層もある。ただ天井までの高さだけは、各階層でほとんど違いはない……」

その資料を読むにつれて、シアレの表情は険しくなっていく。

「――なお、デビルズネイルが出来るきっかけとなった魔王封印を果たした英雄は、どの歴史的な資料にも名前を残していない」

そこまで読み終えると、シアレは俯《うつむ》いて黙り込んでしまった。

「……続きは？　まだありそうだけど」

一弘のそんな催促にも反応がない。俯くシアレの顔を覗き込むと、目を閉じて呼吸を整えていた。シアレは深呼吸すると、少し落ち着きを取り戻す。

「ごめんなさい、続きね。続きは――」

その後に続いたのは、ギルドの歴史とクエストシステムについてだった。

◆　◆

「ふぅ……なんだかんだで結構時間がかかったな……。もし先に市場の散策をしてたら、本当に明日も来ることになってたかもな」

無事に冒険者の登録が終わった一弘たちは、ギルドの外へと出る。

「ね、そうでしょ。先に済ませておいて、正解だったでしょ？」

「ああ、シアレの言うとおりにして良かった」

「ふふん、もっと褒めてもいいわよ」

シアレは自慢げに両手を腰に当てながら胸を張った。

「これで、まずやらなきゃいけないことも終わったな」

「うん。それじゃあ、この後は……？」

「自由時間だな。借りた地図を見ながら気になる場所に行ってみようぜ」

そう言うと、シアレは待っていましたとばかりに鼻息を荒げて拳を握る。

「それじゃあすぐ近くだし、市場に戻りましょう！　昨日からあそこがとっても気になってたの！私、あんなに人がいる場所には行ったことないのよ！」

市場ならば目と鼻の先だ。もっと街のはずれに行きたいと言われるよりは、簡単な要望だった。

ふたりは移動ともいえない短い時間で、市場へと辿り着く。

「よし、行くわよ！」

シアレは市場の入り口で一度気合いを入れると、片っ端から店を回っていく。彼女が生きていた時代からは、考えられないようなものばかりが陳列されているようだった。

その一つ一つに、いちいち面白いリアクションをしていくシアレは、まるで女学生のようだ。

様々な香辛料を使って焼き上げられた肉を食べたときは、口いっぱいに肉を頬張って今にも天に昇りそうなほど幸せな表情になった。武器屋で見かけた、大量の物資を運搬するための自動コンベアを見たときなどは、理解が追いつかずに完全に呆けていたようだ。

未知との遭遇を果たし続けたシアレは、何を見ても感動している。中でも彼女を最も驚かせたのは、魔法技術の発展だった。特に回復魔法の発達は、彼女の時代より著《いちじる》しいものだったらしい。負傷者が運ばれてくる度に、待機していた魔法使いがすぐに治癒魔法をかけていく。

そんななかでふたりは、手が空いた魔法屋の店主からダンジョン内に満ちる魔力の影響についての説明を受けた。シアレはしきりに頷いているが、魔法の知識がまったくない一弘は何がなんだか分からないでいる。

唯一、一弘が理解することができた話といえば、ダンジョン内限定でなら、死んでしまった人間を生き返らせることが出来る魔法がある……というところぐらいだ。このことには、医療技術が発展した世界で過ごしてきた一弘でも、口が開きっぱなしになってしまったのだった。

「いやーどれも面白いなぁ。……あれ？」

その後も長い時間、店主と話をしていた一弘は、いつの間にかシアレがいなくなっていることに気が付いた。

「どこ行ったんだ……？」

一弘に負けず劣らずテンションを上げていたシアレを思い出して、羽目を外していないだろうかと心配をする。目の届く範囲にいるか気になり、一弘は辺りを見渡した。だが人が多すぎて、人並みの身長のシアレを、ぱっとは見つけることができない。どうにも心配になって、シアレを探し始めた。人の行き来が多い市場ではぐれてしまえば、待ち合わせもなしに再会するのは至難の業だ。

こんなことになるなら、いざというときの集合場所くらいは決めておくべきだったと後悔する。

（来た道を戻ってみるか……？）

見てきた場所のどこかが気になって、もう一度訪れているかも知れないと思い、通った場所を何度か往復する。

「ん？　あれはなんだ」

何度目かの往復で、妙な人だかりが出来ているのに気付いた。その人だかりからは、雑談と言うには少し緊張が交じった声が聞こえてくる。嫌な予感がして人の山を掻き分けて中心へと進み出ると、一弘の予感は的中した。そこでは、シアレがうずくまって震えていたのだ。

「シアレ！　大丈夫か⁉」

一弘の声にシアレは弱々しく顔を上げるが、その顔は蒼白に染まっている。調子が悪いのは明らかだ。シアレは何か言いたそうに口を開くが、声にならない。

一弘は弱ったシアレに肩を貸して立ち上がる。

「とりあえずどこか休めるところに行こう。すみません、ちょっと通してください……。通して！」

その言葉に、人だかりが割れて道が出来た。

一弘はシアレの体調を気にしながら、ゆっくりと人だかりから脱出する。

「大丈夫か？　ちょっと待ってろ、いま水を……」

道の脇に設置されたベンチにシアレを座らせると、水を探そうと、その場を離れようとする。

「待って……なんだか気分がよくなってきたみたい」

シアレは一弘の裾を掴み、それを制止する。その声には、先ほどの弱々しさはない。

「本当か？」

一弘はシアレの顔色を確認すると、確かに青白かったものが桃色にまで回復していた。

それを見て、一弘はある仮説を思い立つ。彼女には少し悪いが、確かめる必要がある。

「……ちょっと悪いけど、そこのベンチに座っててくれないか？」

「え……？　うん、いいけど……」

不安そうに表情を曇らせるシアレを残して、一弘は走ってシアレから距離を取った。

（……どうだ？）

小指の先ほどまで小さく見える距離にいるシアレは、胸を押さえて前屈みになっていた。

一弘はそれを確認すると、大急ぎでシアレのもとへと戻る。

「大丈夫か？」

「はっ……うっ……なんとか……？　あれ、また急に治ってきた」

「多分、俺とシアレが一定以上に離れると起こる現象みたいだな」

一弘はそれが、強すぎる召喚能力に対するペナルティではないかと予測した。ある程度離れると、召喚された従者の体調が悪化してしまうのだと。

「そう……か。まあ、せっかく新しい人生を始められたんだから、贅沢は言えないわね」

シアレはそう言って、楽観的に肩を竦めて見せる。だが、どこか寂しそうでもある。

「……シアレ、少し休める場所に行こう」

「そうね……」

どっとのしかかった疲労を背負いながら、一弘は適当な喫茶店へと入った。

入店するときにも、シアレが今日一日で何度も見せてきた呆け顔をした。席に案内されると、一弘とシアレは倒れるように座り込む。多少固い椅子だったが、ふたりは気にしない。

太陽のような笑顔を見せるウェイトレスが、手の平サイズのメニューを一弘へ差し出してきた。

「ご注文が決まったら呼んで下さいね」

それだけ言うと、ウェイトレスは下がっていった。

「ええと……」

一弘はそれに一通り目を通し、当然読めなかったそのメニューを閉じてシアレに渡す。シアレの注文を聞いてから、同じ物を頼むつもりだ。

「何でもいいから適当に飲み物を頼んでくれ。俺も同じのにするから」

「……？　え……うーん……」

だがメニューには、シアレにも見慣れない単語が沢山並んでいたようだ。文字が読める分、彼女は一弘よりも悩んでしまった。

「お茶とかでいいから」

「そ、そっか。じゃあ――」

改めてメニューに視線を落としたシアレは、そこに飲み慣れたお茶の名前が載っていることに気が付いた。手を上げて先ほどのウェイトレスを呼ぶと、シアレはそれを二つ注文する。

ウェイトレスは伝票にサラサラとメモを書き取り、厨房へと消えて行った。

注文を終えたことで落ち着きを取り戻したシアレは、ぽつりと言葉をこぼした。

「それにしても……凄いわね。私が生きていた時代は、どんなに大きな街でもここより活気のある場所はなかったわ。時間の流れをいやでも実感するわ……」

「あ～……そうか。そんな感じなのか」

「一弘は驚かないの？　こんなに人がいる場所なんて、そうそうないと思うけど」

一弘も同じように感動していると思っていたのか、淡泊な反応に怪訝な表情をする。

「確かにかなり賑わってるみたいだけど、俺が元々いたところは、もっとたくさんの人がいたからな……。そこまで驚きがないというか」

「えぇー？　ほんとに？」

シアレが目を見開いた。かなり驚いているようだ。

徐々に表情が引きつっていく。この様子では、もし一弘のいた世界を見せたらどんな反応をすることだろうか。そう思うと、シアレに日本を見せたいような気もした。

「お待たせしましたー」

そこに、ウェイトレスがカップを二つ持ってやってきた。

微妙に変な空気を醸し出すふたりを見て、ウェイトレスは首を傾げるのだった。

第四話　お互いの目的

ふたりは、提供されたお茶を一口ずつ飲んで気持ちを落ち着かせる。

「あっ、そうそう！」

一呼吸置くと、シアレがハッとしたように口に片手を当てた。

「そうだ……今朝、気が付いたことがあるのよ」

シアレは慌ててカップを机に置くと、おもむろに切り出した。一弘も、打って変わって真剣な表情のシアレに合わせてカップを置いた。

「昨日……その、私達がちょっと変になってその——アレをしたのも、テオドラの魔力の影響だと思うの」

頬を赤く染めながら言うシアレに、一弘の心臓がどきりと跳ねる。

「あ、ああ……。昨日の……アレって、やっぱり何か理由が……あったのか」

まさかシアレのほうから夜の話をしてくるとは思ってもいなかったので、しどろもどろになりながら言い、胸に手を当てて動揺を押し隠す。

「も、もちろんよ！　私が普段からあんなこと……み、見せるわけないじゃない！」

「まあ、そうだな。って、いや、ちょっと落ちつこうな！　おい、やめろって」

よほど恥ずかしいのか、ポカポカと手を振り回してじゃれついてくるが、元々の筋力が違う。

「べ、べつにしたかったとかじゃないし……そ、その……イヤだったとかでもない……し……。わ、私ほら……そういう経験……なかったっていうか……」

声はどんどん小さくなっていき、ほとんど聞き取れない。

「ん……？　いやまてよ、シアレ。それより、そのテオドラ……ってのは、千年以上前に封印されたっていう魔王のことだよな？　なんでそんな奴の魔力が、俺達に関係してるんだ？」

少し落ち着くと、一弘はシアレの口から零れた魔王の名前に首を捻った。

「そうよ。今この、デビルズネイルっていうダンジョンの中は、テオドラの魔力が充満しているのよ。それも、かなりの濃度のね……。こんな濃度の魔力を浴び続けたら、身体に悪影響が出てくるわけ」

「悪影響……？」

「もちろん、昨日の私達みたいな、よ。自分の衝動が抑えきれなくなる。特に、人が持つ欲求に過剰に反応しているみたいね……。あれを見て？」

そう言ってシアレが指さすほうを、一弘は見た。そこには大量の料理を、ものすごい勢いで口の中へと掻き込んでいる男がいる。その男の顔色は悪く、一目で食べ過ぎているということが分かる。

だが、男はまったく食事のスピードを落とそうとしない。

「あれも、きっと食欲が抑えきれなくなってるのよ。それに、市場に入って一弘とはぐれたところで、人目を憚《はばか》らず外で、その……え、エッチなことをしている人達がいたし。人によっては……」

シアレは顔を真っ赤にさせながら、もごもごと恥ずかしそうに俯く。

「信じられないな……そんな影響があるなら、さっきの資料に書いてあってもよくないか？」

「私もそう思うんだけど……きっと魔力に晒されている時間が長くて、生活の一部になっちゃってるんじゃないかしら……」

「生活の一部……あれがか？」

食欲過多の男を眺めていると絶対に違うとも言い切れず、否定の言葉を呑み込んだ。

「食欲や性欲が抑えきれないのはまだ良いわ。仮に、人を殺したいと思うような人間がテオドラの魔力の影響を受けたら……？」

「っ……！」

一弘はシアレの言葉を聞いて息を呑んだ。

「そうならないように、誰かがテオドラを倒さないといけない。そして、私にはそれが出来る」

魔王はダンジョンの奥深くに封印されているという。それをわざわざ倒しに行くということだ。

一弘には冗談のように思える言葉だが、シアレの目はこれ以上ないほど真剣だった。

一弘は考え込むように、手元のお茶を一口含んだ。

(危険な魔物に、人の欲望を暴走させる魔王の魔力……。確かに放っておける状況じゃない、けど)

それは、ダンジョンの最前線で戦う人達の仕事だろう。

シアレはともかく、一弘はダンジョンではほとんど役に立つことが出来ない。浅いということの階層にいた魔物にすら命の危険を感じていた一弘には、魔王を倒すなんてとても考えられなかった。

「シアレ、悪いけどそれは俺には荷が重すぎるよ。そういうのはもっと専門の人達に任せたほうが良い。俺はこの世界で、平穏に暮らせればそれだけでいいんだ」

俺の言葉に、シアレはとてもショックを受けたようだった。勢いで何か喋ろうとして、口を噤《つぐ》む。

「魔王を倒すってことは、それはただでさえ危険なこの世界での生活が、さらに危険なものになるってことだろ？　俺は出来るだけ平穏に過ごしたいんだ。危険だって分かってることに足を突っ込むなんて……」

「でも……‼　そんなんじゃ、いつまで経っても魔王は倒せないわ！」

シアレは食い下がる。あまりの必死さに一弘は尋ねた。

「どうしてそんなに魔王とやらを倒したいんだ？　何か理由でもあるのか？」

シアレは大きなため息を吐くと、身を仰け反らせて渋い表情を作った。

(ここまで言ってるのに、そんなに言い渋るようなことなのか……？)

一弘は腕を組みながら、シアレの次の言葉を待つ。

しばらくして、シアレは近くに人がいないことを確認すると、口元に手を当て、一弘だけに聞こえるか聞こえないかというギリギリの声で言った。

「……実は、千年前にテオドラを封印した勇者は私なの」

「はい？」

一弘は聞き間違いかと思い、聞き返す。

「テオドラを封印したのは私だって言ったの。嘘じゃないわ。そのときの様子だって説明できるわよ。私が死ぬ間際の記憶が、まさにその瞬間なんだから」

ぞくりと、一弘の全身に鳥肌が立つ。

一弘の能力は、この世界で活躍した英雄を召喚できるというものだ。ありえない話ではない。

「それに今思いついたんだけど、テオドラを倒せば一弘にとっても良いことがあるわ」

「良いこと？　なんだよ」

「確かにここら辺の街でなら、私が一弘を守りながら生活していくにはまったく困らないわ。だけど、それはテオドラの封印がずっと解けなければの話」

「……どういうことだ？」

まるでこの先、かなり高い確率で魔王が復活するかのような切実さでシアレは訴える。

「もちろん、絶対に蘇るってわけじゃないだろうけど……ない話じゃないわ。だって現に今も、テオドラの魔力は漏れている。とっても不本意だけど……私はテオドラを、完璧には封印出来なかったって証拠よ。そんな状態で、一弘はゆったりと余生を過ごせるの？」

一弘は、そんなシアレの言葉を聞いて迷う。

「テオドラの魔力が漏れている限り、一弘を襲ったウェアウルフみたいな魔物の脅威は消えないわ。ある程度なら私がついているから問題ないでしょうけど……ダンジョンに漂うテオドラの魔力が今以上に濃くなれば、魔物達の強さもそれ相応に上がるはず。そうなった場合は、さすがの私もあなたを守り切れないわ」

それは、もはや脅しとも言えるものだった。

危険の後の平穏か、それとも目先の安全か。天秤に載せた選択肢の間で、一弘は揺れた。

「……それになにより、封印を失敗した汚名を返上しなくちゃ、私の気がすまない……」

ぼそりと呟かれたシアレの言葉には、絶対に曲げることが出来ない決意が宿っていた。

「……そんなに魔王を倒したいのか？」

「じゃないと、魔王を封印するときに死んでいった仲間に顔向けできないから」

一弘はそんなシアレを見て、心が揺らいだ。

シアレはそれ以上の言葉を発さず、ただ力強く頷く。

ふたりはしばらく無言で見つめ合い、そして——折れたのは一弘だった。

「分かったよ……」

「本当!?」

やれやれと遠くを見つめる一弘と、飛び上がりそうなほど喜ぶシアレ。

彼女の固い意志を曲げられるほど、一弘は強情な人間ではなかったのだ。

「……魔王を倒せばこの世界がより平和になるのは確かだしな。長い目で見れば自分のためだ」

シアレは拳を握りしめ、短く安堵の息を吐いた。

彼女がどこまで決意したとしても、一弘と離れれば体調を崩してしまう。となれば、一緒についていくしかないだろう。

「それで、魔王を倒すのが目標に決まったとして、そうなると俺達は、このダンジョンの最深部まで行かなきゃいけないよな。けっこう深いようだぞ。あの資料だと」

「そうなるわね……」

「なら、まずは資金調達かな。どうせいつかは金を稼がなくちゃいけなかったし、それは問題ない。言っとくけど、俺は戦闘面ではほとんど役立たずだからな」

「任せて！　最速でテオドラの居場所までたどり着いて見せるわよ！」

そう決めたふたりは、次々とやるべきことを決めていく。

恐ろしくはあるが、シアレとの共同作業はなぜか楽しい。

こうして頼りない主人一弘と、可憐な勇者シアレの、魔王を倒すための冒険が始まったのだった。

第五話　クエストを求めて

翌日からすぐにふたりは、現状での冒険達の最前線だという「メレスシティ」に向かうことを決め、そこで活動するための準備を始めたのだが――。

シアレは今、ギルドの掲示板にあるクエストを一瞥して、眉間に皺を寄せていた。

「ぱっとしない仕事ばかりね……。見て、商人の護衛に試作防具のお試し……。こんなのばっかりじゃ、いつまで経っても稼げないし、メレスシティには行けないわ……」

どうやらお気に召すクエストがないらしい。大きくため息を吐いて、肩を落とす。

生活費には困らなくても、優秀な武具やアイテムには大きな金額が必要になる。

「ギルドに登録したばかりなんだから、こんなもんだろ。少しでも実績を積んでいけばいつか――」

唇を尖らせて不満を主張するシアレだったが、わがままを言っている場合でないことは自覚してくれている。話し合った末、少しでも報酬金が多かった商人の護衛を選んだ。そのまま受注してみると、すぐに小さな部屋へと案内される。そこにいたのは、人の良さそうな恰幅の良い初老の男だった。

「はじめまして。タルト商会の、タルト・ホイップスと申します。今回は、どうぞよろしく」

気さくに差し出されたその手で、一弘とシアレの手を順にしっかりと握ってくる。お互いに一通り挨拶を交わし終わると、タルトはさっそく本題へと入った。

「もう準備は出来ていますから、ついてきてください」

言われるがままにタルトの後に続くと、三人が向かったのは上の階層へと続く入り口だった。

「いやぁ、助かりました。ダンジョンで手に入る魔物の素材を売りに地上へ向かうと、これまでにないような厄介な魔物に襲われてしまって、最近は仕事にならなかったのです。情けないことですが、私みたいな売れない商人だと報酬も弾めないので、人が来てくれずに困っていたんですよ」

「適当な魔物にならら目を瞑《つむ》ってても勝てるから、安心していいわよ」

悠々としたシアレの言葉に、タルトは顔を綻《ほころ》ばせた。それから三人は、世間話に花を咲かせながら階段を上っていった。ちょうどこの街にたどり着いたときに上ったのと、同じような構造だ。

階段の終わりには一つの部屋があり、その奥にはまた扉があった。

その部屋の中には、とても階段を上ったとは思えないような大きめの荷車が駐まっている。

よく見れば車体の側面には、この階層まで上がってこれるように浮遊魔法の陣が描かれていて、その脇に胡散臭そうな細身の男がひとり、所在なさげに立っている。

男は一弘達に気が付くと急に笑顔になって、手を振って近付いて来た。

「タルトさん。待ちましたよ。ご指定通りに荷物と馬、お届けしました」

聞けばその男は、街の外に出る直前のここまで、タルトの商品を運んできた運送業者であった。

「お気を付けて～」と言いながら、見た目とは裏腹に爽やかに立ち去っていく男を見送ると、タルトの表情が若干緊張で固くなる。その表情を見て、ここからが仕事の本番であることを知った。

緩んでいた気を引き締めてシアレを見れば、こちらは緊張とは無縁なのか鼻歌を歌っていた。

「おふたりは、地上まで出たことがないとのことでしたね。ここから地上までは、最短でも六時間ほどかかります。それでは、よろしくお願いします」

「任せてよ。一弘、何か気が付いたらすぐに私に教えてね」

シアレに頷くと、彼女が先頭に立って扉を開ける。ここがダンジョンの十層目だということだから、上は九階層ということだ。

扉の先はほのかな明かりが灯る石壁の通路だった。耳を澄まして、近くに魔物が潜んでいないか確認する。生物の気配がしないことを確信すると、シアレは扉を潜り、後に続くふたりを手招きした。

「もう少しでこの階層を抜けられますが、このまま何も出てきたりしなければいいのですが……」

どれほど歩き、何度階段を上っただろうか。三時間ほどダンジョンを進んだところで、タルトが額の汗を拭いながらため息を吐いた。どうもその言葉には、遭遇しないことはないだろう……という諦めが滲んでいるように思う。そして、そのタルトの予感は的中したようだ。

シアレがジェスチャーで止まるよう指示を出し、振り向くと、口にぴんと立てた人差し指をあてる。

そして、ダンジョンの中でも響かないように声を潜めて言う。

「……この先の曲がり角で、ゴブリン達が待ち構えているみたい。潜んでる気配があるわ」

タルトが絶望に顔を青くする。

「一弘は、背後に注意を払っていて。何かあったら全力でタルトさんを守ってね」

シアレはそう言うと、剣を抜いて通路の先へと躍り出た。

一弘とタルトはやや遅れてから、曲がり角に消えたシアレを追った。シアレと離れすぎるのも危険だからだ。シアレの邪魔にならないよう、曲り角から顔を出して確認するだけだったが、予想どおりその先に多くのゴブリンが待ち構えているのが見えた。その群に、シアレが躊躇なく襲いかかる。

奇襲に失敗したゴブリン達は慌て、目の前に悠然と現れたシアレに対抗しようとしている。

だが、あまりにも戦闘力に差がありすぎた。シアレは踊るようにゴブリン達の合間をすり抜ける。

その一瞬の間にも、的確に数体のゴブリンの急所を切り裂いていた。

数十四はいただろうゴブリン達は、ものの数分でその数を半数以下に減らす。全滅の危機を感じた連中が撤退しはじめ、それでも抵抗を続けた数体も、さらに数分後にはまったく動かなくなった。

「……うん。もう大丈夫よ」

一方的な殲滅を終えたシアレが、隠れていたふたりに声をかける。

「いやぁ……凄いものを見せてもらいました」

タルトは目を輝かせて手を叩く。シアレの戦う姿に感動したようだ。

「まだ勘が戻らなくて、数体だけ逃がしちゃったけど、結果としては十分だと思うわ。あいつらも、もうこの辺には顔を出さないいんじゃないかしら」

それを聞いたタルトも、「そうでしょうね……」と呟いた。それほど圧倒的な結果だった。

「さて……それではおふたりとも」

襲撃をやり過ごした彼には、多少の余裕が生まれたようだ。シアレの実力も見て安心したのだろう。

「だいぶ階層も上がりましたし、ここを抜けてしまえば、あとはもう、地上にあるギルドの管轄に入りますので、そこまで一気に行ってしまいましょう。丁度、目の前に階段がありますしね」

タルトの指さした先には、確かに長い階段があった。三人はすぐにその階段を駆け上がる。

辿り着いた直上の階層は、同じダンジョン内であるにもかかわらず、明らかに雰囲気が違う。

雰囲気もどんよりしておらず、あちこちから人の気配がするのだ。

そこからは何組かの冒険者とすれ違うこともあったりしながら、地上へと続く階段へと無事にたどり着いた。明るい地上へと出てきた一行は、長時間の緊張で疲労した身体を思い切り伸ばす。

一段落したところで、タルトが懐から麻袋を取り出した。

「いやぁ、今回は助かりました。後日ギルドから報酬が出ると思います。でもそれとは別に、これを……受け取って下さい。素晴らしい出会いに感謝して」

シアレがそれを受け取って中を見る。気になって一弘も中を覗き込むと、銀貨と銅貨が入っていた。それを確認すると、シアレは礼を言ってから丁寧にポケットにしまった。

「また機会があれば、護衛を頼んでもよろしいですか？」

「もちろん。そのときは、直接の指名でもいいわよ」

「ありがとうございます、タルトさん。俺達は暇なんで、いつでもこき使って下さい」

一弘とシアレは、タルトと固く手を握り合う。なんということのない結果ではあるが、この依頼のお陰でダンジョンの構造に、だいぶ詳しくなった気がする。

住人達が、上層へなら安全なルートを把握しているのも心強いことだ。

つまり、宿のあるノーファシティは、物流面でも安全面でも、ギルドによってしっかり管理されていることが確認出来たのだ。

比較的安全と思われる上層への依頼で、そういったことの感覚を掴もうという意図も、今回はあった。それは十分に達成できたと、一弘は思う。

こうして、ふたりの初クエストはよい依頼人との伝手もでき、大成功で終わったのだった。

第六話　抗えない欲求

初めてのクエストから数ヶ月。一弘とシアレは日々、様々なクエストに足を運んでいた。

依頼をこなせばこなすほど、シアレの強さは街中でも噂になっていき、報酬の良い仕事を受けられるようになっていく。そして今日もまた、資金を貯めるためにギルドへと顔を出していた。

「あ、シアレさんに、カズヒロさん。今日はおふたりにおすすめのクエストが届いてますよ」

一弘達に真っ先に話しかけてきたのは、ギルドの受付嬢であるプレッツェだ。

「でも今日のクエストは、おふたりでもちょっと厳しいと思いますよ〜」

プレッツェは、ニヤニヤしながらクエストの概要を渡してくる。

シアレはそんな意地悪そうな顔をしているプレッツェに呆れながらも、受け取って目を通す。

「街の近郊で大量発生した魔物の討伐……か」

「そうなんです。最近、ここから二階層下の第十二階層で魔物の動きが活発になっているそうです。ゴブリン程度なら大丈夫なんですけど、ウェアウルフやワームなんかも同時に出没していて、ちょっと手を焼いていているんですよ。難易度もこの街のクエストにしては高いので、報酬もかなり良いですよ。どうですか？」

ふたりが高額のクエストを中心に受けていることを知っているプレッツェはいつも、一弘達が興味を持ちそうな依頼を先んじて提案してくれる。

「どうかな。一弘？」

シアレはそのクエストを一瞥すると、一弘の様子を窺う。

一弘は、少しも考えずに頷いて見せた。それを受けて、プレッツェがすぐに書類にサインをする。

お互いにもう、慣れたものだ。クエストを受理すると、ふたりは急いでギルドから飛び出した。

そのまま直下のダンジョンへと潜った一弘達は、魔物の目撃証言が多い場所へと向かって行く。

「確かに、いつもより魔物が多いわね……」

「この数を相手にしていたら、いつまで経っても進まないな。出来るだけ戦闘は避けていくか」

「それが良さそうね。依頼にあった区画を優先しましょう」

ふたりは頻繁に鉢合わせする魔物達を最低限の戦闘で切り抜けていく。そして数時間ほどかけて、目的の階層直前へとたどり着いた。

「やっとだな……」

今まで受けてきたクエストのなかでも、移動だけでここまで時間がかかったのは初めてだ。

「本番は、ここからだけどね」

階層をまたぐこの階段を下りれば、すぐにでも戦闘が始まるだろう。疲労した一弘は、まだまだ続く戦いの長さを予想して、気軽にこのクエストを受けたことを後悔した。

「ま、気楽にいきましょうよ」

そう言うシアレは逆に、とても楽しそうに笑っている。一弘の背中を優しく叩いたシアレは、勢いよく下層へ続く階段を駆け下りてしまう。一弘は置いていかれないように、それに続いた。

勢いよく階段を下りきったシアレは、そのまま魔物達の眼前へと躍り出る。

一弘はその魔物達の視界に映らないよう、階段の半ばで立ち止まり、戦況を見守ることにした。

シアレに何かあったときには、すぐに飛び出していける位置だ。シアレはいつもと同じ要領で魔獣達を相手にしていき、ほとんど一撃で魔獣クラスさえも戦闘不能へと切り伏せている。

「これで最後――っと」

目に見える範囲の魔獣を一気に倒しきると、シアレが額に浮かんだ汗を拭った。

◆　◆

無事にクエストを終わらせ、一弘達は借りている宿に帰還する。さすがに長距離移動と数十体の魔獣との連続戦闘で、相当疲れが溜まっていたのか、シアレは部屋に入った途端に荒い息を吐きながら一弘に寄り掛かった。

「はぁ……ん……一弘ぉ……ふぅ……」

「おい……どうしたんだよ。さっきまで余裕そうだったのに」

装備ごとの彼女の重みに耐えかねて、倒れないように踏ん張りながらベッドへと引きずっていく。

「一弘……もう……私……」

しかしぐったりと頭を垂れさせたシアレは、一弘の耳元へと囁くような吐息を漏らす。

そのくすぐったさと、いつも以上の艶がある声に、一弘はすぐに気が付いた。

色のある声音を出すのは、魔王の魔力にあてられてシアレが発情している証だ。

シアレは何かを求めるように、一弘の身体に頭をこすりつける。柔らかな髪とすべすべの肌が一弘の首筋を往復していき、若い女性特有の甘い匂いが漂う。

一気にその気にさせられた一弘はそっとシアレをベッドに下ろすと、装備を外し、下腹部に手を伸ばした。柔らかな太ももから、秘所へと向かって焦らすように撫でていく。

「はっ……あっ、くすぐったい……よぉ」

まだ他人に触られ慣れていない脚は、一弘の指が動く度にぴくぴくと痙攣した。こそばゆさを必死に抑えようとしているのか、シアレの脚に力がこもる。そこでゆっくりとした動きで、指を脚の付け根へと到達させた。少し蒸れた股座をなぞると、シアレが堪らずに熱い吐息を漏らす。

一弘は構わず女性の中心へと指を這わせていきながら、シアレの目をじっと見つめる。

「まだなにもしていないのに、もう濡れ始めてるな……」

指を潜り込ませたそこは、明らかに汗とは違う濡れ方だ。一弘の指先に粘り気が纏わりつく。

「だ……だって、んあっ……。だって、気持ちいいの……思い出しちゃうし……」

シアレは顔を真っ赤にして視線を逸らす。普段とギャップのあるその仕草に、一弘の心臓が大きく鼓動した。言いようのない気持ちが湧き上がり、一弘はシアレをもっと恥ずかしがらせたいという衝動に駆られる。その欲望に素直に従って、下着越しに小さく突起した陰核を擦ってやる。

「んひっ……！　そこ……んんんっ！」

シアレは、淫核からの痺れるような刺激に全身を痙攣させた。

「そ……急にそんな場所に触るなんて……ひどいよぉ……」

「悪い悪い。じゃあ、こっちを丹念にしようかな」

陰核から指をずらすと、その直下にある溝の全体を擦る。愛液に濡れた下着の布地が、指の動きとともにシアレの陰唇に張りついた。

「あっ、あっ……ふあ……」

余程気持ちがいいのか、シアレはぴくぴくと腰を浮かせ、一弘の指から逃げようとする。

それを逃がすまいとして、離れていく腰を指で追った。

追撃を受けたシアレの秘所からは、ぬめつく液体がますます漏れ始める。

すぐにシアレの下着は淫液でびちゃびちゃになり、下着としての機能を失った。

一弘は器用にシアレの下着を脱がし、まだ初々しい秘所を露出させる。愛液に濡れた縦筋はてらてらと艶めかしく光り、一弘を妖しく誘惑してきた。その魅惑の穴へと欲望のまま中指を突き立てて――

つぷっと第一関節までを沈み込ませた途端に、ぎゅっと適度に締めつけられる。

「あんっ……一弘の指、気持ちいいよぉ……」

シアレの体内はとても熱く濡れていた。男を悦ばせるために発達した器官の肉には、複雑な溝が刻まれている。その溝はシアレの意思とは関係なく蠢き、一弘の指に吸いついてくる。

一弘がその溝の蠢きに合わせて指を屈伸させると、溝は嬉しそうに震えていった。

強引に膣内を掻き分ける一弘の指は、シアレに切ないほどの刺激を与えているようだ。

快楽に耐えかねたシアレは、声を漏らしながら一度身体を跳ねさせる。

一弘はまだ窮屈な膣を解すために入口から奥までを捏ね、円を描くように指を動かしていく。

ぷりぷりの膣肉が押し広げられ、シアレの身体は一弘の思うままに弛んでいった。

シアレは虚空を見つめながら、荒く息を吐いて身体を痙攣させている。

その姿に我慢が出来なくなった一弘は、ズボンを脱ぎ去った。

はち切れそうなほど固く膨張していた陰茎が飛び出し、雄の臭いが部屋に充満する。

シアレはその臭いを敏感に感じ取り、定まらない視線を一弘の陰茎になんとか合わせた。

弱々しい手つきで陰茎に手を伸ばしてきて掴むと、撫でるようにして扱きはじめる。

その優しい手つきに物足りなさを感じながらも、女性特有の柔らかい手の平の感触を堪能し、気持ちを高めていく。すぐに先端から透明な液体がにじみ出て、シアレの手に絡みつく。ぬめりを帯びたシアレの指は、張り詰めた一弘の分身とは正反対にどこまでも優しかった。

お互いの陰部をまさぐるふたりの息づかいは、次第に交わり合っていく。

そしてお互いの身体を貪るうちに、ふたりは自然と体勢を変えていった。

お互いの股間に顔を埋める形へと移動して、陰部が眼前に迫る迫力に息を呑む。

一弘の眼の前にはシアレの痴肉が迫り、反対にシアレの前には隆起した逸物がそびえ立った。

「あぁ……あむっ……はぁ……これ……あのとき……これが入って……きて」

温かなシアレの口が、一弘の陰茎を呑み込んでいく。同時に、シアレは一弘の腰をがっしりと固定した。柔軟性のある口内の肉が一弘の逸物へと絡まり、亀頭とそのくびれにまとわりついてくる。

ざらざらとした舌が蠢くと、敏感な亀頭にジンジンという熱が発生する。

その熱はすぐに快楽へと変わり、舌が絡まる度に一弘の腰が跳ね上がる。

一弘は堪らずに、快楽の声をだらしなく漏らしてしまった。

「くぅ……。シアレ、お前、そんなのどこで覚えてきたんだ……」

それは、つい先日まで処女だったとは思えない舌技だった。

「あうっ……ほ、本で……はぁ……み、見たのよ」

じゅぽりといやらし音を立てて陰茎から口を離したシアレは、吐息を漏らしながら答えた。

その頬は、恥ずかしさで朱に染まっていた。

シアレは最低限の言葉を発すると、逸物を咥えなおしてフェラに集中する。

一弘もシアレに好き勝手される訳にはいかないと、柔らかな痴肉を舌全体を使って舐め上げた。

「うくぅっ。あっ……！　んんっ！」

ざらりとした舌が、充血したヒダと敏感な陰核を刺激する。口が塞がっていて快楽の吐息を漏らすことが出来ないシアレは、腰をくねらせることで気持ち良さを表す。

秘部から止めどなく溢れる淫蜜を舐め取りながら、一弘は充血したシアレの陰核を舌先でつついた。

「んっ……んんっ……！　やっ……くっ……はあぁぁ……」

執拗に一番敏感な部分を弄られ、シアレは腰の動きをさらに激しくさせた。

吸っても吸っても溢れる愛液は、一弘の喉をいつまでも潤し続ける。

快楽を与え続けられたシアレの下半身は、いつの間にか力が抜け、だらしないがに股を晒している。それでもシアレはなおペニスに食らいつき、一心に舐め上げている。

「シアレ……くっ……おお……」

もっと激しく吸いついてほしい一弘は、腰を突き出して口内の奥へと陰茎を押し込んでいく。シアレもより深い快楽を求められていることに気付き、頭を上下させた。

じゅぽじゅぽと激しい水音を鳴らしながら、逸物を味わう。加えてシアレは、口の中の空気を吸い込み、口内を真空状態にした。柔らかかった頬肉がぎゅっと締まり、陰茎が喉へと吸い込まれる。

奥に吸い込まれた陰茎では、あまりの窮屈さに軽い痛みを伴った筋肉の収縮が起こった。

「あぐ……！　あっ……！　それ……くお……で、出る……くぅうっ！」

シアレの喉肉を内側から押し返しながら、シアレの中へと欲望を吐き出していた。

目の前には美少女の潤んだ秘部があり、愛液に塗れたそれを眺めながらの長い射精を繰り返す。

それはあまりに甘美で、いつまでも繰り返していたいほどの脈動だった。

口内射精の余韻をしっかり楽しんだあとで、名残を惜しみながらも陰茎を口からずるりと取り出す。

射精による虚脱感が一弘を襲うが、体勢を整えてシアレの股間に顔を埋めなおした。

「シアレ……まだイってないだろ？」

先に絶頂を向かえてしまった敗北感もあり、一弘はシアレをくるりと転がして体勢を変えてM字開脚の姿勢にすると、まだまだ快楽を渇望する秘肉へと口を押しつける。

それだけで、シアレの身体はビクビクと打ち震えた。

「俺はもう十分気持ちよくなったからな、シアレが満足するまで舐めてやるよ」

一弘は濡れた陰部の奥深くへと舌を伸ばした。舌が媚肉を刺激するごとに、シアレは蠢く舌肉に思考を支配されていく。

シアレはどうしようもない切なさからか、自分の下腹部に埋まる一弘の頭を両手で掴む。

押さえつけられて秘部に口元が密着するが、一弘はそれを意に介さずさらに強く吸いついた。

「あ……ああ……だめ、そんなに激しくされたら……すぐぅ……！」

吸引とともに激しく動く舌に、シアレの身体は限界に達したようだ。顔を天井へと向けながら、許容を越えた快楽に全身がビクビクと痙攣する。そして秘所からは、勢いよく潮を噴出させた。

「あぁ……はぁあ……ああっ、ふあ……こんな……うう、いっぱいイっちゃった……よぉ……」

絶頂にいたったシアレは放心し、弛緩しただらしない声を室内に響かせた。

第七話　メレスシティ

「シアレ、ちょっといいか？」

今日は大型の魔獣討伐クエストを終えていて、いつもの宿に戻った一弘は、ベッドに横になろうとしていたシアレに声をかけた。

「なに？　またテオドラの魔力にあてられて、エッチな気分にでもなったの？」

しょうがないわね……とでも言いたそうな視線を向けて、シアレは一弘の身体にもたれかかる。

結局は一弘自身も魔力の影響を受け、我慢できなくなることも多かった。お互いのタイミングがずれることもあったが、そんなときでも性欲解消の協力はするようにしていたが、しかし……。

「いや、今はそうじゃなくてさ」

急な接近でシアレの甘い匂いが漂ってくる。一弘はその誘惑を振り切って、密着してきたシアレを引き離した。好意的にエッチしてくれるのは嬉しいが、話が続かない。

「違うの？」

ちょっとだけ不満そうな表情をするシアレに、一弘は本題を告げる。

「ああ、実は今日のクエストの報奨金で目標額に届いたんだよ」

その報告を聞いて、じゃれ合おうとしていたシアレの表情が真剣なものへと変化する。

「そう。ちょっと時間がかかった気がするけど……これでやっとスタートラインね」

「ああ。それで、メレスシティへ行く日程をどうしようかと思って。すぐに行くか、綿密に計画を立てるか。旅慣れたシアレに任せたいんだけど」

「もちろん、すぐに行くわ。今すぐにでも出発したいけど……さすがに今日はくたくただから、休ませてほしいわね」

「分かった。じゃあ出発は明日だ。一度ギルドに行って、この街を離れることは知らせないとだけど」

「分かったわ。じゃあ、今日は早めに寝ちゃいましょうか。しっかりと休まないと、最前線に到着する前にやられちゃうかもしれないものね」

シアレはそう言うと、さっそくベッドへと潜り込んでしまう。生娘だったシアレだが、あれからもセックス自体は拒みもせず、一弘との関係を受け入れてくれている。

薄い寝間着姿のシアレを少しだけ惜しい気持ちで眺めたあとで、一弘も眠りにつくのだった。

◆　◆

翌日、一弘が目を覚ますと、シアレはすでに起きて忙《せわ》しなく動き回っていた。自分だけいつまでも寝ていられないので起き上がると、シアレがその物音で気付き立ち止まる。

「やっと起きたわね。ほら、着替えたらすぐにギルドに行くわよ」

半ば強引に着替えをさせられ、背中を押されて部屋を出る。

「あらカズ君、シアレちゃんおはよう。こんな朝早くにお出かけ？」

ロビーまで出てくると、いつものように宿の女将が笑顔でふたりを出迎えてくれた。

一弘とシアレは、お世話になっている女将に笑顔で挨拶を返す。

「おはようございます。ええ、実は今日この街を出ていくことになりまして。諸々の手続きをしに」

「あら、そうなの……？」

女将はふたりが街を出て行くと聞いて、とても残念そうに眉根を寄せた。

「ここにはずっとお世話になりっぱなしでした……。何かお礼が出来ればいいんですけど……」

「私達は眠るところを提供していただけよ。宿代さえ払ってくれたら、それで構わないわよ」

「ありがとうございます。ギルドから返ってきたら、すぐに払いますね」

「ええ、よろしくね。気をつけていってらっしゃい」

いつも通りの笑顔を向けてくれる女将に見送られ、ふたりはギルドへと向かった。

◆　◆

早朝にもかかわらず、今日のギルドは賑わっていた。

「あれ、シアレさんにカズヒロさん。おはようございます。こんな時間に来るなんて珍しいですね」

プレッツェが、いつものように笑顔でふたりを出迎えた。

「ちょうど良かった。実は俺達、この後すぐにこの街を離れることになったんだ」

「おや、そうなんですね。次はどこに行くんです？」

宿屋の女将とは対照的に、プレッツェは平然としている。ギルドの受付として色々な冒険者と顔を合わせてきた彼女にとって、こういった別れは日常茶飯事なのだろう。

「ダンジョンの最前線よ」

「というと今は、五十階層のメレスシティですか。確かにシアレさんの実力ならメレスに行ってもやっていけそうですね～。カズヒロさんはちょっと心配ですけど」

その言葉に一弘は文句の一つでも言いたくなったが、否定出来ない。悔し紛れにプレッツェを睨み付けたが、それは涼しい顔で受け流された。

「それじゃあ、今日来たのは諸々の手続きをしにってところですか。メレスに行ってもギルドは利用するんでしょ？　だったらこの書類に記入してね」

差し出された書類を受け取ってすぐに記入すると、プレッツェは書類にさっと目を通した。

「大丈夫そうですね。それじゃあ、この書類はメレスのギルドに送っておきますね」

この街でやらなくてはいけないことは、これですべてやり終えた。

あとは荷物をまとめて、メレスシティへ向けてダンジョンを下りるだけとなった。

一弘とシアレは「また機会があれば」と手を振るプレッツェに手を振り返して、ギルドを後にした。

ギルドを出たふたりは、すぐに宿屋へと帰って荷物をまとめる。

そして遅く起き出してきた宿屋の親父に挨拶すると、ノーファシティから旅立った。

そして——。

「ここがメレスシティか……」

「想像より綺麗な場所ね。前線らしく、もっと荒れた場所だと思っていたけど……」

冒険者が確立した正規の最短ルートを使えば道行きは問題ないが、先のこのとも考えて、各階層をざっとは調べながら進んできた。いくつかの街を把握し、細かな情報も集めている。けっきょく二週間ほどダンジョン潜りを続けて、ふたりは五十階層メレスシティへとたどり着いたのだった。

第八話　噂のふたり組

しかしその街に入ってからは、ふたりは言葉を失っていた。

今にも崩れてしまいそうな石壁の住宅。憩いの場である酒場はほとんどが屋外に席を設けていて、戦いを終えた冒険者達が酒を酌み交わしている。だが、そんな荒れた街の景観とは相反して、人々は楽しげなのが救いだった。そんな光景を眺めながら、ふたりはこれからの予定の確認を行う。

「まずはギルドに行って、もう一度登録よね」

「そうだな……あっ、ギルドに行く途中にある店とかも、少し見てみないか？」

シアレは一弘の提案に「いいわねっ！」と食い気味に応えた、ギルドのある区画を目指しながらいくつもの店を覗き込んでいく。確かにノーファよりも物価は高いが、目玉が飛び出るほど高いような物はない。それどころか、物によってはノーファシティで買うよりも安い物まで並んでいる。

驚きを隠しきれないままメレスシティを歩き、ギルドへと辿り着く。

仮住まいの斡旋やダンジョン探索の許可証など、ふたりは必要な手続きを済ませていく。

特に家を用意したことは、宿屋を拠点としていたノーファでの暮らしと大きく異なる。

部屋の片付けや食事など、様々なサービスがついている宿屋暮らしも悪くはないと思いながらも、ここからは費用が嵩むのは避けたかったのだ。

「ねえ一弘。家に行く前に、ここよりも下の階層がどうなっているのか見ておきたいんだけど」

一通りの手続きを終わらせると、シアレは一弘に提案する。

「そうだな。どうせ遅かれ早かれ行くわけだし、先に調べておくか」

長旅で疲れた身体を、出来るだけ早く休ませたい一弘だったが、新しい街での生活に高まる気持ちを抑えきれずに、シアレの提案に頷いていた。

◆　◆

一弘とシアレは門番の横を通り過ぎ、最前線となる下層へと向かう。

門番たちは、取り扱いに注意が必要な魔物の素材などがないかの検査も行っている。

屈強な番兵複数人に囲まれた冒険者達は誰もが、とても気まずそうな表情をしていた。

魔物が襲撃してきたときにメレスシティへの侵入を防ぐ役割を持つ番兵は、街の内部から出てくる者へもキツい視線を向ける。

ふたりは緊張しながらその横を通り過ぎると、ようやく五十一層へと足を踏み入れることが出来た。

五十階層を超えて、さぞや複雑な構造をしたダンジョンが待ち構えているだろうと想像していたふたりの眼前に、開けた空間が広がる。遠くにはダンジョン内としては珍しく、湖《みずうみ》まで存在していた。

そこで近くを通りかかった先輩冒険者に声をかけ、話を聞いてみる。

この下は五十八階層がとても厄介な場所であるらしいこと。かなり複雑な迷宮になっていて慣れた冒険者でも迷うことがあるらしいことなど、これからのダンジョン攻略に役立ちそうな情報を聞き出していく。特にこの階層と直下の階層は、攻略完了から数年経ってもまだ、新種の魔物が発見される油断ならない場所だ、と先輩冒険者は熱心に語った。

ふたりは真剣にその話を聞き、助言を貰うと再び探索を開始する。情報から足元にトラップがないかを警戒し続けての移動は、ふたりの精神をすり減らしていった。

「……今日のところは、これくらいにしておきましょうか」

一時間ほど歩き回ると、シアレは唐突にそう言った。

ダンジョン探索においては、一弘はシアレの状況判断を重視するようにしていた。

非力な一弘がこのダンジョン内で生き残るには、シアレの戦闘能力だけが頼りだからだ。

ふたりは初日の探索を切り上げて、メレスシティへと帰還した。

◆　◆

メレスシティについてからのふたりの生活自体は、ノーファでのそれとあまり変わらなかった。

「それじゃあ今日も行くわよ」

ギルドでクエストを受け、それを解決する。だが、そのクエストの種類は以前と異なった。

魔王を倒すという目的を達成するための、積極的なダンジョン攻略がメインだ。

「今日はどこまで行くんだっけ？」

「自分が戦わないからって、ぜんぜん話を聞かないんだから……。五十八層よ」

ぼーっとする一弘に呆れながらも、シアレはきちんとどこに行くのか伝えてくれる。

「現状で行ける階層では一番深い場所ね。最近、次の階層へ行くための階段がある場所が見つかったらしいんだけど、そこにいるワイバーンの群れを倒してほしいんだって」

「ワイバーンか……」

小型とはいえ竜の一種だ。一体だけならともかく、群れで行動しているとなったらシアレであっても油断はできない。それにしても、魔王の呪いのせいで階層が成長し続けるという話もやっかだなと、改めて思いしらされていた。先輩達の話でも、情報がけっこう二転三転することがある。

「呪いのせいもあってかなり危ない場所だけど、逃げ回る準備は出来てる？」

「もちろんだ。どんなモンスターが現れてもすぐに逃げ帰る準備は出来てるぞ」

一弘は自慢げに親指を立てた。それを見たシアレは肩を竦める。

「胸を張って言うことじゃないと思うけどね……」

軽口を言えるくらいには気楽な雰囲気で、一弘とシアレはダンジョンの最前線、五十八階層へ下りていった。

◆　◆

メレスの出口階段で他の冒険者と合流し、先を目指す者同士の一団の移動が始まって数日。

まわりの冒険者達の雰囲気は、五十八層に入ってからかなりピリピリとしていた。ワイバーンともなれば、相当強力な魔物だ。緊張するのも分からないことではない。

そんななかで見ると、一弘とシアレの力の抜け方は周囲で相当浮いている。

それでも物々しい雰囲気に呑まれ、一弘は何度も辺りを見渡していた。

「一弘、少し落ち着いて。ルーキーって勘違いされて、下手な人達に絡まれたくはないでしょ？」

「悪い悪い……だけどこういう張り詰めた空気って、シアレといるとなんか新鮮でさ」

「……うーん。気持ちは分かるけどね」

そうこうしているうちに冒険者達の間で意思の疎通が取られ、少しの休息が取られた後、ワイバーンが生息している区画へ向けての移動が始まった。

数え切れないほどの角を曲がり、一行は階層の奥へと進んでいく。

(この階層、本当に複雑だ。きちんと把握しないと、逃げても迷ってしまって、メレスに帰れなくなるぞ……)

迷宮の中をどれくらい歩いただろうか。集団は一つの部屋へと入り、そこで足を止めた。

「ワイバーンの手前まで来たみたいね」

「最後の休憩ってとこか。どれくらいで襲撃するんだろうな」

「さあ？　また休憩が入るなんて聞いてなかったから、分からないわ。様子を見に行きましょう」

シアレはそう言うと、一弘の手を引いて集団の先頭へと臆することなく歩いていく。

先頭付近にくると、リーダー格でもある熟練の戦士達の会話が耳に入ってきた。

「どうする……？」

「どうするって言ってもなぁ……。予想以上にワイバーンの数が……」

「あの数を相手にするのは大変だぞ……」

予想よりもワイバーンの数が多く、襲撃するかどうか考えあぐねているようだった。

その会話を聞いたシアレは、がっくりと肩を落としている。

「……はあ。まったく、ここまできて怖気づいてるわけ？」

一弘よりも遥かに年を重ねた戦士が萎縮している姿に幻滅したシアレは、数人を押しのけて部屋の先にある通路を覗き見た。通路はあまり長く続いておらず、開け放たれたその先の部屋を覗くことが出来る。シアレの視線が、部屋にひしめくワイバーンを遠目に捉えた。

部屋にはかなりの数のワイバーンが住み着いているようで、鳴き声が喧噪《けんそう》となって聞こえてくる。

シアレは眉間に皺を寄せて、一弘に向き直ると――。

「あれくらいなら、私ひとりで気を引けるわね……」

シアレはなんということもないようにそう言って、いきなり部屋から飛び出した。

「え？　は？　おい、シアレ！」

堂々とした足取りで剣を抜き、シアレはワイバーンの群れへと向かっていく。

ワイバーンの一匹が廊下を歩くシアレに気付き、威嚇の声を上げた。その鳴き声に反応して、もう数匹がシアレを見る。シアレはそんなワイバーンの視線に、まったく怯むことなく歩き続けた。

魔物がひしめく部屋へと入り、威嚇している一匹のワイバーンの目と鼻の先で立ち止まると、一瞬の間を置いて躊躇することなくその首を撥ねた。

ワイバーンの首は放物線を描きながら、ぼとりと床に落ちる。恐るべき技の冴えだった。

一瞬後、耳をつんざく鳴き声が響いた。

数匹のワイバーンが同胞を殺したシアレへと襲いかかるが、まとめて相手にしても彼女は無傷のままだ。闖入者に傷を付けることさえ出来ないワイバーン達は、苛立ちを募らせていた。

そんなシアレの実力に呆気にとられていた熟練の冒険者達も、ここに至ってついに動き出す。

このチャンスを見逃すことがどれだけ愚かなことかぐらいは、理解していたからだ。

部屋の中に冒険者達が雪崩れ込み、混乱するワイバーンに攻撃を仕掛けていく。

何十頭といたワイバーンは、冒険者達の奇襲で着実に数を減らしていった。

苦戦するかと思われていたワイバーン討伐は数十分に及ぶ戦闘によって終了した。

「ふぅ……お疲れ、一弘。私の活躍、見てくれてた？」

自分の手柄を褒められたいのか、ワイバーンを一掃した一団から抜け出したシアレは嬉しそうに一弘に駈け寄ってきた。

「ああ、特等席でちゃんと見てたよ。まさか一番最初に飛び出していくとは思わなかったけど」

「緊張でガチガチになって動けなくなってるやつらより、ずっと格好いいでしょ？」

そう言い切るシアレは、一弘にまぶしく映る。ワイバーンへ攻撃を開始する瞬間を見ていた数人の冒険者が、シアレにチラチラと視線を向けているのがその証拠だろう。

シアレはその視線に気が付いていたが、特に反応を示さなかった。

ひとりが意を決してシアレに話しかけようと近付くが——一弘を引っ張って歩き出した彼女に追いつくことは出来なかった。

◆　◆　◆

しばらく経つと、真っ先にワイバーンに向かっていった女性剣士のことが噂になり始めた。熟練冒険者の誰よりも胆力があり、一流の腕前を持つ女性がいた、と。その女性に寄り添う軽装の男がいることも。その噂は瞬く間に冒険者達に伝わることとなった。

このクエストをきっかけに、シアレはメレスシティでの知名度を上げていくことになった。

第九話　討伐から

今日もダンジョン攻略から帰還した一弘とシアレは、報酬を貰うためにギルドへと立ち寄った。

ふたりがギルドの門をくぐると、周りがざわつき始める。ワイバーンの討伐から数日。毎日、未踏領域から涼しい顔で帰還するシアレと一弘の存在は、すでにメレスでも有名になっていた。

「それではこちらが今回の報酬です。それと……シアレさんにご指名で仕事が来ています」

報酬を受け取ったシアレに、受付嬢のハミィがそう言った。

「指名……？」

今まで指名で仕事が来ることがなかったシアレと一弘は、きょとんとした視線をハミィに投げた。

「はい。ご指名です」

「どんな依頼なの？」

「四十階層のフレンシアシティまでの護衛ですね。断ることも出来ますが、どうされますか？」

シアレは振り返って一弘を見た。決定を委ねているのだ。一弘は肩を竦めながらそれに答えた。

「断る理由も特にないしな……。シアレが嫌じゃなければ、受けてもいいんじゃないか？」

シアレは一弘が快諾すると、一度力強く頷いてハミィにクエストを受ける意思を伝えた。

「畏まりました。それでは受理します。先方の都合で、明後日の早朝からのお仕事になります」

◆　◆

「おぉ、君達が噂のふたり組だね。私はドブルズ、メレスを拠点に冒険者を相手に商売をやっている。今日はよろしく頼むよ」

依頼当日、待ち合わせの場所へとやってきたシアレ達に、商人だというドブルズは笑いかけた。

「君達の活躍はよく耳に入ってくるものでね。特にシアレ君は相当の腕らしいね」

ドブルズはメレスで有名になり始めたシアレに相当興味があるようだ。ニコニコと笑みを浮かべてふたりを迎えた。

「それにしても噂通りの美人だ。こんな可憐な少女が巷を騒がせる新人冒険者とは……」

「ふふっ。お世辞ですか？」

「いえいえ本心ですよ。ここまで美しい冒険者はなかなかいない」

そんな見え見えのお世辞にも、シアレは笑顔で対応する。

「ん……？」

ふたりが話し込んでいる間、何もすることがなかった一弘は、ドブルズの商品が積まれた荷車を覗き込んでいた。そこには瓶が詰められた箱や、剥き出しのまま箱に入れられたキノコといった、怪しげな商品が積み込まれている。

(見た目だけだと怪しい商品ばっかりだな……。ま、でも商人によって売る物は違うもんな)

一弘は荷台から目を逸らし、話を続けているふたりのもとへと戻った。

「それじゃあ、そろそろ出発だ。よろしく頼むよ」

ドブルズがシアレとの雑談を切り上げると、いよいよ護衛任務が始まる。

五十階層にあるメレスシティから四十階層までは、それなりに魔物の強さや遭遇率が高い。一弘は潜ってきたときの知識を活かしながら進む。もちろんシアレは、いつも通りに余裕の表情を浮かべている。この階層の行き来に慣れているドブルズも、同様に余裕を持っていた。

「ここら辺にはスライムがよく出る。気をつけてくれ……とは言っても、君達には無用な心配か」

(スライム……？)

一弘は首を傾げた。一弘にとってスライムといえば、ゲームに出てくる雑魚敵だ。それが気をつけなければならないものとは、考えてもいなかった。実際のところ、まだ見たことはないが。

「どう認識しているか知らないけど、スライムはかなり厄介よ」

スライムに関してぴんときていないのを見て取ったシアレが、小声で耳打ちする。

「剣も弾丸も効かないし、あのゲル状の身体に捕まったら振り払うのは大変よ。とくに頭を狙われたら悲惨ね」

顔面全体にスライムが纏わりつき、取り払おうにも掴むことが出来ずにそのまま窒息する場面を想像して、一弘は血の気を引かせた。

「厄介っていうレベルを超えている気がするな……。これまで遭遇しなかったのは幸運だ……」

「一弘が実践で対処法を学べる機会がなかったのは、不運だけどね」

「対処法なんてあるのか？」

「もちろんよ。どんな魔物にも、対処法がなければ有利に戦えないでしょ」

「言われてみれば……。それで、スライムの弱点って？」

「スライムは身体のほとんどが水分で出来てるの。だから、熱や炎、乾燥に弱かったはずよ」

なるほどと一弘は腕を組み、それからも魔物の襲撃に備えながら階層を上っていく。数時間かけて四つの階層を踏破し、四十五階層へと続く階段のある部屋へとたどり着いた。

「ここら辺でちょっと休憩にしよう」

中間地点までやってきたことで、ドブルズは牽いていた荷車を止めて額に浮かんだ汗を拭った。それを合図にシアレと一弘も休憩に入る。神経をすり減らしながら進んできたことで、休息できると聞いて緊張の糸が切れるのを感じた。直後にどっかりと尻を落として座り込み、深く息を吐く。

ここまで集団の魔物と遭遇せずに来れたのは運が良かったからだ。これと同じ距離がまだ残っているが……一弘はそれをあえて考えないようにした。

「ん……？」

ある程度の疲れが取れた一弘が顔を上げると、シアレの姿もドブルズの姿もなくなっていた。

この一瞬でどこに行ったのかと辺りを見渡すが、やはりどこにもふたりの姿は確認できない。

(俺と離れすぎると動けなくなるはずだから、シアレはあまり遠くには行っていないだろうけど……一声くらいかけてくれても良かったのにな)

不意に魔物が襲ってこないように祈りながら、ふたりが帰ってくるまでゆっくりしていようとした矢先。一弘の耳に、不穏な音が舞い込んできた。

「へへへ……」

音はやがて下品な笑い声へと成長し、その室内に木霊した。

一弘が声のするほうへ顔を向けると、一見して野蛮そうな三人組が上の階層から下りてくるところだった。咄嗟に辺りへと視線を流すが、そこにはまだシアレはいない。

（くそ、こんなタイミングでか）

立ち上がって降参するように手を上げた一弘は、三人組を人相と服装から盗賊だろうと予想する。

（なら、狙いはドブルズさんの商品か）

護衛任務を承った身としては、この盗賊達からドブルズの商品を守らなければならないと思考を巡らせる。

「お前達、盗賊だろ？　この商品を狙ってるんだったら、やめておいたほうが身のためだぞ……」

しかし、盗賊達は忠告を無視して一弘へと迫った。

◆　◆

「この場所にはかなりの数、隠し部屋が用意されていてね。こっちでならゆっくりと休めるんだ」

ドブルズはシアレの腕を強引に引いて、その広場の端にある壁に手を当てた。すると、その壁がくぼみ、入り口が現れる。その中へ、ドブルズはシアレを強引に引き入れた。

「あの……ドブルズさん？」

シアレは不穏な空気を感じて、ドブルズの手を振り払った。ドブルズは粘つくような笑みを顔に貼り付けて、シアレへと向き直った。直感的に、シアレはドブルズから一歩距離を取る。

「勘がいいな。――入ってこい！」

ドブルズはシアレの警戒心が高まったのを感じ取ると、大きく声を上げた。それを合図に、シアレとドブルズが入ってきたのとは反対側の壁から五人、ガラの悪い男達が入ってくる。

シアレはドブルズから視線を外して、男達を注視する。

男達は顔や露出した手足に目立つ傷があり、得物として手斧や小ぶりのナイフを握っている。

「ふーん。で、この人達は……？」

「分かっているだろう？」

シアレは男達が不意に襲いかかってきてもいいように注意をしながら、ドブルズに問い正す。

「平然とダンジョンの最前線で戦って帰ってくる化け物が相手だ。黙って捕まってくれる訳がないと思ってな、用意した傭兵だよ」

ドブルズは心底楽しそうにしていた。

「最初からお前が狙いだったんだ。お前みたいな美しい女性は、こんな荒くれ者の巣窟にはなかなかいないからな」

ドブルズは得意げに下世話な話を続ける。シアレが不愉快そうに顔を歪めているのにも気が付いていない。

「そのうえで剣の腕が立つ。物好きでなくても手に入れたくなるような「商品」だ。こんな金になるものを放っておく訳にはいかないだろう？」

シアレは呆れたように口を開けて、非難の目をドブルズへと向けていた。だが、そんな視線を何百、何千と受けてきただろうドブルズにはあまり効果はない。

「――やれ。あまり怪我はさせるなよ」

ドブルズが手短に指示を出すと、傭兵達は無駄のない動きでシアレに迫っていった。

数々の修羅場を潜り抜けてきたと思われる傭兵達は、シアレを取り囲むと抜け目なく逃げ道をなくす。傭兵達はたったひとりが相手だろうと、手加減するつもりはないようだった。

しかし……多対一の状況でありながら、シアレは冷静だった。

シアレには傭兵達の動きが限りなくスローに映っていた。五人すべての動きを推測して、シアレは直感で、ほとんど同時に倒しきることも出来ると判断した。

自分のその直感を信じて動き出す。一番近くにいたガタイの良い傭兵の腹へと、鞘に収めたままの剣を叩きつけた。打撃による激痛に、傭兵はくの字に身体を曲げてバランスを崩す。続けざま、シアレは傭兵の首下へもう一撃、鞘による打撃を加えた。

鞘は無防備に伸びきった首へと垂直に叩きつけられ、傭兵の意識を刈り取った。

瞬時にひとりがやられ、傭兵達は動揺した。動きが鈍り、判断がきかなくなる。それを狙って、シアレはさらに傭兵達へと肉薄する。近い場所にいた傭兵の喉仏めがけて、素早く鞘を振る。

もんどり打ちながら床に崩れ落ちた男には、それ以上の注意は向けない。そのままもうひとりも昏倒させる。ようやくまともに動けるようになった残りふたりだが、すでに数の有利の効果がないところまできてしまっている。

そこでようやく、得物のナイフを振り上げた傭兵達。

だがシアレにとって――五人ならまだしも――たったふたりの傭兵では相手にもならない。

戦闘という戦闘にもならずに、残りのふたりも床に沈んだ。

「ちっ……！　役立たずどもが……。これでは小僧のほうを足止めしている意味がない！」

焦ったドブルズから零れ出た言葉に、シアレは目を見開いた。ドブルズの一味が一弘も襲っていることに気付き、怒りでシアレの視界が真っ赤に染まる。次の瞬間、シアレは思い切り平手でドブルズの頬を引っぱたいた。ドブルズはシアレのその一撃で気を失った。

「一弘のところにも、こいつらの仲間がいるのよね……」

シアレは先ほど通った扉からもとの部屋へと戻り、視線で一弘を探した。そこですぐ、先ほど襲ってきた傭兵と同じ服装をした三人の男達を視認する。

人数は少ないが、熟練度では明らかにこちらにいる傭兵達のほうが強いと察した。

(私より男の一弘のほうに、戦力を割いたのかな？)

「……おいおい、話が違うじゃねえか」

「あいつら油断したか」

「つたく……まだこっちの処理も終わってねえっつうのに」

「まあまあ。あの女がここにいるってことは、ドブルズのおっさんが出し抜かれたってことだ」

「ははぁん、なるほどな。ってことは、俺達が無事にこいつらを押さえ込めば、追加の報酬がもらえるってわけか？」

一弘は傭兵三人に囲まれ、すでに倒れていた。シアレはキツい視線を送る。

ドブルズが生け捕りにしたかったのはシアレだけで、男の一弘がどうなろうと構わないようだった。シアレは最初に襲ってきたほうが弱くて、心底ほっとしていた。

少しでもこちらの部屋に来るのが遅れていたら、一弘が殺されていたかもしれないのだ。ドブルズの采配ミスに感謝する。そして一弘を助けながら、この傭兵三人とどう戦うかを考える。

(優先すべきは一弘の救出だけど……)

三人もそれはよく分かっているらしい。傭兵達は意思の疎通を行い、気を失っている一弘の首元にナイフを当てた。

◆　◆

一弘が目を覚ますと、最初に視界に入ってきたのは屈強な男達の背中だった。

次に、その向こうに険しい表情をしたシアレが見えた。

(確か……急に近付いてきたこいつらに襲われて……)

抵抗する間もなく気絶させられたのだ。

(気を失ってる間に、シアレが来てくれたのか……)

いつもならこの程度の相手、すぐに倒してしまえるはずだが、いつまで経っても男達を倒そうとしないシアレに疑問を抱く。そこに至って、一弘は自分の首元に当たる冷たく硬質な感触に気付いた。

(これって……まさか)

一弘は自分の首元にナイフが当てられていることに気が付いた。身じろぎしないよう気を付けて視線を上げてみると、無抵抗のシアレが腕を上げているのが見える。

(俺が人質になっているせいで、抵抗も出来ないのか……)

一弘は自分のふがいなさに唇を噛みしめた。このままでは、シアレが捕まってしまう。

(どうにかしないと……)

一弘は意識を取り戻したことを悟られないようにしながら、目だけを周囲に配った。

しかし簡素な部屋には、どこにも起死回生を狙えるようなものは見当たらない。たとえ見つかったとしても、どうやれば今のシアレの役に立てるのか……。

（……どうなるにせよ俺に出来ることは少ないんだ……やるしかない）

わずかな望みにかけて、一弘は部屋に目を配り続けた。そして——その足掻きは報われる。

一弘は視界の端にある噴水で、蠢く物体を捕らえた。彼の目の端に映るのは、小さなスライムだ。

それを見つけた一弘の頭に、この状況を打開する方法が舞い降りた。

「シアレ！　上だ！」

一弘は危険を承知で叫んだ。

◆　◆

「——！」

シアレは一弘の声に反応して、真上を見上げる。傭兵たちもそれに釣られて上空を見た。

しかし、その視線の先には何もない。次の瞬間、ばしゃりと音を当てて近くの噴水の水が跳ね上がる。

男達は一弘の言葉の意味が分からないまま、音のした噴水へと視線を向ける。

その水面は、波紋を残しながら揺れていた。

「あんまりふざけるなよ！　お前の命は俺達が握ってることを忘れるんじゃねえぞ！」

傭兵達は、一弘の行動を気を逸らすためだけのものだと判断し、頭に血を上らせた。

そんなとき、突如噴水から水柱が上がった。

その水柱は意思を持っているかのように、傭兵のほうへ向かっていく。

「なんだ！」

「スライムだ！」

「うぐ――――!?」

運悪く、噴水の近くにいた傭兵の首にスライムが取り付いた。傭兵は必死にもがいてスライムを剥がそうとする。しかし、軟体のスライムは掴むことが出来ないようだ。

その傭兵を助けるために、仲間達が寄っていく。シアレはそのチャンスを逃さなかった。

一弘にナイフを突きつけている男に向かって一直線に走り寄り、素早くナイフを叩き落とした。と同時に、男の顔に鋭い掌底を叩きつける。

「――――ごっ」

吹き飛ばされて床に転がった傭兵は、うめき声を上げて倒れた。

「っ!?　どうした?」

スライムに気を取られていた傭兵のひとりが反撃を見て、腰に下げている剣を抜こうとする。

「遅すぎるわよ!」

だが、男が剣を抜くよりも速く、シアレはその傭兵に接近した。

眼前に迫ったシアレが、重心を低くして拳を振り抜こうとしている姿を見る男。

しかし避ける間も与えられずに重い拳の一撃を腹へと叩き込まれ、傭兵は激痛に膝を折り、うずくまった。そしてシアレは、最後に残ったひとりへと向き直る。

睨みつけられた傭兵は、自身の危機を敏感に感じ取り、シアレに背中を向けて逃げ出した。

迅速な撤退に追う必要はないと判断し、シアレは軽く息を吐いた。

「一弘、大丈夫?」

まだ立てないでいた一弘に、シアレが手を差し伸べる。その手を取って、よろよろと立ち上がった。

「うまくいって良かった……」

「あのスライム、一弘がけしかけたの？」

「ああ……。本当に、上手くいって良かったよ」

「何をしたのよ」

「そこまで凝ったことはしてないよ。あいつらが目を逸らしてる間に、スライムがいた噴水に石を投げたんだ」

それを聞いて、シアレの肩から力が抜けていく。

「あのままじゃまずいと思って。少しリスクを負ってでも、やらないとって思って……」

「実際に助かってるから文句は言えないけど……」

シアレが非難の視線を一弘に向けるが、あまり気にはならない。シアレのピンチでもあったのだ。助けることができて良かった。

「気が付かれたとしても、少しでも俺に注意が向けば、シアレがなんとかしてくれるって分かってたからな。それよりこいつらはどうする？　たぶん、ドブルズさんの商品を盗もうとしてたみたいだけど……」

「あー……。それならね……」

まだ本当のことを知らない一弘に、事情を説明するシアレ。傭兵達がドブルズ自身の手先であり、シアレを攫《さら》おうとしていたことを知った一弘は、眉間に深い皺を寄せた。

多少はそれらしくなったと思っていた冒険者稼業だが、どうやらこれからは、もっと注意が必要なようだ。魔王退治という大業を前に、一弘は少し考え直す必要を感じるのだった。

第二章　新たな仲間と不穏な影

第一話　ふたりの絆

一弘とシアレは、疲労困憊になりながらクエストから帰還した。

商人に騙されて身売りさせられそうになったシアレと、男はいらないと殺されそうになった一弘。ふたりのメンタルはボロボロになっていた。帰宅してすぐに、今日はもう寝てしまおうと話をつける。

「じゃあ、悪いけど先に風呂を貰うから」

一弘はそう言うと、ススッと風呂場へと入っていく。軽く負傷していたことで、シアレが譲ってくれたのだ。脱衣所でぱっと服を脱ぎ去ろうとした——そこへ、突然扉を開けてシアレが入ってくる。

「お、おい……なに入ってきてるんだよ」

慌てて局部を隠す一弘だが、シアレは気にせずに服を脱ぐと一弘に密着する。

「ふふ、一緒に入っちゃったほうが、時間の節約になるでしょ」

シアレは悪戯っぽく笑い、強引に一弘を浴室の中へと押していった。

シアレは恥ずかしげもなく身体を密着させてきて、腕も絡ませてくる。

二の腕はしっかりと筋肉がつき、無駄な脂肪のない細腕だったが、温かな肌の感触と豊満な胸元のたまらない柔らかさが一弘へと伝わった。

（ああ……これはいかん……）

自分の分身に血液が流れ込むのを感じた。どくん、どくんとゆっくり脈動する陰茎は、徐々に形を膨張させていく。半勃ちの状態になった一弘の逸物の存在に、シアレはすぐに気が付いた。

「ふふふ……なんだか可愛いよね、これ」

ちゃっかりと反応している男根を見て、シアレはにんまりと笑った。

「まったく……からかうなよ」

顔を真っ赤にしながら一弘は、シアレの腕を振り払おうとする。だが、シアレはさらに強く腕に力を込めた。

「シアレ？」

シアレは、一弘の肩に頭をもたれさせてくる。

「……ねえ、一弘。今日は、身体洗ってあげる」

耳元で囁かれた言葉の意味が咄嗟に理解できず、一弘は至近に迫るシアレの顔を見る。

シアレの表情には、さきほどまでの憎たらしい笑みはない。まっすぐに一弘を捉える真剣な眼差しが向けられていた。

「一弘には感謝してるの……」

「感謝……？」

むしろ、感謝したいのは一弘のほうだった。なにせ、シアレがいなければ一弘はこのダンジョンの中で生き残れないのだから。

しかし、シアレはそうは思っていないようだった。

「一弘がいなかったら、この時代の明るい街で暮らすこともなかったし、テオドラが復活しそうになっていたことも知ることが出来なかったんだから……」

その言葉はシアレの純粋な気持ちを表したものだった。一弘を心の底から信頼している証だ。

「だから少しでも、その恩を返したいなって思ってるのよ」

そんなしおらしい言葉がシアレの口から飛び出してくると思っていなかった一弘は、言葉を詰まらせた。気が付けば、身体から力も抜けている。

一弘はシアレに促されるまま、足の低い椅子に座らされた。

シアレは用意していたスポンジに、一度水につけた石けんをこすりつけて泡立て始める。石けんはすぐにシアレの手の平の上で、モコモコと泡立っていった。

そうして出来上がった泡で、一弘の身体を包んでいく。

しなやかなシアレの指が身体中を這い回る。全身、くまなく、隅々へと。

シアレの指が一弘の胸板へと伸び、上半身がさらに泡で包まれていく。

背中から始まり、太ももにシアレの腕が絡まる。一弘の身体中を、シアレは丹念に洗っていった。

「もっと……気持ちよくしてあげるね」

身体全体に泡をつけたシアレが、泡立てた石けんをさらに、自分の手で盛りつけていく。

女性を象徴する両の膨らみが、泡を塗りつける白い手によって形を変える。

一弘の真正面で挑発するように、シアレはそんな、自慰とも取れる行為を見せつけてきた。

ぬるぬるとした泡を纏ったシアレの肢体は、一弘の目に妖艶に映る。

「この身体で……さ」

シアレは泡だらけの身体――その豊満な胸――を一弘の顔に押しつけた。

柔らかな乳房とともに、一弘の顔に石けんの泡が塗りつけられる。

スポンジ代わりに押しつけられた乳房が、一弘の顔の形に歪んでいく。

一弘は女性の脂肪の柔らかさを、顔の両側で受け止めた。

「気持ちいい……かな？」

そう言って、身体を徐々に下へと降ろすシアレ。その胸は一弘の喉を撫でながら、胸板へと到達する。一弘はそこで、自由になった顔についた泡を拭った。

お互いの胸同士が合わさると、必然的に目線が合う。心臓がバクバクいって鼓動していた。

シアレはとろけた目線のまま、一弘の胸へと手を伸ばす。彼女の指が優しく一弘の乳首をつまむ。

「ちょ、おいシアレ、なにしてっ……くぅ……」

「何って、身体を洗ってあげてるんじゃない。ここも気持ちいいでしょ？」

優しく撫でられた一弘の乳首は、ピンと勃ち上がる。シアレはその突起を指先で挟んだり、捏ねたりと弄り始める。

その愛撫は、一弘にこそばゆさを与えた。羞恥心が迫り上がり、一弘の顔は真っ赤に染まった。

「ね、気持ちいいでしょう？」

シアレは悪戯っぽい笑みを浮かべながら、そこへの愛撫を続ける。

「くっ……うっ……」

いつまでも続きそうな愛撫から逃れるために、一弘は身体をよじってシアレの手を振り払った。

逆愛撫をなんとか抜け出した一弘は、強引にふたりの身体をお湯で流し、濡れたままなのもかまわずに寝室のベッドへと移動する。

四つん這いでベッドに手をつけさせると、後ろからシアレの胸を鷲づかみした。

「あっ……や、優しくしてよね」

まだ残っていた石けんでぬるぬるのシアレの胸は、一弘の指を滑らせる。

一弘は、掴みづらいシアレの胸をなんとか押さえようと、必死に指を動かした。

指の動きに合わせて、胸は柔軟に形を変えていく。

「んっ……はぁ……ッ！　ん……指……ダメ……ふっ……ふぅあっ！」

胸を弄ばれるシアレの呼吸は、だんだんと乱れていった。

乳首を直接弄られたわけでもないのに、乳輪からぷっくりと突起が浮き上がっていく。

乳房を揉みしだかれる度、シアレの乳首は固くなり、一弘につままれるのを待ちわびている。

だが、一弘の指はなかなか二つの山の頂点には到達してこない。

シアレがそこに弄ってほしいのを分かっているからこそ、まったく触れずにいた。

「か……ひろぉ……お願い……そこも……」

シアレは弱々しく奮えるような声で、感度を増す乳首に刺激が欲しいと懇願した。

「そんなに欲しいのか？」

一弘はシアレの懇願を誤魔化すように、その首筋に顔を埋めて強く吸いついた。

「ふっ……ふあ……そんなに強く吸ったら、痕になっちゃう、からっ……ああ！」

シアレの首筋を存分に味わった一弘は隆起した下半身を尻の間にあてがい、ズルズルとこすりつけ始めた。

熱い肉棒が上下すると、シアレはこれから自身を貫こうとしているソレを意識せざるを得なくなる。

上下運動に合わせて、シアレの腰も男を誘うように浮き上がっていく。

そうして突き出された尻に、胸から離された手が添えられた。

「ふぅ……ふぅ……はやくぅ……おね……がい」

「挿入《はい》るぞ……」

そう言うと一弘は、シアレの膣内にずぶりと逸物を滑り込ませた。

十分に発情して濡れた膣は、一弘の逸物をするりと最奥へと招き入れた。

――トン、と亀頭の先端が行き止まりにぶつかる。

途端、膣肉が収縮して肉棒を締め上げた。

シアレの愛液で満たされた密壺は、窮屈な締めつけとともに痺れるような刺激を与えてくる。

男根が膣内をスライドする度に、一弘はその甘美な刺激を受け取った。

「はぅっ……あんんっ……！　よわいとこ……こすれ……て……んくっ……！」

快楽に耐えられずに喘ぐシアレの甘い声を聞いて、もっと彼女に悦楽を与えたいと思う。

肉棒で膣内を掻き分け、一弘はシアレが一番気持ちよくなる場所や動きを探った。

子宮口を何度も突いてみたり。

きゅうきゅうと絞まる膣肉を押し広げてみたり。

高速のピストンを試したあとは、牛歩のようなゆっくりとした出し入れをしてみたり。

――そして幾度かの試行錯誤の結果、子宮口の上部を、内側から臍《へそ》へと突き抜けるように押し上げると、シアレに最高の快楽を与えることが出来ることを突き止めた。

一弘は重点的に、その弱点にペニスをこすりつける。

「あうぅん！　もう……そ……こぉばっかり……なんて！」

十数分ほど、執拗に気持ちの良い場所を攻められ続けたシアレは、男根に与えられる快楽にすっかり溺れていた。反射的に抵抗の言葉を紡ぐが、実際には一弘を振り払おうとはしない。

それどころか、一弘の動きに合わせて自分から腰をくねらせている。

その白い尻を思う存分に突いて快感を貪っていく。弱点に狙いをつけて肉棒を打ちつけていた一弘の動きとの連携は取れておらず、シアレに与えられる快楽は一方的な波だった。

痺れるような刺激に身を焦がしたかと思えば、じっとりと焦らすような微弱な快楽で焦らされる。

不規則に交互する二つの快楽を受けて、シアレの股間からは、男性のものとは違う濁りの強い白濁液が溢れ出す。

その白濁は一弘のピストンによって攪拌され、股間の接合部で泡立っていった。

「あぅう……おっ、お腹の奥ぅ……きゅうんってなるぅ……！　かず……ひろ！　欲しいよぉ！」

シアレは疼く子宮から与えられる快楽に耐えきれず、身体を跳ねさせる。

そうしてびくびくと震えるシアレの身体へと、一弘は腕を回す。

行為によって熱くなったシアレの体温が、心地よい温もりとなって一弘へと伝わってくる。

愛しい女体を、後ろから激しく犯しているという満足感。

「くっ、出すぞ！　シアレ！　全部受け止めてくれ！　くぉ……おおお！」

すでに体力を激しく消耗していた一弘は、最早堪えることができなかった。その温もりに甘えるようにシアレを抱きしめながら、最奥で吸いついてくる子宮口へと濃い精液を注いでいくのだった。

第二話　清楚なる神官

「それでは、五十九階層内の魔物討伐依頼を受注しますね」

一弘とシアレはギルドの受付で、いつものように淡々としているハミィからクエストを受けていた。

ダンジョン生活にもそれなりに慣れてきたのか、ふたりの日常にはさほど変化はない。

ワイバーン討伐時の功績によって新人としては異例の知名度を除けば、であるが。

そんなふたりが本日受けたクエストは、ダンジョンの五十九階層の魔物の討伐だった。

それはつまり、未踏のダンジョンを攻略していく危険な任務だ。

それも今回は、期限が設けられていないものを選んでいた。

数日間に及ぶクエストになることは、容易に想像することが出来る。

ふたりはクエストへと出発する前に一度自宅へと戻り、着替えなどの準備を済ませた。

まずは、前線の野営地へと到着することが目的となる。五十九階層入り口までは、どれだけ急いでも五日はかかってしまう。そんな距離をふたりだけで、かつ魔物の襲撃を考慮しながら進むのは困難な行程だろう。特に五十八階層の複雑な迷宮を抜けるのは、ワイバーン討伐で一度通ったとはいえ、多少は道を間違えるのことも覚悟しなければならない。

「それじゃあ、行くか」

「案内、ちゃんとやってよね。あんな場所で迷子になったら洒落にならないんだから」

「保証は出来ないけどな……」

一弘は自信なさげに肩を竦める。だが、これまで何度も五十八階層を中心にクエストを受注し、シアレが魔物と戦っている間にも、一弘はダンジョンのマッピングをしていた。

特に階層ごとの最短の道のりは何度も確認し、ほぼ迷いなく進めるようにはなっていた。

シアレはからかいながら、一弘がいつも通りであることを確認したのだろう。

覚悟が決まったことを確認し合い、ふたりはダンジョンへと潜っていった。

◆　◆

五十八階層の迷宮を淡々と進んでいく。

攻略が済んだ階層とはいえ、入り組んだ構造の五十八階層は、魔物を完全に淘汰することが困難だ。

一弘とシアレは今も、迷宮の中に隠れ潜んでいる魔物に襲われていた。

「まったくもぉ……ワイバーン討伐のときにはほとんど出てこなかったっていうのに……」

「そのワイバーンがいなくなって、冒険者の数が減った影響だろうな。ずっとこの階層で戦っていた熟練者っていう脅威がなくなれば、そりゃ魔物達も出てくるようになるさ」

「そうなんでしょうけど……流石に多すぎ！」

シアレは文句を言いながらも、次々とわき出るスケルトンを剣一本で対処する。その剣の軌道には、数時間歩き通した疲れは見られない。正確にスケルトンの関節へと剣をたたき込み、注ぎ次ぎに無力化していく。

通路での戦闘は、シアレにとっては一度に相手する数が少なくてすむが、同時に一弘のいる後方へは絶対に抜けさせることが出来ない背水の陣でもある。

時には無茶な動きをしてでも、スケルトンの足止めをしながら戦うのは、シアレであっても神経を使うのだろう。少しのミスも許されない状況が、次第にシアレを追い詰めていた。

「ちっ……！」

息も合っていないような乱撃の間に、一体のスケルトンがシアレの脇を抜けようとする。他の二体の攻撃に気を取られていたシアレは、強引なタックルでスケルトンを押し止めた。

しかし、その隙は大きい。スケルトンの一撃がシアレの右腕を切り裂き、鮮血が迸った。

「ぐっ……！」

シアレは痛みに耐えてながら、無傷の手で壁に押しつけたスケルトンの肋骨を掴み取ると、襲い来る後続達に向かって叩きつけた。骨と骨が砕ける音とともに、スケルトンの前線が崩れる。

「一弘……！　一度撤退するわよ！　このまま戦ってたら、一弘を守れなくなりそう！」

まだまだ控えている数十体のスケルトン達が、ガチャガチャと音を立てながら空洞の眼窩をシアレに向けている。その虚ろな視線を背に、シアレは一弘の手をとって逃げ出した。

「腕、大丈夫か!?」

「逃げる分には支障ないわ。それより、安全を確保できる場所は分かる？」

一弘は急いで手元の地図を確認する。揺れる視界の中で現在地と安全地帯までの道のりを確認した。

「こっちだな」

掴まれていた手を握り返すと、一弘はそれまでとは反対にシアレを引いて走る。

右へ左へと走り続けていると、次第にスケルトンの追従の音が遠くに聞こえ始めた。

そして一弘は突然立ち止まる。急ブレーキをかけられたシアレはつんのめった。

「ちょっと！」

シアレは文句を言おうと口を開くが、いつの間にか壁に空いていた四角い空洞に言葉を奪われる。

「早く入ってくれ」

呆気にとられるシアレを強引にその空洞の中へと押し入れる。一弘も同時にその中へと入ると、どういう仕掛けか、勝手に入り口が塞がっていく。

「隠し部屋……なの？」

「ああ、他の冒険者達が話してるのを聞いて、いくつか場所を教えて貰ってたんだ。ここ以外にも何カ所か、他の通路から隔離された部屋がある――っと」

一弘は人差し指を唇にあてる。壁の向こうで、ガチャガチャと音を立てスケルトンの集団が通り過ぎていく。集団の気配が完全になくなるまで待ち、ふたりは安堵の息を吐いた。

「身を隠せたのは良いけど……しばらく動けそうにないな」

「迷宮なんだから、あいつらの隙をついて逃げられないかな？」

「出来るならやりたいけど……」

と一弘は唸った。

(敵の正確な位置が分からない状態じゃ、無理がある。レーダーかなんかで敵の位置を知れるなら話が早いけど……そんな技術、こっちの世界にあるわけないし)

元々居た世界とのギャップに頭を悩ませても仕方がないが、一弘はそう思わずにはいられない。

「じゃあ、せめて戦力の増強は？　召喚能力には制約があるって言ってたけど、私を召喚してから結構経つし、もう使えたりするんじゃないの？」

「そう……か……」

一弘はぽんと手を打った。忘れていた訳ではなかったが、シアレという最強のカードを切り続けていた一弘からは、急に直面した危機に対して、新しく仲間を召喚するという選択肢が抜け落ちてしまっていた。

「待ってろ……」

一弘は腕まくりをして気合いを入れると、目を閉じて集中する。

シアレを召喚したことで抜け落ちていた魔力は、すでに十分に回復していることが感じ取れる。

これなら問題なく召喚を行えると確信した一弘は、すぐに能力を行使した。

地面に光の線が走る。光の線は円を縁取ると、その内部に複雑な模様を描いていく。召喚陣が完成すると、描かれた円陣が一際強く輝き出す。その光に耐えきれず、シアレと一弘は目をつぶった。

膨大な魔力の流れで、室内に突風が起きる。一弘はその風とともに、身体の中に満たされていた魔力が再び抜けていくのを感じた。

光が収束し、瞼の裏に感じる光量が減ったのを知覚すると、一弘は恐る恐る瞼を開いた。

「あら、わたしを呼んだのはあなた？」

そこには、長いポニーテールを揺らす女性が立っていた。女性は幾重にも布が重なった法衣を身につけている。厳かな見た目の法衣は、濃淡の違いはあるが、ほぼ白一色で統一されていた。

「わたしはマリアーヌ。この不浄な世界を清める神官をしております」

マリアーヌと名乗った女性は、ゆったりと微笑んだ。

第三話　奇跡の確立

魔王テオドラが封印されてから、百数年がたったころ。

成長するダンジョン、デビルズネイブの存在は冒険者達の間で常識となり始めていた。

地上とは比較にならないほど濃い魔力が漂うダンジョンは、人の精神をすり減らし、数多の冒険者達の命を奪っている。

真の魔王討伐を目的としたダンジョン攻略は遅々として進まず、日々多くの屍の山を築き上げているのだ。

そんな地獄と化していたデビルズネイブに、ひとりの神官が降り立った。

神聖な法衣に身を包み、長い髪を後ろで一つにまとめた彼女の名前はマリアーヌといった。

日々犠牲者を出すデビルズネイブにおいて、ひとりでも多くの命を救おうとやってきた神官だった。

彼女には、一瞬のうちにあらゆる傷を治す回復魔法の才能があった。

マリアーヌは何度もダンジョンへと赴き、傷ついた冒険者達を見つけてはその傷を癒やしていった。しかし、マリアーヌのそんな努力も虚しく、ダンジョン攻略における死者は増える一方だ。

彼女の憂いは、日ごとに大きくなっていった。

その状況が変化したのは、マリアーヌがダンジョンでの生活に慣れ始めた頃だ。

ダンジョンの大気中に満ちる濃い魔力。それは、地上に溢れる魔力とも、人間の体内に存在するものとも違う、そこに漂っているだけで人に良くない影響を及ぼすものだ。

その魔力を逆に利用できないか、と考えた。

マリアーヌはたったひとりでダンジョンへ潜る。奥へ行くほど出会う確立が高くなる、犠牲者の死体が目的だ。

そしてその死体一つ一つに、蘇生の魔法を掛けていく。

すると、地上では奇跡レベルの確率でしか成功しない蘇生魔法が、高確率で成功したのだ。

高いと言っても、まだ数十人にひとり生き返るかどうかの確率だったが――マリアーヌは自分の試した蘇生魔法を活用するよう、ギルドへと申告した。

ギルドはマリアーヌの言葉を受けると、すぐにダンジョン攻略における蘇生魔法の活用を推奨した。

それにより、蘇生魔法を使用することが出来る者たちの需要が高まった。

マリアーヌはそれからも、蘇生魔法をダンジョン攻略で役立てるための研究を続けた。

ギルドの支援を受けながらのその研究は長年に及び、ついには、ほとんど失敗することがない蘇生魔法を創り上げてしまった。

これによって人類は、デビルズネイブ内限定という縛りはあっても、外的要因による死を克服した。

蘇生魔法の恩恵はそれだけではない。死ぬことを恐れなくなった冒険者達によって、ダンジョンの攻略が劇的に進んだのだ。

それまでずっと一桁台の階層を抜け出せずにいた冒険者達は、すぐに十階層を越えての攻略を進めていった。

◆　◆

蘇生魔法の研究から解放されたマリアーヌは愛用の錫杖を手に持って、数年ぶりにダンジョンの中を探検していた。

力尽きた冒険者がいないか見回っていたのだ。見つければ即座に蘇生を施し、数年ほど前に十階層に整備されたノーファシティへと運ぶつもりだった。

マリアーヌはキョロキョロと周囲を見渡しながら、どんどん深い階層へと下りていく。

気が付けばすでに、まったく人気のない階層までやってきていた。

「あら、いけませんわ。どれくらい下りてきてしまったのでしょう……」

それまでの階層とは違う静けさを湛えたそこは、いるだけでマリアーヌを警戒させた。

(もしかして、まだギルドが到達していない階層まで下りてきてしまったのでしょうか……)

マリアーヌは頬に手を当てながら、困り果てた。そうだとしたら、早急に十階層へと帰還して報告しなければならない。

(……でも、魔物の気配もまったくないですし。大丈夫そうですね)

もしかしたら何かの拍子にこの階層まで下りてきてしまい、力尽きている冒険者がいないとも限らないと思い、マリアーヌは近場の探索を続ける。

そして、一つの広間へと足を踏み入れた。

「あら……？」

そこで、マリアーヌは〝それ〟を見つけた。

煌びやかな部屋の最奥に、真新しく輝く鏡が置かれている。魔王封印から数百年を経て、ところどころ風化しているダンジョン内に置かれている物としては、あきらかに不釣り合いだ。

マリアーヌは慎重に少し離れた場所から、鏡を覗き込む。

(鏡の中に、女性……？)

妖艶な姿をした女性が、鏡の中に映っている。しかし逆に、正面に立つマリアーヌの姿は一切映し出されていない。それを確認したマリアーヌは警戒心を強めた。

錫杖を構えて、慎重に鏡へと近付いていく。

(……なんて禍々しい魔力)

マリアーヌは直感した。この鏡に映る女性こそが、彼《か》の魔王、テオドラであろうことを。

(ですが、どこか虚ろ……)

マリアーヌは思案した。魔王の姿が映る鏡が、なぜここに存在するのかを。

(成長するダンジョンの、こんな浅い階層に魔王がいるはずありません。となると……ダンジョン内を確認するためのもの。もしくは、このダンジョンに巣くう魔物に影響を与える魔器でしょうか)

マリアーヌは周囲を見渡す。

辺りにはマリアーヌ以外、人はおろか魔物の気配すらない。

邪魔が入らないこの状況でなら、冒険者たちの障害になりそうなこの鏡を、ゆっくり破壊できるとマリアーヌは確信した。

(どちらにせよ、これを破壊するメリットは大きそうですね……)

錫杖を握る手にも、自然と力がこもる。

(魔王の魔力を感じはしますが……)

鏡に錫杖を向けて、その先端に魔力を溜め込む。

(これならわたしの魔法でも壊せそうです)

拳でたたき割ってしまっても良かったが、触れることで呪われる可能性を考慮しての、不得意な攻撃魔法の選択だった。

「ふぅん？　こんな場所まで来る人間がいたなんてね」

「……!?」

マリアーヌが事を起こす直前、鏡に映った魔王の目が急に見開かれた。

その瞬間、それまでとは比べものにならないほどの魔力が鏡から溢れ出す。

「悪いけど、今これを壊されるととても困るのよ」

「うっ……！」

危険と判断したマリアーヌは、早急に鏡を割ろうと錫杖に溜めた魔力を放出する。

放出された魔力は、強い破壊力を伴って鏡へと向かう。その魔法は、確実に鏡を砕く――はずだった。だがその攻撃を、太い氷の腕が受け止めていた。

マリアーヌは攻撃が防がれたことに驚きつつも咄嗟に距離を取り、攻撃を防いだその魔物を注視する。

マリアーヌの倍以上の体躯を持つその魔物は、氷で象《かたど》られた人型をしていた。その腕には先ほどの魔法で蜘蛛の巣状のヒビが入ってはいるが、致命的なダメージとはなっていないようだ。

(ゴーレム……一体どこから！)

部屋に存在していたなら、ここまで凶悪な殺気と魔力を感じ取れないようなマリアーヌではない。

ならば、直前まで気配を感じなかった理由は一つだ。

鏡の中で笑う魔王が、瞬時にでゴーレムを創り出したのだ。

「く……！　いけませんね……これは」

現状では太刀打ちできないと、マリアーヌは即座に撤退を決意する。

後退しようと、重心を後方へ傾けた瞬間——氷のゴーレムの拳が、マリアーヌの柔らかな腹へめり込んだ。

「ダンジョンの完成に必要不可欠な核《コア》を、壊されるわけにはいかないでしょ？」

マリアーヌは、魔王の声と自身の内臓が潰れる音を同時に聞かされ、床へと転がった。

「っ——！」

苦痛の叫びを上げることも、激痛にのたうち回ることすらも出来ない。自分に何が起きたのか理解する前に、マリアーヌは巨大な拳が振り下ろされるのを見た。

部屋中に重いものが叩きつけられる音が響き渡り、偉大な功績を残した神官、マリアーヌの生は幕を閉じた。

第四話　オーガ討伐

マリアーヌはシアレの怪我の治療をしながら、自分の身の上をふたりに話し終えた。

「蘇生魔法の基礎を築いた神官……か。丁度いなかった回復役は嬉しいな」

回復役は普通のパーティーにはかかせないものだ。そして、これまでシアレの圧倒的な強さに頼って強引に階層を下ってきた一弘たちにとって、足りないものでもあった。

「カズヒロ様のお役に立てるようで、安心しましたわ」

マリアーヌは嬉しそうに笑い、胸に手を当てた。

自然と、一弘の視線が動く手に寄せられる。そして、その手の奥にあるシアレ以上に豊満な胸が目に入った。

包容力のある柔らかな膨らみを見て、どきりと一弘の心臓が跳ねる。一弘はそれに気が付かれないようにすぐに目を逸らした。

今のを見られていたら、きっとちくりちくりと小言を言われるだろうと、シアレの様子を窺う。

だが、シアレは運良く隠し部屋の壁のほうへ視線を向けていた。

「ま、なんにせよこれで、あのスケルトン達の群れを突破できるわね」

マリアーヌを召喚して隠し部屋からの脱出の目処が立ち、シアレはやる気を出し始める。

「マリアーヌは、私が動けなくなりそうな傷を負ったら適度に回復をお願いするね。万が一、私をすり抜けたスケルトンがいたら、そいつから一弘を守ってほしい。一弘は、私とマリアーヌに守られてればいいわ」

「はい、お任せ下さい」

マリアーヌはシアレの指示に軽く頷いた。一弘ももちろん文句はない。なにせ魔王を追い詰めた英雄と、治癒に精通した神官のコンビに守られるのだから。

シアレが隠し扉の出口に手を添えて、ふたりに目配せをする。

「行くわよ」

その言葉を合図に、三人は一気に隠し部屋から飛び出した。

近くを徘徊していたスケルトン達が敏感に、その音に反応して集まってくる。

三人はあっという間にスケルトンに囲まれた。

「一弘の安全を考えずに戦えるなんて久しぶりだわ……」

呟くシアレの目が輝きを増す。それは、戦場で生きる戦士のものだった。戦いが非日常から日常となり、そこに楽しみを見いだした者の目だ。

腰から剣を抜き、構えた。そしてシアレはスケルトン達へ向かって走り出した。

あえて真ん中を突っ切りながら、シアレは手が届く範囲のスケルトンをなぎ倒していく。

集団に突っ込んだことでさすがのシアレの身体にも、一体を叩き伏せるたびに幾筋もの傷が付けられていく。だが、シアレは傷に構わずスケルトン達の中心で暴れ回っている。

そんな無茶をするシアレに、マリアーヌが目を光らせる。動きに支障が出そうな傷を負う度に、高度な回復魔法を使用してシアレの傷を治していった。

楽しそうに暴れるシアレの猛攻によって、スケルトンの群れは壊滅的なダメージを受けた。

「ふぅ……流石に数だけは多いけど。ま、こんなところかな」

最後の一体の頭蓋骨を砕いて足を止めたシアレは、満足そうな顔でそう言ったのだった。

そうして先に進んでいくと、そこにはつい先日まで多くのワイバーンがいた部屋があった。奥にはふたりが一度だけ下りたことのある階段がある。

「ふぅ……とりあえずはこれで下の階に行けるわね」

「やっとだな……」

一弘とシアレの声には疲れが滲んでいた。そう、ふたりの受けたクエストは、これからが本番だった。

◆　◆

最前線、五十九階層。そこには綺麗な煉瓦造りの建物が並ぶ街並みがあった。階段の先には広場があり、大規模な野営地が広がっている。

ギルドの行動は早く、すでに多くの冒険者達が、五十九階層の階段近くを拠点としているようだ。数こそまだ少ないが、新しい建物が増築されている。

そこでは怪我人の治癒が行われ、食事の準備をしている者や、次の出撃に備えて休憩をとっている者達もいた。

『これだけ冒険者がいるからね、色々仕事を分担しているんだ。君達もここをずっと拠点にするなら、どこか足りない場所の手伝いをしてくれ。施設は使ってくれていいよ』

そう言ってくれたのは、一弘達が五十九階層へ下りてきて最初に出会った親切な冒険者だった。

「それで、どうする？」

親切な冒険者が立ち去ったあと、一弘はシアレに意見を聞いた。

「うーん……利点はあると思うけど、集団に入って自由に動けなくなるのはちょっと……」

集団での行動を、シアレは渋った。それには、マリアーヌも同意する。

「わたしもシアレ様の強さなら、単独で行動されても差し支えないかと思います」

一弘は、英雄ふたりの言葉から滲む自信を感じ取った。

「じゃあ、ここは別の拠点を作るってことで。……とはいえ今日はここで一泊していこう」

スケルトンから逃げ回った影響で、一弘の身体には疲労が蓄積していた。

シアレとマリアーヌも一弘の体調を考慮して、ここで一晩過ごすことに同意した。

◆　◆

五十九階層入り口の拠点で一泊した三人は起床すると、すぐにそこを後にする。迷わず奥へと進んでいき、適当な水場を見つけるとそこにテントを張った。

「よし、じゃあ行くか」

そうしてからやっと、五十九階層での仕事が始まった。

クエストの内容は簡潔だ。五十九階層の一角に巣くうオーガの群れの討伐。

ゴブリンよりも大柄なオーガの群れを相手にする危険なクエストだ。

「ここから二十分くらい進んだ場所にオーガが集まってるらしい。まずは遠くで様子を見よう」

「倒せそうなら倒しちゃってもいいんでしょ？」

偵察と言いながらも、シアレは入念にストレッチを行っている。回復できるマリアーヌが加わったことで、よっぽどの事がない限りは、どんな状況でも戦うつもりでいるようだった。

そんなふたりの強さを十分に知っている一弘は頷いた。


三人は緊張しながら、ダンジョンの中を進んでいく。

目的地に着く前に別の魔物と出会ってしまう可能性も高い。オーガとの戦闘が始まる前に騒ぎが起きれば、獲物であるオーガを取り逃がす可能性もある。

「あそこだな」

三人の前に、古びた扉が現れた。

その扉の向こうが、オーガの巣とされる場所だ。

三人は足を止めて目配せをする。シアレは頷くと扉に近付いて、音を立てないようにそっと開き、中を覗く。

簡素な石畳が続く広場があり、そこにオーガの群れがいた。

冒険者や商人から奪ったのだろう、食料や装飾品が床に散らばっている。

オーガ達はそれぞれの方法で合図を送り、周囲を警戒しているようだ。その手には、どこからか拾ってきたのか、様々な武器が握られている。特に棍棒を持つオーガが多く、その次に刃が欠けた剣を持っているオーガが多いようだ。

ほとんどがうなり声や喉を鳴らすことしか出来ないようだが——。

「ゲハハハハ！　ミロ！　コノ剣！　オ前ノ棒切レヨリモ強ソウダ！」

中には会話をするオーガも存在した。

数だけでいえば、前日に戦ったスケルトンの十分の一もいなかった。オーガ単体がスケルトンよりも強いとはいえ、シアレとマリアーヌのふたりであれば問題なく倒しきれる数だ。

シアレはマリアーヌに目配せする。その視線を受けて、マリアーヌはにっこりと微笑んだ。

「じゃ、行ってくるわ。ちゃんと隠れてなさいよ」

一弘を物陰に隠れさせたシアレは、オーガの群れにその身を晒した。

「ナンダ!?」

「グルァアアア!」

「人間ノ女ダ!」

オーガ達は突然現れた人間――シアレを見て威嚇の声を上げた。

だが、シアレは一瞬たりとも怯まない。

(……特別に危険なのは何匹かの大きい個体と、杖を持ったやつかな)

シアレは経験から、通常の個体よりも持久力があり力が強いハイオーガと、非力だが知能が高く魔法を使用できるオーガシャーマンの動きに警戒しながら接近し、剣を振り抜いた。

その一閃は付近にいたオーガ数匹を、骨ごと両断する。ずるりと崩れ落ちたオーガの上半身が地面に落ちる前に、シアレは跳んだ。

さらに数匹のオーガを斬り伏せようと、剣を閃かせる。だが――。

一匹のハイオーガが、手にした棍棒でシアレの一撃を止めた。

(――もう二、三匹は倒したかったけど)

ハイオーガは受け止めた剣を弾くと、そのまま棍棒を振り上げた。

腕の筋肉が盛り上がるのを冷静に確認したシアレは、大きく後退する。次の瞬間、ハイオーガの一撃が繰り出された。

鈍く、重い音が辺りに響き、床がクレーター状に陥没する。

足場が崩れると同時に、オーガ達はシアレへと向かっていく。

不安定な足場に着地することになったシアレは、当然のようにバランスを崩す。そこへ次々とオーガが飛び込んでくる。

シアレは焦らずに、転がるようにしてその襲撃を回避する。

一転、二転、三転。オーガの攻撃を上手く回避しながら、体勢を立て直していく。

完全に体勢を立て直すと、シアレは反撃へと移った。

向かってくるオーガを一匹ずつ、確実に斬り伏せる。

だが、オーガ達も押されるばかりではない。

数を活かしてシアレを取り囲み、細かい傷を与えていく。

それを続けるうちに、シアレの反応は一つ、また一つと遅れていく。その遅れが致命的なまでになったのを見計らい、ハイオーガが棍棒を振りかぶった。

「――グッ！」

真正面からオーガの棍棒を受けたシアレは吹き飛ばされ、口から血を吐き出す。それでも、シアレは負った怪我を無視してハイオーガに肉薄する。

ハイオーガは、接近してくるシアレを見て首を傾げた。なぜそこまで無謀なのか、理解出来ないのだ。

そこに、マリアーヌの回復魔法が掛かる。負傷箇所が一瞬で完治したシアレは、爛々とした瞳でハイオーガを見上げた。

その瞳に、危機感を覚えたハイオーガはシアレから逃げるために一歩後退し——転倒した。

腕を斬り飛ばされたことでバランスを崩し、転倒したのだ。

それからシアレはハイオーガの胸に剣を突き立て、抜く。左胸の中央から、噴水のように血が噴き出す。

一匹のハイオーガが倒されたことによって、オーガの群れは動きを止めた。

闇雲に戦うだけではシアレという強敵には勝てないと、オーガ達は気が付く。

オーガ達は視線を交わし合い、残ったハイオーガを筆頭に統率を取り、シアレに襲いかかった。

シアレは向かってくるオーガ達に、再び容赦なく剣を振るっていった。

◆　　◆

「無理なさるのはいけませんが、あの調子なら、すぐに終わりそうですね」

規格外の強さを持ったシアレの戦闘を見て、マリアーヌが微笑む。

戦闘の主導権はすでにシアレが握っていた。

その光景に、マリアーヌは一瞬だけ、気を緩めてしまう。

その瞬間。機を窺っていた数匹のオーガが、棍棒を振り回しながら近くの岩場から飛び出した。

第五話　悪魔襲来

「危ない……！」

マリアーヌよりも早く、一弘がオーガの襲撃に気が付き、叫んだ。

「あら？」

急襲されたマリアーヌだったが、その反応はそれまでと変わらない。おっとりと頬に手を当てて、視線だけで前衛で戦うシアレを見る。マリアーヌは小首を傾げ、一瞬の間、思考に耽った。

そして、すぐに考えをまとめると行動に移った。

最初にマリアーヌへと飛びかかってきていたオーガの頬に、渾身の平手打ちを叩きつける。

抜けるような乾いた音が響き、一匹目のオーガが九十度角度を変えて地面に衝突した。

「ふふ、おいたはいけませんよ」

マリアーヌは向かってきたオーガに微笑みかけた。その笑みを湛《たた》えたまま、動揺で動けなくなっている二匹目、三匹目にも平手を叩きつける。

マリアーヌの攻撃を受けたオーガは、地面へと転がって動かなくなった。

敵を一蹴したマリアーヌを見て、一弘は口を開けたまま固まってしまった。回復のスペシャリストであるマリアーヌが、力でオーガを圧倒するとは思っていなかったのだ。

「ま、マリアーヌ……お前……」

一弘は圧倒されて、最後まで言葉を紡ぐことが出来なかった。

「大丈夫ですか、カズヒロさん」

オーガを撃退しながら、マリアーヌは涼しげに一弘の安否を確認した。一弘はぎこちなく頷く。

「数が多いみたいですね。近付いてくるオーガはわたしがきちんと倒しますので安心して下さいね」

マリアーヌは周囲を警戒しながらぴったりと身体を寄せてくる。身体に当たる柔らかさに、一弘の心臓は一瞬だけ跳ね上がる。だが緊迫した状況だということを思い出し、すぐに気を引き締めた。

奥ではシアレが何匹ものオーガを相手に大立ち回りを繰り広げている。

シアレがオーガ達と戦い始めてから、まだ10分と経っていない。だが、すでにオーガの群れは明らかにその数を減らしていた。

◆　◆

オーガの殲滅は順調に進んでいく。

シアレは半刻もしないうちに、ハイオーガを含むほとんどのオーガを倒してしまった。

シアレの攻撃から逃れ、一弘達を狙ってきたオーガもマリアーヌによって地面に転がされている。

そして、最後の一匹として残ったオーガシャーマンがシアレに追い詰められる。

「あんたで最後ね」

シアレは剣をその首筋へとあてた。

「グゥ……！」

オーガシャーマンは唸りながら、複雑な模様が描かれた杖を強く握りしめた。

すると杖から黒い煙とともに、魔力が溢れ出す。

「……！」

溢れ出した魔力にシアレは嫌な予感を覚えた。オーガシャーマンの首をはねようと剣を振りかぶる。

だが、オーガシャーマンは剣が届くよりも早く、杖の先端を自身の心臓に突き立てた。

地面に鮮血が撒き散らされる。一瞬送れてシアレがオーガシャーマンの首を刎ね飛ばす。

「……っ！　間に合わないか……」

シアレは本能的に危険を察知して、後ろへ大きく跳んで距離をとった。

（この煙……）

シアレは、突然行われたオーガシャーマンの奇行に警戒心を強めた。杖からモクモクと出ている黒い煙はオーガシャーマンの身体を徐々に包み込む。そして、完全に全身が黒い煙に覆われた。

煙の中でオーガシャーマンの身体が、変化していく。無くなった頭が生え、腕や足が異様に太くなる。さらに、少しずつ身体全体が大きくなっていった。

やがて黒い煙は空気の中に溶け、オーガシャーマンの成れの果てが姿を現した。

（この強烈な威圧感……。あのオーガシャーマンが、自分の肉体を魔法で改造したってところね……でもこれって、まさか……）

身体の至るところに宝石が埋め込まれたデーモンが、シアレの目の前に現れていた。がっしりとした体格が、三メートルほどの巨躯を支えている。

デーモンはシアレを見ると、ニヤリと口の端を歪めた。

第六話　復讐の誓い

「マリアーヌ！」

シアレはデーモンと視線を交わした瞬間に叫んだ。その瞬間、デーモンの右手から強烈な光が放たれる。

デーモンは右手の光が最高潮に達すると同時に、正面に向かって突き出した。空気を振るわせる重い音が響き渡り、光速の雷撃がシアレを襲う。

シアレはほぼ無防備な状態でその攻撃に晒された。

声にならない叫び声を上げて、衝撃に仰け反った。

地面に膝を突いたシアレは、そのまま身体を傾けて、地面へと倒れていく。

「大丈夫ですか、シアレさん！」

地面に倒れる直前に、マリアーヌの回復魔法がシアレの傷を癒やす。

シアレはなんとか踏ん張って、デーモンへと斬りかかった。

キィン――と、澄んだ音が鳴り響く。シアレの剣は、デーモンの腕に埋め込まれた宝石によって防がれていた。

「……厄介なものを埋め込んでるわね！」

悪態を吐きながら、シアレはデーモンから距離を取る。

「俺の自慢の宝石だ。綺麗だろう？」

デーモンが流暢に人間の言葉を話し、自慢げに腕に力を込める。

「その汚い腕に付いていなければ、もっと評価されるかもね」

デーモンが続けて剣を弾いても、シアレは何度も斬り返す。デーモンはそれも簡単に弾いた。

（……まずいかも）

デーモンと相対したシアレの頬に、ひやりとした汗が浮かぶ。

相手の構えに、一切の隙が見られないからだ。

（少しは無茶しないと、だめかな）

ごくりと生唾を飲み込んで、決意を固める。

「マリアーヌ？　こいつ倒すのに、ちょっと無理が必要みたい」

マリアーヌはシアレの雰囲気から、言葉の意味を察した。

スケルトンと戦ったときのように、一切の防御行動を取らずに攻撃に集中することを。

挑発的な視線をデーモンへと注ぎ、剣を向けた。

その目を見たデーモンもそれに呼応して構える。全身に埋め込まれた宝石が発光する。

「――ッ！」

「――ッハ！」

動き出しは同時。シアレの剣とデーモンの魔法がぶつかり合った。

シアレはデーモンの隙を作るために、様々な角度から攻撃する。

だが、その全てをデーモンは弾き、魔法を発動する。身体中の宝石から、シアレを追尾する魔弾が撃ち出される。

数え切れないほどの魔弾をシアレは剣でたたき落とし、弾かれた魔弾は床を破壊した。

辺り一面に土煙が舞い、シアレは視界を塞がれる。数メートル先も見えない状況で戦闘を強いられたシアレに、一発、二発と魔弾が被弾する。

だが、シアレは止まらない。直感と直前に見たデーモンの位置からの予測で攻撃をしかける。

土埃を切り裂いた先には、確かにデーモンがいた。

しかし、深手を負わせるまでには到らない。

傷つき、倒れそうになるところを、マリアーヌが回復魔法で完治させる。

傷が治った瞬間からシアレは、宝石の間を狙って剣で突こうと腕を動かした。

デーモンは腕の宝石をいくつも発光させて、複数の魔弾を発射する。

シアレは攻撃の軌道を修正し、向かってくる魔弾を剣で弾いた。

「うっ……強い！」

それまでの攻撃よりも数段威力の高い魔弾だ。強力な攻撃を丁寧に捌《さば》く。

「あっ――！」

特に強力な魔弾を弾いたとき、シアレの握っていた剣が折れて、剣先が宙を舞った。

鉄屑となった剣先が大きな音を立てて床に落ちる。

シアレは折れた剣を握りしめたまま、デーモンへ斬りかかる。攻撃速度を重視した連撃だ。

だが、折れた剣ではデーモンに致命傷を与えることはおろか、隙を作ることも出来ない。

（埒があかない……）

デーモンとの戦闘に活路を見いだせないまま、時間は過ぎていく。その過程は徐々にシアレを焦らせ、冷静さを失わせていった。

◆　◆

かつて無く苦戦するシアレを目の当たりにして、一弘は悔しさで歯を食いしばった。

（くそ……こんなときにまで、俺は見てることしか……）

その悔しさを発散させようと、デーモンを睨みつけた。

（ん……？）

そのとき、ふたりの戦いを見て一弘は違和感を覚えた。

（……なんだ？）

デーモンとシアレによる魔法と剣のぶつかり。激しい応酬の嵐は目にもとまらず、そのなかで一弘が気付けることなどないように思えたが……。何に引っかかったのかを、ひたすら考える。

一弘は必死にシアレとデーモンの戦いを見て——そしてやっと思い至った。

◆　◆

シアレは折れた剣を必死に振って、デーモンに斬りかかる。

対するデーモンは、その攻撃を腕や足の宝石で受け止めながらも、時には避けてシアレに魔法でカウンターを加えていく。だが、この強敵にもダメージがないわけではない。少しずつだが、確実にデーモンにも疲労が見えてきた。

（でも……さすがにキツい……。マリアーヌの回復もだんだん追いつかなくなってきてる……）

マリアーヌのアシストでも、シアレの傷を完璧に治すことができなくなりつつある。

実力は伯仲《はくちゅう》と言っていいだろう。だがこのままこの攻防が続けば、シアレはデーモンに持久力で押され、敗北してしまう。

「くっ……！」

「フファファハッ！　どうした？　動きが鈍くなってきているなぁ！」

ここぞとばかりに、デーモンは全身の宝石を輝かせた。

大きな一撃の予兆に、シアレは距離を取ろうと立ち止まる。そこに――。

「シアレ！　額の宝石を狙え！」

一弘の叫び声が、シアレの耳に届いた。

シアレは反射的に、デーモンの額に埋め込まれた宝石へと剣を突き出した。

「――！」

すると、デーモンは攻撃魔法の発動をキャンセルしてまで空中へと飛び上がる。

シアレは空へと逃げたデーモンに狙いを定め、折れた剣を投げつけた。

飛び去ろうとしていたデーモンの脚に、その剣が突き刺さる。

飛翔するときにつけた勢いそのままに、デーモンは地面へと墜落した。

落下のダメージで呻くデーモンのもとへと、シアレが閃くように走る。

「逃げ出したってことは、図星みたいね！」

シアレは突き刺さっていた剣を引き抜き、起き上がろうとしていたデーモンの額に突きつけた。

「グッ……クゥオオオオ！」

追い詰められたデーモンは、悔しげな声を漏らした。

「弱点を知られただけでこの反応……流石にダサいわね」

シアレはデーモンを踏みつけて逃げられないようにし、その額に埋め込まれた宝石に向け、渾身の一撃を振り下ろす。折れたとはいえ十分に重い剣の一撃は、額の宝石を粉砕した。

「ギッ――――」

デーモンは悔しそうにシアレを睨み、短く断末魔の悲鳴をあげて床に倒れ伏す。

「ふぅ……。これで……はぁ……はぁ……」

動かなくなったデーモンの様子をしばらく見てから、一弘とマリアーヌのほうへと近づいてくる。

「倒した……のか？」

近づいてくるシアレに、一弘が声をかける。

「ええ！　ところで一弘、なんでこいつの弱点が分かったの？」

シアレはそこで、じっとりと目を細めた。

「ああ、俺も自分でよく気が付けたなと思うんだけど、あいつ頭を狙われたときだけ攻撃をきっちり躱してたんだよ。剣を宝石で受けずにな。何回か同じようなことがあったから、ピンときたんだ」

遠くで戦いを見ていた一弘だけは、その不自然さに気付きやすかったのだ。

「うん。やっぱり、一弘は頼りになるわね」

シアレは肘で小突いて、一弘の功績を褒める。

「それにしても、予想外の戦闘は疲れるわね……」

「まさか、オーガがデーモンに変化するなんて思いませんものね……」

「今日はこれくらいにして、拠点に戻ろう」

「そうしましょうか……」

疲れを滲ませながら三人が拠点に帰ろうとしたとき――。

「ふふ、ちょっと待ちなさい……！」

突如響いた声に、三人の足が止まった。

その声を聞いて最初に反応したのはシアレだった。過剰とも言える反応速度で、声のしたほうへと振り返る。その視線の先には、さきほどシアレが討ち取ったデーモンの死体が転がっている。

その死体に変化が起きていた。デーモンの身体から黒い飛沫が次々と飛び出しているのだ。

何が起きているのか三人が理解するよりも早く、その黒い飛沫が歪《いびつ》な人型を形作った。

そして――。

「テオドラ……」

「久しぶりねぇ……シアレ？」

その場に、魔王テオドラが姿を現した。

軽く千年以上ぶりに再会したふたりの態度は、対照的なものだった。

シアレはとても悔しそうに唇を噛みしめ、テオドラはまるで久々の再会を喜んでいるかのように笑顔を浮かべている。

「ふふっ、そう興奮しないでよ。あたしと再会したのが嬉しいのは分かるけど。あたしは貴女達が倒したデーモンの死体を利用して、意識だけ飛ばしてきてる状態なの。そんなの相手にしても、どうにもならないでしょぉ？」

テオドラは、すぐに戦闘態勢を取ろうとしたシアレを制する。

「本体のあたしはね、まだ貴女が死に際に使った封印が残ってて、身動きが取れないの」

そこで手で顔を覆い、テオドラは盛大なため息を吐いた。そのときちらりと見えたテオドラの目が怒りに染まっているのを、シアレは見逃さなかった。

「でもね？　それももうすぐ終わりよ……くす、くすくすくす」

心の底から嬉しいのか、テオドラは肩を震わせながら笑った。

「どういう意味？」

不気味に笑うテオドラに、シアレは嫌な予感を覚えた。

「ふふっ、もちろん私が復活するって話よ」

魔王の復活と聞いて、シアレはテオドラを睨みつけた。

そんなことはない――とは言い切ることが出来なかった。現にテオドラの意識はこの場にまで漏れ出しているのだ。封印が解け掛かっているのは間違いなかった。

シアレ、そしてマリアーヌがほとんど同時に喉を鳴らす。

「復活したら、シアレ……真っ先に貴女に会いに来てあげる。あたしにこんな惨めな思いをさせた貴女に、ね」

一弘はテオドラの浮かべた表情を見て、背筋を凍らせた。それほどまでに、視線に滲んだテオドラの憎悪が深かったのだ。

「ところで、そこで面白い顔している男は貴女のパートナーだったりするの？　ずいぶん弱そうな男を味方に引き入れたじゃない」

怯える一弘に目をとめたテオドラが、鋭い視線を向けてくる。

一弘は魔王に注意を向けられただけで気圧されてしまい、卒倒しそうになった。

「そんなことないわ……」

一弘を守るように、シアレはテオドラの視線上に移動する。一瞬、一触即発の空気が流れる。だがテオドラがつまらなそうに肩を竦めたことで、ひりついた空気が消え去った。

「ま……いいわ。下らないことばかり話しちゃったけど、そろそろ時間みたい。あたしの復活まで、せいぜい悪あがきしてみること……ね！」

テオドラは高笑いをすると、不意に一弘へ飛びかかった。

突然の攻撃に、シアレはまったく反応することが出来ない。テオドラの五指は、漆黒の鋭い刃物へと変化する。

漆黒の爪は空を切り裂きながら一弘へと迫った。

爪が一弘の喉を貫く直前――マリアーヌが咄嗟に一弘を突き飛ばし、身を翻す。

一弘は勢いよく地面に転がり、マリアーヌ自身もテオドラの攻撃から辛くも逃れた。

攻撃を避けられたテオドラは、体勢を整えて向き直る。

「あ～あ、殺せなかったか。貴方を殺せばシアレの面白い表情が見られると思ったんだけど……まあいいわ。今日は挨拶みたいなものだし、これくらいで勘弁してあげる。次に会うときは、手加減してあげないから……」

テオドラは唇の端を上げてシアレを挑発すると、その場から霧散するようにして姿を消した。

第七話　世代の差

テオドラが消え去った直後、辺りに濃厚な魔力が漂い始めたことに気付く。

「テオドラの魔力が濃い……こんなに……も」

魔王が現れた直後の魔力濃度は、通常のダンジョンに溢れているものの数倍にも及んでいた。

（まずいわね……。このままここにいたら、テオドラの魔力にあてられて、変な気分に……）

ダンジョンに潜り始めてから何度も陥ってきた症状だ。シアレはすでに一弘との性的な触れ合いに慣れていたが……。

「うぅ……あっ……くっ」

だがそれは、ふたりきりに限定した話だ。マリアーヌがいては、性欲解消を言い出すことが出来ない。

「一弘、マリアーヌ……早くここから退避するわよ……」

身体の疼きを精神力で抑えながら、シアレはふたりにこの場所を離れようと声をかける。

「……っ。これは……俺も……か」

だが一弘もすでに、テオドラの魔力にあてられていた。

濃厚な魔力によって内から湧き上がってくる欲望に、必死に耐えようとする。

「カズヒロさん。大丈夫ですか？」

倒れそうになる一弘を、側にいたマリアーヌが咄嗟に支える。

「わ、悪い……」

女性の柔らかさに包まれた一弘の心臓が、激しく鼓動し始めた。

「カズヒロさん……？」

いつまで経っても抱きついたまま離れない一弘を心配して、マリアーヌが顔を覗き込んでくる。

一弘は堪えきれずに、マリアーヌの胸に顔を埋めて思い切り息を吸い込んだ。女性らしい甘い匂いに、安心感を覚えるとともに下半身がぴくりと反応する。

「あら……？　これって……」

マリアーヌはそこで何を思ったのか、艶っぽく一弘に寄り添った。

唇と唇がくっつきそうなほど近づかれた一弘は、顔を真っ赤にしながら視線を下へと向ける。

その先には、一弘の身体で押しつぶされて形を変えている柔らかな二つの塊がある。その中心には、内側に沈み込むように深い谷間が出来ていた。

「一弘さんは……女性の胸がお好きなんですか……？」

マリアーヌの吐息が、意図的に一弘の耳に吹きかけられる。ぞくり……と。一弘の全身に、柔らかな羽根で撫でられたようなこそばゆさが駆け上がった。

「ちょ、ちょっとふたりとも……なにしてるのよ？」

ふたりの間に、ただならぬ雰囲気が漂い始める。シアレはその空気が何かを知っていた。

これからのふたりの行為を想像して、シアレは真っ赤になりながらそっと俯《うつむ》いた。

◆　◆

無言になったシアレを横目に、マリアーヌは一弘の身体を抱き寄せるようにして密着する。

「大丈夫ですよ。怖くありませんから、わたしに身を任せて下さい……。ふふ、安心して下さい、わたしも冒険者ですから、ダンジョン内での性行為にも慣れていますので……」

マリアーヌは一弘の頬に軽く唇をあてると、膝立ちになってズボンに手を掛けた。

「ほら、こんなに固くなって、苦しそうになっているじゃないですか……」

ズボンが下がり、一弘の怒張した逸物がマリアーヌの眼前にそそり立った。

現れた男根を見たマリアーヌは、湿った舌でぺろりと唇を一度舐める。

そして手際よく自身の服をはだけさせると、胸を露《あらわ》にした。

弾かれるようにして外へと飛び出したその胸は、重力に逆らい、自らを誇示している。

マリアーヌは自身の胸を両手で掴むと、一弘の剛直を優しく包み込んだ。

想像以上の柔らかさでありつつも、しっかりとした感触があり、逸物を締めつけてきた。

餅のような弾力がある乳房は、柔軟に形を変えながら逸物を圧迫する。その魔性の感触をもつ胸に挟まれたことで硬度を増し、ぱんぱんに膨らんだ逸物が時折、マリアーヌの胸の中で跳ねた。

そうして跳ね回るのをなんとか押さえつけながら、マリアーヌはさらに腕に力を込める。包み込むような緩さが消えて、剛直がぎゅっと締めつけられる。

「おっ……くっ……いいな……すごいぞ、このおっぱい」

突然のキツい締めつけに、一弘は思わず声を漏らす。マリアーヌはその様子を見て微笑み、さらに激しく胸を動かした。

予想出来ない圧迫感によって、一弘の腰から力が抜けそうになる。

「ぐっ！　だめだ……これは、良すぎるな……おおっ……」

一弘はなんとか踏ん張ってそれに耐えた。好き勝手されてたまるものかと、マリアーヌの胸へと手を伸ばす。弾力のある胸を掴み、反撃とばかり揉みしだく。彼女を立ち上がらせると、その胸の中心で突起している乳頭をつまみ上げた。

「あんっ、カズヒロさん……そんなに乱暴に触っては……」

そう言いながらも、一弘の指の動きに、マリアーヌは艶のある吐息を漏らし始めた。

つまみ上げられた乳首はさらに勃起し、一弘の陰茎と同じように主張をし始める。

乳首を弄られ続けるマリアーヌはもっと快楽を味わおうと、胸から手を離して自身の股間へと手を伸ばすと、もぞもぞとまさぐった。すでにマリアーヌの股間からも、水音が漏れ出している。

「はぁ……はぁ……ふぅんっ。あっ、カズヒロさんのおちんちん、もっと気持ちよくなりたそうにしてますよ……？　わたしのあそこも、もう……」

そう言ってマリアーヌは、股間に埋めていた手を一弘の眼前に差し出した。

べっとりと愛液をまとわりつかせた指がエロすぎて、一弘は思わず口に含んでしまう。

マリアーヌの指は、体内の熱を蓄積していた。温かなその指に舌を這わせると、愛液は多少のしょっぱさを含んでいた。指を舐められたアリアーヌも、気持ちが高まっていくのがわかる。

お互いにもう我慢できなくなって、一弘は意識の蕩け始めたマリアーヌを近くの壁へと誘導した。

壁に手を突いた彼女は、腰を突き出しながら一弘を振り返る。

「どうぞ、いつでもここに……挿入れてください……」

マリアーヌは片手を股へと伸ばし、下着を太ももの辺りまで下ろした。すでに濡れている秘部を晒しながら、さらに自らの指で秘裂を広げて一弘を誘う。その艶めかしい姿を見て、一弘は勢いよくマリアーヌの尻を掴んだ。そしてその勢いのままに、秘所へと男根を挿入する。

始めて味わう秘裂を押し広げ、反応を確認するのももどかしく、陰茎が容赦なくずぶりと沈み込む。

マリアーヌの膣内はすでに熱く熟していて、一弘の逸物をすんなりと受け入れた。

一弘は男の欲望のままに、聖女様の真っ白な尻へと腰を打ちつけていく。

「あんっ……！　あっ、激しいです、カズヒロさん……！　あっ、でも、もっと……もっと強く奥に……！　あんっ！　遠慮なさらず……ひんっ！」

リズム良く身体の最奥に打ちつけられる男根の先端に、マリアーヌは甘い声を漏らした。

その嬌声は一弘をさらに昂ぶらせる。尻を掴んでいた手をマリアーヌの上半身に回し、両手で胸の中心にある蕾をきゅっとつまんだ。

「ふぅっ……ンッ！　あっ……感じすぎちゃって……あんっ！」

乳首をつままれたマリアーヌは過剰な反応を見せ、膣肉が急にぎゅっと締まった。

一弘はその窮屈さを堪能するように、ピストンを心ゆくまで繰り返す。

マリアーヌの膣肉は複雑に変化して一弘の逸物へと絡みつく。締まった膣道が密着し、一弘に心地よい刺激を与えてくる。一往復する度に、カリ部分に肉のヒダが何度も絡まりついた。

一弘が逸物でヒダを掻き分けていくと、真空状態となった膣内が吸盤のように亀頭に吸いつき、お互いの粘膜を刺激し合う。

「そんな……おっぱいと同時は……んあっ、頭が……真っ白に……ンンッ！」

力強いピストンと執拗な乳首への責めは、マリアーヌを快楽の底へと落としていく。

激しい運動によって乱れた髪は汗でぴったりと頬にくっつき、表情はだらしなく蕩けきっている。

一弘のピストンだけでは満足せずに、自分からも腰を振るマリアーヌ。

肉と肉がぶつかり、淫らなリズムを刻んだ。

水音が交じる衝突音はだんだんと間隔が短くなり、激しいものになっていく。

一弘は腰の動きに合わせて昂ぶる感情を、マリアーヌの首筋に吸いつくことで発散しようと試みる。首下へのキスは、まるでヴァンパイアの吸血のように情熱的だ。

「ひぅ……！　カズヒロさん……あっ、だ、駄目です。痕になってしまいます、から……」

そう言いながらも、マリアーヌは一弘の行為を止めさせようとはしない。

その言葉を聞いて、むしろ興奮の度合いを高めた一弘は、マリアーヌの最奥へねじ込むように逸物を叩きつけ始めた。膣の中で高速ピストンを続けることで、さらに硬く、太く膨張する。

「ふぅうっ……！　はっ、ああ……マリアーヌ……！」

一弘はマリアーヌの胸を鷲づかみ、丹念に揉みしだいた。中心で硬くなった乳首を優しく摘んで弄《もてあそ》んでみたが、やはりそれだけでは飽き足らず、乳頭をぎゅっとつまみ上げた。

「ん……くぅん！　ひうぅうう！」

マリアーヌは思わず、激しい愛撫を受ける気持ち良さから嬌声を上げる。

身体がびくりと震える度に膣内も収縮を繰り返し、最高にまで膨らんだ肉径を締め上げる。

不規則に蠢く膣が、一弘の射精感を急速に高めていった。

だが、一弘は少しでも長くこの身体を楽しもうとして、下腹部に力を込める。そうすることで、血液が局部へと流れ込み、逸物はますますマリアーヌの奥を刺激した。

「あ……くっふぅ！　くるし……中が……引きずり出されそう……です。はぅっ……あっ……くふぅ……！　カズヒロ……さんっ……もう！」

苦しいと言葉にしながらも、マリアーヌは腰を休まず振り続ける。

ふたりはお互いにお互いを求め合った。

そして数え切れないほどマリアーヌの身体を突き上げた一弘は、限界が近いことを感じ取った。

「く……あっ！　射精《で》る……！」

急いで膣から陰茎を抜き出した。限界寸前の逸物を数回手で擦ると、マリアーヌの臀部に向かって白濁液がとめどなく飛翔する。

「ふあっ……熱いのが……かかって……ん……。くちゅ……うん……はぁ……」

マリアーヌは飛び散った白濁液を丁寧に指で掬い、舐め取って恍惚の表情を浮かべる。

そうしてからマリアーヌは、横でふたりの行為を眺めていたシアレを見た。

「シアレさんも、見ているだけでは辛くありませんか？」

荒く息を弾ませながらふたりの行為を見て固まっていたシアレは、突然声をかけられたことで肩をびくりと反応させた。

「……あ、そ……その」

慌てたシアレはずっと弄っていたらしい秘所から手を外すと、羞恥心から視線を逸らしたのだった。

第八話　溢れる秘所

「我慢することなんて、ありませんよ」

初心《うぶ》な反応をみせるシアレに、マリアーヌは優しく語りかけた。

「私の生きた時代には、ダンジョンの中ではよくあったことです。何も恥ずかしがることはありませんよ。さあ、一緒に気持ちよくなりましょう」

マリアーヌはふわふわとした足取りでシアレへと近付いていく。息が掛かるほど近くへと寄ったマリアーヌは、シアレの頬にそっと手を添える。

「ちょ、ちょっとマリアー――んっ！」

そして立ちすくむシアレの唇を奪うと、強引に押し広げ、口内に蠢く舌を侵入させる。

「んっ……ちゅぷっ」

「んんっ！　ちゅぷっ、あっ……んっ……」

マリアーヌの舌はシアレの口内を自由自在に動き回った。舌同士を絡めたかと思えば、つるつるとした歯を舐め回し、舌に吸いついてきたかと思えば、歯茎をマッサージする。

「あっ……んぢゅ……んんっ！」

口内をめちゃくちゃに舐め回されたシアレは快楽にとろける。始めのうちは必死に唇を閉じようとしていたシアレだったが、マリアーヌの舌技によって、口がだらしなく開きっぱなしになってしまう。シアレの太ももに、透明な液体が滴っていく。マリアーヌはしなやかなシアレの太ももへ手を這わせ、零れた液体を塗りつけるようにゆっくりとなで回した。

「ふ……あぁ……」

シアレは太ももをなで回され、なんともいえないこそばゆさに身体を小刻みに振るわせる。

その反応を楽しみながら、マリアーヌの手はだんだん股間へと近付いていく。

そうして、滾滾《こんこん》と蜜をこぼし続ける秘裂へと到達した。マリアーヌはキスを続けながら濡れた下着を器用に脱がし、その指でシアレの土手肉を撫で、とろけた肉の柔らかさを堪能する。

「もう……十分かしら？」

マリアーヌは身体の力が抜けきったシアレを押し倒すと、太ももを持って大きく開脚させた。

「あっ……や、やめっ」

尻の穴まで見えるほど大胆に脚を広げられ、シアレは羞恥心で顔を赤くする。

だが、マリアーヌはシアレの声を無視して、股の間に自らの脚を滑り込ませ、お互いの花びらを合わせた。マリアーヌは股間を密着させると、ゆっくりと腰を振って粘膜を擦り合わせる。

「ああっ、気持ちいいところが擦れて……ます」

ダイナミックに腰を動かし、マリアーヌは粘膜と粘膜を擦り合わせた。お互いに十分に充血した秘部が、潤滑液で滑らかに刺激される。ふたりの陰部が馴染んできたところで、マリアーヌは、一弘との行為によって勃起していた肉芽を、興奮を必死に主張するシアレの肉芽に押しつけた。

快感神経が集中したその器官を責め立てられたシアレは、トロけ顔を晒し、口の端から涎を垂らす。

「マリアーヌ……あっ、やめ、気持ちいいところ……ずっと擦れてる……からぁ！　やめてぇ！」

止めてと言いながら少しの抵抗も見せないシアレは、マリアーヌの巧みな貝合わせの技に溺れていった。気が付けばマリアーヌの動きに合わせて、シアレも腰を動かし始めている。大胆に動くマリアーヌとは対照的に、端から見ればほとんど動いていないような腰振りではあるが、それでも確実に快楽を享受している。

「そうですよ……シアレさん。気持ち良くなって、身体の力を抜いて……。そうすればもっと気持ちよくなれますから」

陰核が擦れる刺激に、シアレはびくり、びくりと身体を痙攣させた。同時に、縦筋から透明な体液が数回、弱く吹き出していく。

「はぁ～……はぁ～……」

シアレは、軽く絶頂を向かえてしまっていた。

びくびく腰を跳ねさせながら、シアレは上手く力の入らない腕でマリアーヌにしがみつく。

「……カズヒロさん、シアレさんも準備が出来たみたいですよ？」

ふたりの絡みを間近で見ていた一弘の逸物は、完全に勢いを回復させていた。一度目のときよりも、さらに反り返っている。可憐な女性ふたりが身体を重ね合わせる姿を見たせいだろう。

「ほら、見て下さい、シアレさん。カズヒロさんがあんなに興奮してくれていますよ」

マリアーヌは、力なく虚空に視線を彷徨わせていたシアレの顔を一弘の逸物へと向けさせた。

「あ……そんな……」

シアレは晒された男根を見て、物欲しさに吐息を漏らす。

雄々しい局部が、どんどんシアレのもとへと近付いてくる。

「あっ……あっ……早く……」

気が付けばシアレは、舌を突き出しながらマリアーヌの身体から乗り出そうとしていた。

「カズヒロさん、シアレさんは先にお口で味わいたいみたいですよ」

マリアーヌはにっこりと微笑むと、シアレの身体を支えながらしゃがみ込んだ。

シアレの眼前に一弘の逸物が迫った。

「あっ……あむうっ、ちゅぱっ、ぢゅっ」

シアレは夢中になってそれを咥える。亀頭を舌で口蓋に押しつけると、唇の部分には竿に浮かぶ血管が当たる。逸物の形状を把握しようとでもしているのか、その隅々まで舌を這わせた。

「ぢゅぱっ……はぁ、はぁ……ちゅぅ」

「シアレさんばかりずるいです。わたしも……」

と言って、マリアーヌは空いている竿部分や根本を舐め始めた。

ふたり同時の口を使った逸物への愛撫は、一弘を天国へと誘った。

「うぐぅお……」

亀頭は激しく舐め回され、竿にはちゅうちゅうと吸いつかれて、一弘は思わず唸る。

異なる刺激が強弱の変化を伴いながら、一弘の陰茎へと襲いかかる。

「んれ……んっ……おしるも……でて……れろん……ちゅ」

シアレは差し出された亀頭を必死に咥えている。目の前にある亀頭に意識を奪われているようだ。

「ちゅぶっ、ちゅう、はむ……ちゅぱ……ぢゅぱっ！」

対照的にマリアーヌは、竿を吸うように舐めながら上目遣いで一弘と視線を合わせている。

「うっ……エロすぎだろ……これ」

そんなふたりを見て、一弘の睾丸がぐっと縮み上がり、陰茎が膨張した。

「おっ……もう……射精る……！」

一弘は我慢などせず、舌に促されるままに白濁液を迸らせた。むせかえるような青臭さを辺りに充満させながら、その白濁液はシアレとマリアーヌの顔へと降りかかる。

「ふあぁ……あんっ、ああ……これ……これぇ……」

精液を顔で受け止めたシアレは、身体を大きく一度痙攣させた。

濃厚な男性の臭いによって、シアレは二度目の絶頂を向かえた。

「んちゅっ……はぁ、カズヒロさんの精液はとっても濃いですね……」

一方マリアーヌは、降り注いだ精液を指で掬い、またも舐め取っている。

「でも……まだ射精したりないみたいですね」

本日二度目の射精にもかかわらず、カズヒロの剛直はいきり勃っていた。シアレもまだまだ元気な逸物を見て物欲しそうな目で、小さく「たりないよぉ……」と呟いている。

「じゃあ、今度はこういうのはどうでしょう」

ノリノリのマリアーヌがシアレを仰向けに組み伏して、蛙のように両足を開いた体勢へともっていく。そして――マリアーヌはシアレの上にのしかかるようにして上に乗り、もう一度縦筋同士をぴったりと合わせた。陰核も再び密着し、ふたりに快楽の衝撃が走る。

「ひぁっ！」

「ふぅっ、シアレさんとわたしのお豆、くっついちゃいましたね……」

「ひっ……あっ、マ、マリアーヌ……そんな……あふっ……んんんっ！」

一弘は、そんなふたりの女性器の間に剛直を滑り込ませた。

貝合わせでぐちょぐちょになった女性器の間は、一弘のピストンをまったく阻害しなかった。

「ふたりともこんなに愛液漏らして……気持ちよくなってたのか……これなら、どんなに動いても大丈夫そうだ」

一弘はそう言うと、ふたりの陰唇と陰核、そして下腹部を力強く擦りあげていく。

「かず……ひぅ……！　つ、つよ……！」

ビンビンに硬くした陰核を熱く硬い逸物で擦られたシアレは、視界がスパークし始める。

ぱちぱちと光が明滅し、視界が白く染め上げられていく。

「も……あふぁ……！　んあっ！」

一際強く、シアレは子宮が疼くのを感じた。臍の下の辺りが、陰茎の体温以外で熱くなっていく。

痺れを伴うその熱は、シアレに今までにない程の快楽を与えていた。

「かずひお……、くる……きもちいいの……くるぅ……！」

「んっ！　わた、わたしも一緒に……！　一緒にイキますっ！」

一弘はふたりの甘い声を聞いて、腰の動きをさらに加速させた。高速ピストンは三人の快楽を倍速で高めていく。それぞれが一番敏感な部分を刺激され、熱を帯びていく。

「はぁっ……俺も……また射精る！　気持ちよすぎて……すぐに！」

一弘はシアレとマリアーヌに覆い被さり、ふたりを押しつぶすようにキツく身体を密着させ――。

そして三人は、同時に果てたのだった。

◆　　◆

落ち着きを取り戻す頃には、テオドラの魔力の残滓は通常のダンジョンと変わらないものになっていた。性行為での疲れを引きずりながら拠点へと帰ろうとしたとき、シアレがはたと立ち止まる。

「どうかしたのか？」

一弘もシアレの視線を追って床を見る。だが、そこには何もない。直前の行為で疲れが溜まっているのかと、一弘は心配になってシアレの顔を覗き込んだ。

「うん。テオドラの気配がする……とても強くなってる……」

嫌悪感を露わにしながら、シアレは呟いた。三人の間に、重く暗い空気が漂った。

特にシアレは落ち着きをなくし、腕を組み、忙《せわ》しなく指を叩いている。

「シアレさんは……気が付かれましたか？」

沈黙を破ったのは、マリアーヌだった。深刻な表情と声色だ。その問いに、シアレは頷いた。

「気が付いたって、何がだ？」

なにがなんだかさっぱり分からない一弘が、ふたりの顔を交互に見る。

「簡潔に言うと、このままじゃテオドラには勝てないわ」

シアレは断言し、

「なっ――」

一弘は言葉を失った。またしばらく、無言の時間が過ぎていく。

「でも、なんでそんなことが分かるんだ……？　千年前は封印し切れなかったかもしれないけど、マリアーヌもいるし、なにより蘇生魔法があるだろ？　今なら――」

――倒せるだろう、という言葉をシアレが遮った。

「マリアーヌにも、魔力量の限界があるわ。倒すために使うだろう回復魔法と、蘇生魔法分の魔力なんて、何回も捻出できない。それにテオドラは、この千年でかなりの魔力を蓄えたみたいなのよ」

「魔力を……溜め込んで？」

「それが一番の問題なの。私達が魔王テオドラを倒すことが出来ない、最大の理由とも言えるわ」

シアレは人差し指をピンと立てて、一弘に説明する。

「テオドラは魔物の召喚が得意なの。魔力が尽きない限り、延々と魔物を召喚され続けるわ。そんなやつが、千年前以上の魔力を溜め込んでるのよ？　今度は封印することも出来ないかもしれない」

「そんな……じゃあ、どうすればいいんだよ。……俺の平穏な余生は……」

一弘はがっくりと肩を落とした。今すぐにでも泣き出してしまいそうな表情で、だ。

「はぁ……もう」

シアレは大きなため息を吐き出すと、一弘の背中を叩いた。

「痛ぇ……」

「そんな顔しないでよ。こっちのモチベーションまで下がっちゃうでしょ」

絶望的な状況下にありながら、シアレの瞳はまだやる気に満ちている。

「今のままじゃ、本当に為す術なくやられちゃうけど、勝率を少し上げることぐらいは出来るわ」

「勝率を上げる……？」

一弘の頭の中が、疑問符で埋め尽くされた。

「ええ。可能性が残っていれば、ゼロよりはマシでしょ」

マリアーヌがそっと手を上げて、ふたりの会話に入り込む。

「確かにそうですが、そんなこと出来るんですか？」

「私の剣なら出来るわ……」

「シアレの……って、さっき折れた剣のことか？」

折れた剣がどう勝つことに繋がるんだ、と一弘は眉を潜めた。だが、シアレから返ってきた答えはまったく別のものだった。

「違うわ。私がテオドラを倒しに行くときに装備していた宝剣が別にあるの。特別な素材で出来ていて、決して錆びなければ、折れもしないのよ。それに、私の魔力を注ぎ込むことで、とっておきの魔法が使えるのよ。絶対に壊れることはないから、この時代まで残っているはず。なんでか知らないけど、一弘に召喚されたときは持っていなかったのよね……。あの剣さえあれば、さっきのデーモンもあんなに苦労しなかったんだけど」

シアレは大きなため息を吐いた。

「その武器があれば、本当に可能性が出てくるのか？」

「ええ、現に千年前はその剣のおかげでテオドラを追い詰めることが出来たんだから」

一弘には、えへん、と胸を張ったシアレが嘘をついているようには思えなかった。

「分かった。だったらその剣を探しだそう。マリアーヌもそれでいいか？」

「ええ、もちろんです」

「じゃあ決定ね。少しの間、一旦ダンジョンの攻略を止めて私の剣を探すわよ！」

第三章　伝説の剣と臆病な魔物

第一話　対抗策

一弘達は五十九階層から、五十階層のメレスシティへと戻ってきていた。

目的はもちろん、シアレの愛剣だ。

ギルドでオーガ討伐分の報酬を受け取ってから、三人は適当な酒場へと入った。

三人は酒場の一番隅にあるボックス席を確保すると、一弘とシアレが麦酒、マリアーヌが水を注文する。程なくして麦酒と水、お通しのおつまみが提供される。

落ち着いた後に、三人はシアレの宝剣についての緊急会議を始めた。

「それで、その剣の心当たりってあるのか？」

一弘はまず、シアレに確認を取る。とはいえ、心当たりなどないと確信しながらの、ダメ元の確認だ。もし心当たりがあったのなら、「探し出そう」という話など出ない。これまでにだって真っ先に、宝剣を手に入れる話を持ち出しているはずなのだ。

「まったくないわ」

予想通りの答えが返ってくる。

「ただ、装飾もしっかりしている上に、かなり特殊な作りをしているから、商人の手を渡り歩いてたりどこかの貴族のコレクションになってたりする可能性が高いわ」

「……見つけた後も大変そうだな」

「下手をしたら、絶対に手放したくないとか言われるのもありえるわ」

これからの苦悩を想像し、一弘とシアレは肩を落とす。

そんなふたりを、マリアーヌがニコニコと微笑みながら見守っていた。

◆　◆

それらしい情報を持っている相手と話を進めても、ほとんどが詐欺師の罠であったり、眉唾物の噂だったりが続いた。メレスシティでの宝剣探索は、あまり順調とはいえなかった。

さらに十数日、ギルドの力を借りてみるも、三人は宝剣の情報について知ることは出来なかった。

「なあ、他の街で聞いてみるって言うのはどうだ？　ノーファシティなら信用できる商人が何人かいるだろ？」

痺れを切らした一弘が、メレスを出ようと提案する。

「そうね……」

シアレも、これ以上メレスで聞き込みをしても、無意味だと思い始めていた。

「急がば回れ、っていうものね。一度ノーファまで戻って情報を集めましょう。それに、よくよく考えれば私が死んだときにはこんなダンジョンなかったんだから、地上に近いほうが有力な情報が手に入りそう」

「決まりだな。マリアーヌもそれでいいよな」

「ええ、もちろんです。ノーファは大分お世話になった場所ですから、私も行くのが楽しみです」

「そうか、そういえばマリアーヌが生きていた時は、あの階層付近を攻略していたんだっけ」

「ええ、ふふ……。楽しみです」

◆　◆

数日かけて十階層まで戻ってきた一弘達は、手始めにタルト商会の門をくぐった。店の奥には忙《せわ》しなく書類に書き込みをしているタルトの姿があった。

「こんにちは、タルトさん」

一弘が声をかけると、タルトは書類から勢いよく顔を上げる。目をぱちくりさせながら、タルトは目の前にいる一弘とシアレを見た。

「おお、カズヒロ君にシアレさん！　お久しぶりですね」

驚きも束の間に、タルトは破顔すると立ち上がり、一弘達を迎え入れた。

「お元気でしたか？　そちらの方は？」

「ああ、俺達の新しい仲間で、神官のマリアーヌです」

「初めましてタルトさん、お話は伺っています。なんでも、とても素晴らしい商人様だとか」

「そんな、私なんてまだまだですよ。それより今日はどうされたんです？　確か、メレスシティまで下りたと聞いていましたけど」

深い階層へ下りていった一弘達が急に戻ってきたことに、タルトは疑問を持っているようだった。

「ちょっとタルトさんに、聞きたいことがあって来たんです」

「私に？」

「ええ、今、とある剣を探していまして……」

三人は宝剣を探していることをタルトに伝えた。もちろん魔王が復活しそうだ、という事実を隠してだ。

「なるほど……うーん。ちょっと心当たりがないですね」

一弘達の話を聞いたタルトは、申し訳なさそうに頭を下げる。手がかりを得られなかった一弘達は、がっくりと肩を落とした。

「そうですか……」

「私の知り合いに地上に住む貴族達とよく取引をしている者が何人かいますので、聞いてみます。ただ、少し時間がかかってしまうかと……。二、三日ほど、ノーファに滞在することは可能ですか？」

それはむしろ、一弘達にとってありがたい提案だった。

「もちろんです！　あの、よろしくお願いします！」

三人は、タルトが困って頭を掻くまでお礼を言い続けた。


——それから二日後。

一弘達が出来るだけ情報を集めるためにギルドへ向かおうと、懇意の宿屋を出たとき。

そこで、息を切らしながらやってきたタルトと鉢合わせした。

「ああ、皆さん、丁度良いところに。実は、探されていた剣を家宝として受け継いでいるという貴族を知っている、という知り合いを見つけまして」

第二話　貴族の家宝

タルトの知人だという商人に教えられて、一弘達は地上でそれなりの権力を持つ、ハーツ家と呼ばれる貴族の屋敷を訪れていた。

「どうぞこちらへ」

一弘、シアレ、マリアーヌが通されたのは、質素ながらも端々に匠の技によって装飾が施されている応接間だった。三人がそれぞれ椅子に座ると、使用人は恭しく頭を下げ、「少々お待ち下さい」と言って、一度部屋から退出した。残された三人はふう、と緊張を解く。

「しかし、こんなに立派な屋敷に俺達みたいなのが入っていいのかね？」

自分から訪ねてみたものの、ずっとダンジョン暮らしで、この世界では豪華な屋敷に足を踏み入れる機会がまったくなかった一弘は、緊張でそわそわと周囲に視線を彷徨わせている。

「強盗しにきたわけじゃないんだから、大丈夫でしょ」

「そうですよ、カズヒロさん。お茶も出していただけていますから、飲んで落ち着きましょう」

「そ……そうだな」

品位のある場所も慣れているのか、シアレとマリアーヌは余裕そうにしている。

一弘はお茶を一口すする。温かなお茶を飲み、いつもと変わらないシアレとマリアーヌがいることを意識すると、少しだけ落ち着きを取り戻した。

丁度そのとき、部屋に一組の夫婦が入ってきた。

「お待たせした。初めまして、私はハーツ家の当主、アラムと申します。君達が僕に会いたいという冒険者だね」

「アラムの妻、マージュです。お会いできて嬉しいわ」

ハーツ家のアラムとマージュは、丁寧に一弘達と握手を交わす。

三人もそれぞれ名前を名乗りながら、その握手に応えた。

アラムが一弘達の対面に座ると、見計らったように使用人が机の上へ、真っ黒な外装をした箱を置く。アラムはおもむろにその箱を開けて、中身を一弘達に見せた。

「大まかな話はすでに聞いています。我が家に代々家宝として伝わるこの宝剣が、あなた方の探している剣ではないかということでしたね」

机に置かれたその剣を、シアレはじっと見ていた。

宝石や彫り込みによって美しく飾り付けられた剣の刃には、一切の錆《さび》も欠けもなかった。

見た目からはとても、作られてから千年以上も経過した物だとは思えない、それほどまでに美しい剣だ。シアレはアラムの目を見てから、剣の上に手をかざした。

「手に取っても？」

「もちろん」

アラムの許可を得ると、慎重に剣を手に取って本物の愛剣か見定める。

「……ありがとうございます。確かにこの剣が私の探しているものです」

慎重に剣を箱へと戻したシアレは、姿勢を正してアラムに向き直った。

「あなた達の家系にとって、この剣が大切なものなのは分かっていますが、あえて頼ませて貰います。……この剣を、譲って下さい」

シアレはじっとアラムの目を見続けた。

「それは出来ません……と、普通なら言うのですがね」

アラムはシアレの真剣な表情を受け止めると、横に座るマージュを見て、大きく頷いた。

アラムは神妙な面持ちで話し始めた。

「こちらの出す条件を叶えてくださるのでしたら、この剣を差し上げましょう」

「条件ですか？　それに差し上げる……とは？」

シアレに緊張が走った。なにか余程のことがあると感じたのだ。

家宝として扱われていると聞いたときから、シアレは金銭でのやりとりでは難しいと踏んでいた。剣を譲り受けるためには、何か条件を飲む必要があると。そしてその予感は的中した。

「はい。……説明するよりも、見て貰ったほうがいいでしょう。マージュ、それで構わないね？」

「……はい」

マージュは重々しくアラムに答えた。

「では皆さん、こちらへどうぞ」

アラムとマージュは一弘達を連れて部屋を出ると、広い屋敷の奥へと案内していく。

二階に上がり、さらに奥へと進む。いくつかの角を曲がり、一つの扉の前でふたりは立ち止まった。

ここに来るまでに見てきた他の扉と、ほとんど変わらないが……。

「ここは……？」

一弘は思わず質問する。

ハーツ夫妻は深刻そうな表情を浮かべ、一弘の問いに答えた。

「息子の――クロムの部屋です。どうぞ」

ハーツ夫妻に促されて、三人はその部屋に入った。

大きめな勉強机と本棚が並んでいる。机は綺麗に整頓され、本棚には教材以外にも子供らしく沢山の絵本や童話集が並んでいる。さらに窓際には大きめのベッドが鎮座していた。

ハーツ夫妻の子供、クロムはそのベッドの中で横になって、玉の汗を浮かばせながら、苦しげに息を吐いていた。

第三話　不治の病
「ご病気ですか……？」

「二ヶ月ほど前からです。急に体調を崩しましてね。それからずっと……。何人もの高名な医者に見せて、なんとか原因は特定したのですが……どの医者にも匙《さじ》を投げられました」

悲痛な表情を浮かべて、アラムは息子の髪の毛を撫でた。

「もし……この子の病を治療することが出来たのなら、喜んであの剣を差し上げます」

一弘はシアレ、マリアーヌとアイコンタクトをとった。

静かに頷いたマリアーヌは、ハーツ夫妻と同じくらいに悲しげな表情をしていた。

「それで、原因というのは……」

「ダンジョンから漏れ出した魔力の影響を受けて変異したウィルスが、肝臓に入ってしまったようで……。現状では治す術がないと……」

「治すことが、出来ない……」

クロム少年が不治の病であることを知ったマリアーヌは息を呑み、口元を手で隠した。

「あの、わたしは癒しの魔法を使うことが出来ます。試させていただけますでしょうか？」

人を癒やすことが仕事であるマリアーヌは、決意を固めて前に出た。

ダンジョン内での蘇生魔法を確立させるほどの腕を持つマリアーヌは、自信を持って治療に望む。

マリアーヌの手の平が淡く光り始めた。暖かな光は見るだけで安心感を与える。

その手がゆっくりとクロムの腹に当てられる。

癒しの魔法がクロムの身体に溶け込んでいった。荒かった息が整い、次第に汗が引いていく。

「おぉ……！　クロム！」

クロムの体調があからさまに良くなったことで、アラムの表情が明るくなった。

「お待ち下さい。まだ……完治していないようです」

クロムへの治療は失敗に終わったと、マリアーヌは静かに頭を振った。

「治っていない……？　ですが、こんなに顔色も良くなっているのに……」

「体力が回復した影響でしょう。今は楽になっているようですが、しばらくすればまた苦しみ始めるはずです。まだウィルスを根絶するにはいたっておりません」

「そんな……。いえ……そうですか。まずは、ありがとうございます」

しかし夫妻は、同時に顔を伏せた。あからさまに落胆したふたりの目には、涙が浮かんでいる。

「あの……気休めになるか分かりませんが、体力を回復させる丸薬があります。差し上げますので、どうぞお使い下さい」

マリアーヌは懐から巾着を取り出すと、マージュへと手渡した。

その巾着の中には、黒くて丸い薬がぎっしりと入っている。それが、貴族であっても手に入れることが困難なほど貴重な効能を持つ薬であることに気付き、マージュは声を震わせた。

「こ、こんなに……。あの、流石にいただけません」

「お代のことなら気になさらないでください。この薬は材料さえあればいくらでも作成できますので」

半ば強引に、マリアーヌは薬を手渡した。

ハーツ夫妻は薬を受け取ると、深々と頭を下げる。

「アラムさん、マージュさん。俺達が絶対にクロム君の病気を治す方法を見つけてきます。……ちょっと時間が掛かるかもしれませんけど……」

「カズヒロさん……。ありがとうございます」

アラムは一弘の手を取ると、よろしくお願いします、と言ってその手に力を込める。続けてシアレに。そして完治させることに成功しなかったとはいえ、クロムの体力を回復させたマリアーヌに頭を下げた。

ハーツ家を後にした三人は、道中で熱心な話し合いを始めた。内容はもちろんクロムの病気を治す術をどう探し出すか、だ。

「あらゆる治癒魔法を試すっていうのは？」

「原因は分かっておりますから、あまり無差別な使用は現実的ではありませんね……。そういえば、ダンジョンの中にはどんな病も治してしまう霊薬があるとか」

「眉唾じゃないかな？　そんな薬が本当にあったら、もっと話題になっているだろうし」

「そうですね。言われてみれば……。ではどうすれば……」

「治療の方法から探さないと駄目ね。大変だろうと思っていたけど、まさかここまでとは……」

相談の結果、ひとまずは治療のヒントを探す、という案でまとまった。

魔力が原因だというのなら、効果のありそうなアイテムや情報などは、最深部で探ったほうが効率的だろうということで、一度メレスへ戻ることも同時に決定した。

◆　◆

メレスへと戻ってきた三人は、薬草の採取や治癒魔法の実験などといったクエストを受注した。

だが、テオドラの魔力によって強化されたウィルスへの対処方は、簡単に見つかるものではない。

魔力の強い深部でなら、それについての知識が冒険者や街の住人にあるのではとも思ったが、治癒魔法の恩恵を受けているせいか、肝心の医学方面はさっぱりのようだった。

気が付けば三人がハーツ家を訪れてから、早くも一ヶ月が経過していた。

「たぶん……このままじゃ駄目ね」

三人が今日も何の収穫もなく五十八層から帰宅の途についているとき、シアレがぽつりと呟いた。

どう対処をしていいのか分からない病を治すための捜索だ。もともと時間がかかることを想定していた一弘だったが、腕を組んで唸った。

「そうは言ってもなぁ……。手がかりが何もない状況じゃ、こんなもんだと思うぞ？」

「そうだけど……」

自分の愛剣を早く取り戻したいという想いが先走っているようだ。

もちろん、病床に伏せる少年を助けたい気持ちがないわけではないだろう。

むしろ、理性ではクロムの病を治すことを優先したいとシアレも思っている。だが――心の中に存在するテオドラを倒したいという気持ちが、もどかしさに拍車をかけていた。

「このままじゃ……わっ！」

床のくぼみに足を取られたシアレが、転ばないように壁に手をついた。

——ガコン、という音がダンジョンに響き渡った。

「な、なに？　一弘、マリアーヌ大丈……」

シアレがふたりの無事を確認するために振り向くと、そこにはすでに誰もいない。代わりに、それまでふたりがいたであろう場所に、大きな穴が空いていた。

恐る恐る、シアレはその穴を覗き込む。薄暗い穴の奥に、一弘とマリアーヌが確認できる。

「ふたりとも！　無事なの!?」

「いてぇ……」

「うぅ……お尻をぶつけてしまいました……」

致命的な高さからの落下でなかったおかげか、身体を打ちつけた以外に怪我はなさそうだ。

まず一弘は立ち上がり、落ちてきた穴を見上げる。

穴の深さは一弘の身長の何倍もあった。

「上がってこられる？」

シアレが言うが、思い切り腕を伸ばしたりジャンプをしてみても、どうやっても一弘だけでは穴から脱出できそうにない。

「いや……これは自力では無理そうだな。そっちに何かロープみたいなものってあるか？」

「何もない……ね。ごめん」

腰に手を当てて、一弘は途方に暮れた。

自力で登ることも出来なければ、引き上げて貰うことも出来ない。八方塞がりの状況だ。

（助けを呼んできて貰おうにも、ここからだとまだ、メレスまでかなり距離があったよな……）

ふたりの距離が離れれば、制約によってシアレが苦しむことになる。そんな状態のシアレが、メレスシティまで帰り着いて助けを呼ぶことなど出来そうにない。

いっそ、シアレのほうを下へ呼ぼうかとも思ったが、万一にも穴が塞がってしまったら最悪だ。

八方塞がりか……と頭を抱えていた一弘の腕を、マリアーヌがちょんちょんと突いた。

「どうかしたか？」

「カズヒロさん……あの、こっちに」

言われて、一弘はマリアーヌが指を指す方向を見る。するとそこには、大きな横穴が空いていた。

よく見ればその横穴は、きちんと舗装された立派な通路だ。

ここを抜け出すためには、その横穴を進むしかなさそうだった。

「シアレ！　穴の中に進めそうな道があった！　ここを進んで、上に出られないか試してみる！

ちょっと気分が悪くなるかもしれないけど、すぐに戻ってくるから何処かに隠れて我慢で頼む！」

「わかったわ！　でも、出来るだけ急いでちょうだいね！」

シアレに横穴のことを伝えると、一弘とマリアーヌは通路を進んでいった。

第四話　迷宮

隠し通路をふたりが歩く度、積もった埃に足跡がついていく。

薄暗い通路には、人はおろか魔物の気配さえない。そのおかげで、ほとんど警戒をする必要がないのは、ふたりにとってはありがたいことだった。

「かなり古い通路みたいですね……」

「しばらく誰も落ちてきてなかったのかね」

ふたりは耳に痛いほどの沈黙の中、代わり映えしない通路を進んでいく。

「ふぅ……」

一弘の額には、じっとりと汗が浮かび上がっていた。

「もう大分歩いているのに、なかなか外に出れそうにありませんね……。せめて、何か変化があれば違うのですけど……」

「こう、代わり映えしない風景が続くと気が滅入ってくるよな……」

一弘とマリアーヌは同時に息を吐いた。

「これ以上疲れてしまう前に、少し休んでおきましょうか」

「そうしよう。でも、こんな場所じゃ休むに休めないよな……ん？」

キョロキョロと辺りを見渡した一弘は、丁度良く、崩れた壁の間に隠し部屋を見付けた。

「あそこの中に入ろう。入り口を適当に塞げば安全も確保できる」

一弘はマリアーヌと一緒にその隠し部屋に入り、崩れた壁の石を積んで入り口を隠す。

一呼吸を置いた一弘とマリアーヌは、その場に座り込む。魔物の気配がないとはいえ、油断できない場所を進んでふたりの精神はすり減っていた。

「いやぁ……まさかこんなことになるなんてな……」

「本当に……シアレさんは大丈夫でしょうか」

「あまり離れすぎると、動けなくなるからな。出来るだけ安全な場所に避難できてるといいんだけど」

そう言いながらも、ふたりはシアレならひとりでも大丈夫だろうという確信があった。

五十八層は迷宮が続く階層だ。さらに、魔物達では気がつけない隠し部屋も沢山ある。体調が崩れる前にその隠し部屋に入ってしまえば魔物に襲われることはない。

「そうですね……。むしろ、わたし達のほうが危険に身を置いているかもしれませんね」

「ああ、そうだったな……」

ここまであまりにも何事もなく歩いてきたせいで、一弘の警戒はすっかり剥がれ落ちていた。

締まりのない一弘を、マリアーヌが優しく咎めた。

「ダンジョンの中で警戒を解くのはあまりにも軽率ですよ、カズヒロさん。ぼーっとしていたら本気で怒りますよ？」

「悪い悪い。でも、安心して進めるのはマリアーヌがいるおかげだよ」

「そ、そんな……お世辞を言っても見逃したりはしませんからね？」

「そういえばこうやってマリアーヌとふたりきりで話をするのって、初めてじゃないか？」

そう言われて、マリアーヌははっとした表情をして、数秒固まった。

マリアーヌが一弘のもとに召喚されてからこれまで、忙しなく日々が過ぎてきていた。

その間、一弘とマリアーヌはゆっくりと会話をする機会がなかったようだ。

一弘は、いい機会が訪れたとばかりに、マリアーヌと会話の華を咲かせることにする。

それまで知らなかったお互いの趣味や、考えを共有していった。

「ふふっ」

会話の途中で、マリアーヌは堪えきれずに笑い出した。

急に笑い出したマリアーヌを見て、一弘は不審げに首を傾げた。

「すみません……ふふっ、大変な状況なのに他愛もない会話で楽しめるなんて思いませんでした」

「誘ってくれたらこんな会話くらい、いつでもするぞ。というか、マリアーヌやシアレに比べて、俺なんて役に立たないなんてもんじゃないからな」

自らを卑下しようとする一弘の言葉を、マリアーヌは遮った。

「そんなことありませんよ。わたしが見ていただけでも、カズヒロさんはとても頑張っていました」

マリアーヌは頬を赤く染めながら、一弘にその身を預けた。

マリアーヌの唇が一弘の唇へと吸い込まれた。軽い触れ合わせるだけのキスだ。

唇が離されると、マリアーヌは一弘の頭に腕を回した。

一弘の顔がマリアーヌの胸に包まれたので、彼女の清楚な芳香を遠慮がちに吸い込む。

「すみません……なんだか。カズヒロさんがとても可愛く見えて……。もう少し、このままで」

「俺も、ずっとこうしていたい……」

マリアーヌはカズヒロを胸に抱くことで、心に穏やかな感情が流れ込んでくるのを感じていた。

それは安心感となって、マリアーヌをリラックス状態へと誘った。

ゆったりとしたマリアーヌの感情は、次第に一弘へと伝播する。

「カズヒロさん……わたし」

マリアーヌの片手が頭から離され、そっと一弘の股間に伸びていく。

その手は、愛おしそうに股間をなでつける。一弘の股間はしなやかな手つきにあからさまに反応を示し、細い指がむくむくと大きくなり始めた逸物を揉み込むように愛撫していく。

すぐに、一弘の逸物はパンパンに膨れあがってズボンを張り詰めさせる。

「こんなに苦しそうになってますよ。ほら……」

服の上から、一弘のペニスがぐっと掴まれる。強く掴まれた逸物は硬さを増し、さらにズボンの中が窮屈になった。

「マリアーヌ……頼む……」

マリアーヌはにこりと微笑むと、一弘のズボンのなかへと手を滑り込ませた。

細くしなやかな指が、直《じか》に太く硬い逸物に触れる。マリアーヌはズボンの中で軽く握ると、細かく上下させて一弘に刺激を与えはじめる。

「お任せ下さい。いつまでもこのままじゃ、ズボンが駄目になってしまいますね……」

囁くように言うと、マリアーヌは一弘の逸物を拘束から解放した。

取り出された逸物は、竿に太い血管を浮かせながら脈動している。

先端からはすでに体液がとろりと漏れ出している。

「とても苦しそう……」

マリアーヌは頬を朱に染めながら大きく口を開き、舌を出した。

ゆっくりとマリアーヌの顔が逸物へと接近する。舌先で分泌液がちろりと舐め取られ、鈴口にその先端が当たると、一弘はびくりと身体を跳ねさせた。

マリアーヌは舌に絡みついた粘液も使って、真っ赤に充血した亀頭を舐め回す。

「ふぅ……くっ……マリアーヌの舌、柔らか……うっ」

ねっとりと絡みついてくる舌に、一弘は吐息を漏らした。

「きちんと気持ちの良いところ、当たっていますか？」

マリアーヌが亀頭へ刺激を与え続けるので、一弘はただ下半身を痙攣させることしか出来ない。

「ふふっ……答えられないくらい気持ちいいんですね……」

必死に快楽に耐える一弘に、マリアーヌは追い打ちをかける。亀頭に唇をぴったりとくっつけ、ちゅうちゅうと吸っていく。空気が肺へと吸い上げられ、マリアーヌの口内が真空になる。

圧迫されながら吸い上げられた亀頭が強制的に硬さを増すが、膨張限界寸前になったところで、マリアーヌが唇を離して息継ぎをする。

「ちゅぽっ。ちゅうぅ……ちゅぽっ……はぁ……すてきです……はむっ……」

マリアーヌは吸い上げと解放を、適度な間隔で繰り返す。一弘はあまりの気持ち良さに身体を強張らせ、剛直も痙攣するように何度も脈打ちながら、さらなる快楽を求めている。

マリアーヌは一弘の意図を察し、より逸物を咥えやすい位置を探った。

すぐにしっくりとくる位置を見つけたマリアーヌは、ちゅぱちゅぱと音を立てながら逸物を舐めていく。パンパンにふくれた亀頭を舌がなぞる度、一弘はびくびくと奮える。

「マリアーヌ……もう……で……るぅ」

「んっ……はい……はむっ……ちゅ……いいれふ……よ……んんんっ！」

マリアーヌは、膨張した逸物を喉の奥深くへと咥え込んだ。一弘の肉茎のすべてが、マリアーヌの喉へと挿入される。

狭い喉の道は、一弘の逸物から精液を搾取するために作られたかのようだった。

挿入された瞬間、逸物が一回り大きく膨張する。そして、一弘の限界を超える快楽が逸物へと雪崩れ込んだ。ペニスはびくりびくりと痙攣し、マリアーヌの喉に白濁液を浴びせかけていく。

マリアーヌは涙を目に浮かべながら、流し込まれる体液を健気に飲み込んだ。

「うっ……あっ……はぁ……はぁ……」

荒い息を吐きながらも、射精の余韻で一弘の身体から力が抜けていく。

「ぢゅ……ぅう。ぷはっ」

マリアーヌは吐き出された精液を飲み終えると、喉奥からペニスを引き抜いた。

射精したことで硬さを失ったそれを優しくつまみ、先端を再びぱくりと咥える。そして、最後の仕上げとばかりにじゅるりと音を立て、尿道に残った精液を最後の一滴まで吸い尽くした。

「ちゅぅ……ちゅ……ちゅぱ……ずりゅう……」

「うぉ……おぉ……おぉ……ちょっ……すご……きもちよすぎ……くぅ……」

射精後で敏感になった粘膜を吸われてしまい、一弘の下半身が細かく痙攣した。

「ちゅぱっ……。ふぅ……どうでしたか？」

口元に零れた精液の痕を残しながら、マリアーヌは微笑んだ。

「ああ、最高だった……」

そんなマリアーヌを見て、一弘は素直な感想を零した。

射精した後のけだるさに任せて、一弘は大きなため息を吐きながら後ろの壁に背中を預けた。

「お――？」

すると唐突に、一弘は浮遊感に襲われた。視界が流れ、そのまま壁しかないはずのほうへと倒れ込み――大きな音を立てながら強《したた》かに背中を打ちつけた。

「いっ……つぅ……」

少し前にも体験した痛みに、一弘は悶えた。

「大丈夫ですか……？」

マリアーヌがすかさず回復魔法を使用する。すっと一弘の背中から痛みが引いていき、同時に射精の疲れも消えていった。

「悪い……って、なんだこりゃ？」

マリアーヌが差し出した手を取り、一弘は立ち上がって、ズボンをはき直した。一弘が倒れ込んだのは、狭い部屋だった。壁に設置された本棚にはぎゅうぎゅう詰めに本が入れられている。

「こんなところにも、また隠し部屋があるのか……」

「かなり古いものですね……」

そこに蓄蔵された書物の種類は、かなりの数に及んでいる。

マリアーヌは、その内の一つを手に取ると、ぱらぱらとめくって中身を確認し始めた。

「あら、これは……」

マリアーヌは奥まった場所に置かれた棚に、他とは雰囲気が違う本があることに気が付いた。

手にとって羊皮紙のページを捲る。読んでいくと、どうやらこの日記を書いた人物はダンジョン内を探険している途中で不運にも床が崩落し、気づいたらこの階層にまで落ちてきてしまったようだ。なんとか安全な場所を見つけ出し、徐々に生活の拠点を作っていったことなどが記されていた。

日記を読み終えたマリアーヌは丁寧に元の場所に戻し、別の本を手に取った。

手早くページをめくり確認を終えると、すぐにまた新しい本を抜き出して確認する。

一弘はそんなマリアーヌの様子を、ただじっと見ていた。声を掛ければかえって邪魔になると判断しての行動だ。何をしているのか、なんとなく予想がついていたのだ。

そうして、しばらく読み続けていたマリアーヌが、ある本の一ページで動きを止めた。

「……カズヒロさん、これを」

マリアーヌが、開いたページを一弘へと見せてくる。

そのページには一弘には読めない文字と、一匹の魔物の絵が差し込まれていた。

「悪い、まだこっちの世界の文字が読めないんだ。なんて書いてあるんだ？」

「あっ、すみません。でしたら、端的に……」

マリアーヌは描かれている魔物の絵を指さした。

「この魔物、オムニウスの心臓が万病薬となり、とくにウィルス性の病気も治すことが出来る……と書いてあります」

一弘の肌に、ぞわりと鳥肌が立った。

第五話　魔物の臓器

オムニウス。まったく聞いたことがない魔物の名前だった。一弘はマリアーヌにそのページのことを読み聞かせてもらう。

五十センチほどの体長。ネズミのような体格をしていて、最大の特徴は頭の大半をしめる大きな一つの目玉。またとても臆病で、かつ警戒心が強い生き物なので滅多に人前に姿を現すことがない、と書かれているようだった。

「この魔物を見つければ、きっとクロムさんを治すことが出来ますね……」

「だけど、こんな魔物がいるなんて聞いたことないぞ？」

「もう少し詳しく調べてみましょう。ここに置かれている本に、何か手がかりが記されているかもしれません」

「そうだな、手分けして探そう」

ふたりは部屋を半分に分けて、調べ始めた。マリアーヌは書物を、一弘はそれ以外のものを探す。

「ん……？　これは」

魔物の手がかりを探し始めてすぐ、一弘は質素だが作りの良い机が置かれているのを発見する。

いくつかの引き出しが備え付けられた机だ。

一弘はその机に近付くと、引き出しを一つ一つ調べていく。

その内の一つに、ボロボロの羊皮紙が丁寧に畳まれ、置かれていた。

「これは……？」

長年放置された紙は、ギリギリのところで原型を残していた。下手に強く触れば、朽ちてしまいそうなその紙をめくる。

それは、どうやら地図であるようだった。簡潔に道が記され、いくつかの地点に丸が記されている。一弘はその地図を食い入るように見つめた。

「あ……そうか」

そして、気が付いた。その地図が、この部屋周辺のものであることに。

「マリアーヌ！　ちょっと来てくれ！」

地図を破らないように机の上に広げ、一弘はマリアーヌを呼ぶ。

「魔物の手がかりが見つかりましたか？」

「いや……それはまだなんだけど、ちょっとこれを見てくれ」

一弘に促されるまま、机に広げられた紙を見て、マリアーヌは驚いた。

「これは……？」

「この部屋までの地図みたいなんだ。所々に書き込みがあるから、読んでみてくれないか？」

マリアーヌは頷くと、地図に目を落とす。

「この部屋以外にも周囲に隠し部屋があるということが書かれていますね。今居る書庫がここです。この、ここから一番近い隠し部屋が食料庫、そこからほど近い場所に、隠し通路から上に上がる階段があるみたいです。……あとは魔物の詳細、ですね。さっそく探してみましょうか？」

「いや……だけどその前に、一旦五十八階層に戻ろう。いつまでもシアレをひとりにしておけない」

「そうですね」

そのままでは持ち歩けそうにない地図の内容を別の紙に写し、ふたりは隠し通路の出口を目指した。

地図に出口と記載された場所までくると、ふたりは何か仕掛けがないか、探っていく。

一弘が壁に手を添えてなぞっていくと、その中に一つだけ、若干奥に遊びがある石を見つける。

「ん……？　ここ……、こうか？」

力を込めて石を押す。かちりと音が鳴り、石の壁に縦長の穴が空いた。

ふたりはその穴を潜り、狭い通路を進んでいく。すると次には階段が現れた。急な階段を上っていくと、小さな部屋にたどり着く。そしてそこには——。

「一弘……？　それに、マリアーヌ……」

顔色の悪いシアレが、臨戦態勢をとっていた。

現れたのが一弘とマリアーヌだと気が付いたシアレは警戒を解き、床に座り込む。

「こんなところで何して……」

……いるんだ、と言いかけて、一弘は言葉を呑み込んだ。何をしているもなにもない。

魔物と鉢合わせする前に隠し部屋へと逃げ込み、一弘達の帰還を待っていたのだ。

「驚かさないでよね……。急に入ってきたところとは別の場所に通路が出来たから、魔物が来たのかと思ったんだからね……」

「お、おお、悪い。不安にさせた詫びってわけじゃないけどクロムの件、どうにかなりそうだ」

「え？　本当に？」

マリアーヌに回復魔法を掛けて貰いながら、見つけた隠し部屋とそこに溜め込まれた書物の話をシアレに聞かせていく。

「見たこともない魔物の心臓が、万能薬にねぇ……」

一通りの話を聞き終えたシアレは、難しい顔で腕を組んだ。

「じゃあ、一弘。戻ってきて早々だけど、もう一度そこに行くわよ」

マリアーヌの回復が終わると同時に、シアレは立ち上がって、未だにぽっかりと開き続ける階段へと向かう。

「お、おい！　あまり無理するなって！」

一弘は回復したばかりのシアレを気遣うも「平気平気！」と元気よく腕を振り回して入って行ってしまう。仕方なく一弘とマリアーヌもその後に続いた。

ふたりの案内によって件の隠し部屋までやってきたシアレは、さっそくその魔物が記載された本を開き、読み始める。

一弘とマリアーヌもどうせ来たならと、オムニウスがダンジョンのどの階層に生息しているのかを調べることにする。

「カズヒロさん！　ありました！」

それを見つけたのは、マリアーヌだった。

最初にマリアーヌがオムニウスのことが載った本を見つけた棚から、かなり離れた場所にある別の棚に三人の求める情報があった。

「もう、見つけたの!?」

シアレはそれまで読んでいた本を棚に戻して、マリアーヌへと駆け寄った。

「はい。この本の……ここです……」

そう言って指さされた箇所を、シアレも読む。

「……オムニウスは警戒心が強く、滅多に人の前には姿を現さない。彼らの姿を確認しようと思うなら、この層の迷宮、奥深くへと潜るしかないだろう？」

シアレは一文を読み上げると、やや遅れてマリアーヌの側へ駆け寄ってきた一弘を見た。

「どうやらこれによると、目的の魔物はかくれんぼが好きみたいね」

「どういうことだ？」

未だに理解できない一弘に、シアレが天井を指さす。

「聞いてなかったの？　オムニウスは迷宮に隠れ潜んでる。簡単な話でしょ？　それに書いてあるじゃない。五十八階層の迷宮のどこかに、こいつらはいるのよ」

その言葉に、一弘は言葉を失った。

だがそれは驚きで、という意味ではない。多少は驚きもしたが、それよりも、未だに全容が把握されていない五十八階層の迷宮内で、特定の魔物を探し出さなければいけないという現実に言葉を失ったのだ。オムニウスは隠れる習性があり、けっきょく、確実な居場所などないということだ。

「だ……だけど、そんなのどうやって探せっていうんだ……？」

我に返って初めに出た言葉が、一弘の絶望感を如実に表していた。

「それは今から考えるわ。それよりも、クロムくんを治せる可能性が出てきただけで十分よ」

シアレは本を閉じて、一弘に渡す。

「このダンジョン内にいるってわかっただけでも、いいでしょう。まずは情報収集ね。メレスのギルドで絵とかも見せて、こいつについて知ってる人がいないか聞いてみましょう」

「この本を、持ってくのか？」

勝手に持ち出すことに少なからず抵抗を覚えた一弘が、不安げに聞く。

「だってもう誰の物でもないでしょ？　多少古いけど、盗品には思われないと思う」

シアレはしれっと言い放つ。

「気になるなら、この魔物を捕まえるか見つけるのを諦めた後にして。蘇生魔法があるから蔑《ないがし》ろにされがちだけど、万病に効く薬になる魔物が本当にいるなら、かなり貴重よ。まだ認知されていない事実も含めてね。個体数もかなり少ないでしょうし、知らない誰かに討伐されたらお終いなのよ？」

まくしたてるように言うシアレに押し切られ、一弘は本を抱え込んだ。

その本を持ってメレスへと帰還した三人は、すぐにギルドへと向かう。

「おや、珍しいお三方ですね。久しぶりにダンジョン攻略ですか？」

受付のハミィは、すぐに三人に気が付いておどけた声をかけてくる。一弘とマリアーヌがハミィに軽く挨拶をするなか、シアレが単刀直入に確認を取る。

「ちょっと調べ物があってね。こんな魔物の目撃例ってないかな？　五十八階層の迷宮のどこかにいるみたいなんだけど、手がかりがないと探しようがなくて」

そこで一弘が慌てて本を開き、該当のページをハミィへと見せる。

「失礼します……」

ハミィはオムニウスの詳細に目を通す。

「聞いたことも見たこともない魔物です。少々お待ち下さい……」

ハミィはそう言うと立ち上がり、奥へと引っ込んでいく。

「手がかり、ありますでしょうか……」

胸を押さえながら、マリアーヌが呟く。

「分からないわ。あったら儲けものくらいに考えておいたほうがいいかもね」

そこそこの時間が経過し、ようやく戻ってきたハミィの手には、書類の束が握られていた。

「お待たせしました。そちらの本に載っている魔物であるという確証はありませんが、似たような姿の目撃例がありました」

これです、とハミィが書類を開くと、そこには未分類の魔物の目撃例として、オムニウスの特徴と酷似した魔物が五十八階層の迷宮内で目撃されたと記載されていた。

「当たりのようね」

これで、オムニウスが今でも存在する魔物であることはほとんど確定だ。三人はほっと胸をなで下ろす。

「これ、発見場所ってどこら辺なの？」

ハミィが五十八階層の地図を取り出して、机の上に大きく広げていく。

五十八階層の詳細が記載されたその地図は、ところどころに未踏区画の虫食いがあるが、かなりの広さを現している。そしてその、端っこのほうが指さされた。

「ここのあたりですね。ほとんど未開拓の場所です……」

そこは、五十九階層へと繋がる階段がある方向とは真逆に位置する場所だった。

「ここに向かうだけでも、下手をすれば五十九階層の攻略よりも難易度が高い場所です。それでも行かれますか？」

「どうしてもこの魔物が必要なの。行かないわけにはいかないわ」

シアレは、はっきりと言い切った。

◆　◆

そんな三人の会話に、こっそりと耳を傾ける集団がいた。

「今の、聞いたか？」

「ええ、もちろん」

「久々の新種だ。どんな手を使ってもアイツらより先に見つけねぇとな」

珍しい魔物を捕獲し、売買することを専業にしている集団『ゴブリンハット』の一員達だ。

「よし、すぐにボスに知らせろ。俺はアイツらの行動を監視する。おい、お前は先に五十八階層へ行って偵察だ」

ひとりは本隊との合流、ひとりは一弘達の監視、そしてもうひとりは現場への斥候。

無駄のない割り振りによって、男達は行動を開始したのだった。

第六話　争奪戦

「それじゃあ行きましょうか」

一弘達は、シアレの言葉を合図に目的の区画へ向かった。

三人はほとんど人がいない迷宮内を、カツンカツンと寂しげな靴音を響かせて進んでいく。

「一弘、マリアーヌ……ちょっと」

突然、シアレが声を潜めてふたりに話しかけた。

そのあまりにも小さな声は、迷宮の通路の中においてもまったく響かない。

明らかに周囲を警戒して発せられた声に、一弘とマリアーヌも声を潜めて返事をする。

「私達、誰かに尾行されてるわ」

「尾行……？」

「ギルドを出てからずっと。最初は目的地が近いだけかと思ってたんだけど、ここまでついてこられたら間違いないわね」

「でも、俺達をつける理由って、なにが……」

「決まってるでしょ、オムニウスよ。きっとギルドでの話を聞かれたのね……」

「どうするんだ？」

「そうね……。狙いがオムニウスだとしたら、ほうっておけば私達の妨害をしてくるでしょうね。

だとしたら、この状況はまずいわ」

どうにかしなければ、とシアレは思考を巡らせた。そして不意に、一弘に声を掛ける。

「一弘、ここからの道ってどうなってたっけ？」

一弘はすぐにその意図を察した。

「ちょっと待ってくれ……」

シアレは背後の不審者に意図を気が付かれないように、さりげなく一弘に指示を出したのだ。一弘は地図を取り出して、現在位置の近くに追跡者を追い詰めることが出来そうな場所がないか探る。

「今歩いているのがこの通路だから、この先しばらくしたら一度折れるな」

そう言いながら一弘がなぞったルートは、何度か曲がると元の場所へと戻ってくるものだった。

「ありがと」

シアレは素っ気なくお礼を言うと、何事もなかったように歩き続けた。

そして一弘が確認した件の通路へと差し掛かると、シアレはマリアーヌと目配せで合図を取った。

「ここで曲がるみたいですね」

マリアーヌが声に出しながら右手の通路へと足を踏み入れた。

◆　◆

メレスシティから一弘達を追っていたゴブリンハットの一員は、曲がり角へと消えた三人を追って歩を進めた。三人が曲がった角に近付くと、その先に人の気配がないか確認を取る。

(……大丈夫そうだな)

見失わないうちに後を追おうと、身を乗り出し――。

「なっ」

そこに笑顔を浮かべる神官がいるのを見て、彼の足が止まった。

「すみません、ちょっとお話を伺いたくて待たせていただきました」

「ちっ！」

男はマリアーヌの言葉を最後まで聞かずに、その場から逃げ出した。

「おっとっと、そんなに慌ててどこに行くのかな？」

「なっ……ど、どこから……」

「少し先の角を曲がると、ここまで戻ってこれるのよ？」

男は、いつの間にか来た道へと戻って背後に回っていたシアレによって足止めされる。

退路を断たれた男は、なんとか三人を振り切ろうと、腰に差されていた短剣を抜いた。

しかしその剣が閃くより前に、シアレは男を組み敷いて床に叩きつける。

「ぐっ……！　は、離せ！」

「いきなり襲おうとしてきた相手の拘束を簡単に解くわけないでしょ？　あなた達の目的は？」

「ふん……」

男はシアレの問いに嘲笑で返した。

「ま、言うわけないわよね。でも、まあなんとなく察しはつくわ。大方ギルドで話をしてた魔物に関してでしょ？」

悪戯っぽくシアレが笑うと、男の顔が引き攣った。

「それだけ分かれば十分よ」

シアレは男の首筋に手刀を落とす。鈍い音と男のうめき声が響き渡った。

男は意識を失って、その場に力なく倒れ込んだ。

「まあ、大体予想通りね」

男を昏倒させたシアレは、やれやれと頭を左右に振った。

「でも、どうしましょう……」

貴重な魔物の情報が漏れていると知って、マリアーヌは心配そうに手を握りしめた。もしここで魔物を乱獲されてしまったら、クロムの病気を治すことが出来なくなってしまう可能性が出てくる。

それだけはどうしても避けたいマリアーヌは真剣だ。

「そうだな……。でも、あいつらはまだオムニウスの心臓が万能薬になるってことは知らないんだろ？ただ珍しい魔物を捕まえたいと思ってるだけなのは救いかもな。最悪、お金での解決も提案できる」

「それでも、自分たちで捕まえるに越したことはないでしょうけどね……。こっちが必要としているって分かったら、法外な値段をふっかけられそうだし」

「どちらにしても、急ぎましょう！　わたし達の話を聞いて、この人達は動き出したのですから……。もう目的地に着いて、オムニウスを見つけてしまっているかもしれません」

俄然やる気を出したマリアーヌは、早歩きで迷宮の通路を進んでいった。

一弘とシアレも、慌ててマリアーヌについて歩き出した。

「もうそろそろ目的の区画ね」

辺りは不気味なほど静まり返っている。その静けさに、一弘の緊張が高まっていく。

一弘はまた地図を取り出した。今度は人を騙すためではなく、きちんと道を覚えるためだ。虫食い状態の地図の中でも、目的の区画は一際複雑な構造をしていた。迷うなというほうが無理な構造だ。

「まずはオムニウスが目撃された場所にでも行ってみるか」

「そうね。何か手がかりがあるかも」

スケルトンやゴーストといった一部を除けば、魔物は生き物だ。生き物にはそれぞれ生態があり、それに従って生きている。目撃された場所を探れば、痕跡からその魔物が潜んでいる場所を割り出せる可能性もある。

三人は人の気配に十分注意しながら、以前オムニウスが目撃されたという場所へと向かった。

そこは、五十八階層ならどこにでもありそうな通路だった。特に目立った特徴のないそこで、オムニウスが目撃されたという。目的地にたどり着いた三人は、各々《おのおの》で探索を始める。

壁や床、天井に何か仕掛けがないか。床にオムニウスのものと思われる毛や糞が落ちていないか。はたまた、オムニウス自体が隠れていないか……。

「特に変わったところはないわね……」

しかしそう簡単に手がかりが見つかるわけもない。屈んで床を見ていたシアレが、伸びをしながら呟いた。

「そうなると、もう少し奥に進まなければいけませんね……」

「そうなるわね……」

そこから先は、地図には記されていない部分の探索だ。未知の魔物の襲撃や、先に到着しているであろう男の仲間達にも気をつけなければならない。

「ま、結局はオムニウスを捕まえなくちゃいけないんだから、行くしかないわ」

シアレは一弘とマリアーヌについてくるようジェスチャーを送り、奥へと進んだ。

三人は迷宮を進んでいく。だが、オムニウスはおろか、ゴブリンハットのメンバーひとりにも出くわさない。

一弘は嫌な予感を覚え、歩きながら周囲を見渡した。

壁や床に付いた傷を覚え、角をどちらに何回曲がったかを数えながら進んでいく。

十数分ほど歩いていると、一弘は自分達が同じ場所をぐるぐると回っていることに気が付いた。

「ちょっと待った……」

その事実に気が付くと、一弘はすぐにふたりを呼び止めた。

「どうかしたの？」

「何か見つけたんですか？」

シアレとマリアーヌは一弘の声に立ち止まり、振り返る。

「もとの道に戻ってきてる。この壁の傷、さっきも見た」

だが、一弘の予感はそれだけではないと告げていた。

「そう。しょうがないわね、それじゃあちょっと戻りましょうか」

これ以上の徒労を避けようとシアレが提案する。だが、一弘は立ち止まったまま動こうとしない。

「一弘？」

不信に思ったシアレが、首を傾げる。一弘はちらりと壁や床を見渡した。

「ん？」

一弘の視線が捉えたのは、崩れかかっている壁の一部だ。その壁の色が、ある箇所から微妙に変化している。おもむろに崩れかけた壁へと近付き、片耳を密着させると軽く叩いた。

「……やっぱりな。ここの壁の向こうに通路が続いてるぞ」

「隠し通路じゃないの？」

「隠し通路にしては壁が薄い。かなり急いで作ったみたいだな……。壊せるか？」

「任せて」

シアレはきつく拳を握りしめ、思い切り壁を殴りつけた。その壁はとても脆く、ガラガラと音を立てて崩れる。

「なっ!?　誰だ！」

「そんなバカな！　どうやって！」

そして――その壁の向こうに広がる通路で、驚きの表情を浮かべた集団を見つけた。

「さすが一弘！　冴えてるわね！」

ゴブリンハットの面々は、苦労して塞いだ通路が力技でこじ開けられ、唖然としていた。

シアレはそんな面々に向かって飛び出した。

数は五人ほど。シアレにとっては準備運動にもならない人数だ。

一番近くにいた女に接近すると、シアレは足払いで転ばせる。女はあまりの速さに対応できず、無様に床に尻もちをついた。

シアレは止まらない。次の瞬間にはさらにふたりのゴブリンハットメンバーを床に叩きつけていた。

ものの数秒で五人のメンバーを制圧するが、奥から騒ぎを聞きつけたゴブリンハットの仲間達が駈け寄り、一度引こうとした三人の退路を塞ぐ。

「邪魔っ！」

シアレは拳で、道を塞ごうとしているゴブリンハット達をたたき伏せた。

「行くわよ」

床に転がるゴブリンハット達を超えて、三人は下がるのをやめ、通路の奥へと走り出した。

複雑な地形を最大限に活用して、追っ手を振り切りながら進んで行く。

遠くのほうでバタバタと大勢の足音が響くのを聞いて、マリアーヌが不安げに呟く。

「これだけ騒いで、オムニウスが逃げたりしていないでしょうか……」

「ありえなくはない……。けど、同じ階層でも他のどこにも目撃例がないってことは、この場所以外生息に適した環境がないのかもしれない。なら、必ずどこかに隠れてるはずだ」

一弘の言葉にシアレが首を傾げる。

「隠れられる場所なんてあるの？」

「そこなんだよな……」

一弘はオムニウスが隠れそうな場所を想像した。まずは通路に面した隠し部屋や隠し通路だろう。だが、迷宮の奥まで来るために使用した通路や部屋には、オムニウスがいたような痕跡はまったくなかった。

考え込むうちに、一弘の視線は下へと向かい、最後には床をじっと見つめる形で落ち着いた。

（もっと、隠れるのに適した場所……あっ）

一弘はその床を見て閃いた。

ぱっと顔を上げて、マリアーヌを見る。

マリアーヌはいきなり見つめてきた一弘に驚き、あたふたとしている。

「ど、どうされましたか、カズヒロさん。もしかして、どこにオムニウスがいるのか分かったとか……」

「そのまさかだ。いや、正確にはかもしれない、くらいだけどな」

「かもしれない、でも十分でしょ。それで？　その場所はどこなの？」

一弘は耳を澄まして、ゴブリンハットのメンバーが近付いていないか確認してから話し始める。

「すぐ下だよ。五十八階層には下層がある」

「……あっ」

マリアーヌは、一弘とともに落ちた五十九階層との間にある空間を思い出し、驚きの声を漏らした。

「あの時はそんなに深く考えてなかったけど、あの空間、五十八階層全体に広がってるんじゃないかと思って」

「ありえない話ではないですね」

マリアーヌは天井を見上げた。他の階層よりも明らかに低い天井を。

「問題は、どうやって地下への道を見つけるかだな」

現在地からその隠し部屋までは距離があり、行って戻ってくるのでは時間がかかる。

ならば探るべきは、下層に繋がる別の隠し部屋だろう。

一弘はヒントを求めて、地下の地図の写しを取り出し、目を通す。

「あの下層の出口は、確か隠し部屋の一つにあったよな……」

だが、ほとんど未開の区画でそれを見つけるのは困難だ。

「ぐずぐずしてると、あいつらが邪魔をしてくるかもしれない……」

「下層ねぇ……」

シアレが腕を組んで眉間に皺を寄せた。

「何か心当たりあるのか？」

「ううん、まったくない。ないんだけど、前は落とし穴から下に行ったんでしょ？　なら、適当に罠を発動させ続けて、落とし穴に落ちればいいんじゃない？」

「発動させた罠によってはかなり危険そうだな……。それに、落ちたところで通路があるかどうか」

全ての落とし穴に下層へと繋がる通路があるなら、すでにその存在をギルドが知らないわけがない。ほとんどの落とし穴の底には下層への通路がないと考えたほうが良い。

「罠の対処は私に任せて。絶対に安全を保証するから。通路があるかないかも、私が最初に降りて確認する」

その言葉を聞いた一弘は、しばらく顎に手を当てて黙り込んだ。そして――。

「……分かった、それでいこう」

「なら、すぐに動くわよ。あいつらが隠し部屋に気が付いて、万が一にも迷宮の下層にまで気が付く前にね」

そう言うと、三人はしらみつぶしに壁や床を探り始めた。

様々な罠がこれでもかと発動し、にわかに辺りが騒がしくなり始める。

そこへ――その音を聞きつけたゴブリンハットのメンバーがやってくる。

「な、なにやってるんだあいつら……！」

だが発動する罠の激しさに、一弘達の姿を確認することは出来ても、近付くことが出来ない。

結果として、一弘達は大した妨害を受けずに罠を発動させ続けることが出来た。

罠を発動し続けて何十個目になるか分からなくなったところで、ついに三人は落とし穴の罠を引き当てることになる。ガコリ……という音とともに床に穴が空く。シアレはすぐ穴の底を確認する。

「よし、大丈夫そうね。行ってくるわ」

危険な仕掛けがないことを確認すると、シアレはすぐに穴の中へと降りていく。

「やった！　最高にツイてる！　通路があるわよ！　受け止めるからひとりずつ飛び降りてきて！」

しばらく後、落とし穴の底からシアレの声が響いた。その声を合図に、ふたりは順番に飛び降りる。

「大丈夫？」

「あ、ああ……ちょっと肝が冷えたくらいだ……」

「わたしも……だ、大丈夫です」

シアレに受け止められ、直前の浮遊感を思い出しながら、ふたりは答える。

「よしよし。じゃあ、進みましょうか」

そう言って、暗い通路を指さした。

だが最初に落ちた場所とは違い、その通路の先には生物の気配が漂っていた。

所々から、何かが蠢く音や鳴き声が聞こえてくる。

「一弘、私とマリアーヌから離れないようにね」

シアレは目の前に立ち上った魔物達の気配に、気を引き締めた。

少し進む度に、見たこともない魔物が襲いかかってくる。

少しずつだが前へと進み、発見した部屋を虱潰《しらみつぶ》しで探していく。

そして、いくつ目かの部屋へと入ったとき、一弘とマリアーヌは探し求めていた魔物——オムニウスらしき姿を見つけた。

「——あの本に載ってた通りの見た目ですね」

「ああ、まず間違いないな」

オムニウスは縄張りに入ってきた闖入者を警戒し、うなり声を上げている。

基本的に隠れることで生き残ってきた魔物らしく、出会い頭で飛びかかってくることもない。

「悪いな……」

一弘はそんな、平和に過ごしていたオムニウスに謝罪の言葉を告げてマリアーヌを見た。

マリアーヌは頷くと、オムニウスに向かっていく。

力の差がハッキリとわかるのか、オムニウスは威嚇を続けた。

だが、マリアーヌはその威嚇に動じない。オムニウスの目の前まで歩を進める。

威嚇は効かないと理解したオムニウスは、最後の抵抗としてマリアーヌに向かって飛びかかった。

マリアーヌはその攻撃を申し訳なさそうに避けると、オムニウスの身体を掴んだ。

◆　◆

三人は撤退の意思を確認し合うと、足早に来た道を引き返した。

ダンジョンから帰還した三人は、その足で急いでハーツ家が暮らしている地上へと向かった。

メレスシティでもたもたしていると、ゴブリンハットの残党が戻ってきてもめる可能性があるからだ。

そして数日後。三人の急な再訪にアラムは驚きはしたものの、歓迎してくれた。

「ちょうど昨日、マリアーヌさんにいただいた薬が切れてしまって……」

そう言って案内された部屋で、クロムは苦しげな表情を浮かべて横になっている。

意識は無いようで、その様子を見たマリアーヌの真剣みが増す。

マリアーヌは急いでクロムに回復魔法を掛けて、症状を緩和させる。少しだけクロムの顔色は良くなるが、苦しげな表情はそのままだ。

「すぐにお薬を用意しますね」

マリアーヌはハーツ家の厨房を借りると、捕まえたオムニウスの腹を割き、新鮮な肉を掻き分けて、慎重に心臓を取り出す。

取り出した心臓を綺麗な水で洗い流し、魔法を使って乾燥させる。

五分の一ほどにまで小さくなった心臓を、マリアーヌは薬研《やげん》で挽いていく。

十分に細かくなり、粉末となったオムニウスの心臓を慎重に集めると、今度は飲みやすいように固め、いくつかの錠剤にした。

「……出来ました。これを飲ませれば……クロムさんの病を治すことができると思います」

マリアーヌは真剣な表情でクロムの口に薬を押し込み、どうにか飲み下させる。

すると、クロムの顔色はみるみる良くなっていった。

しばらく後――発症以来ずっと閉じていたクロムの目が、うっすらと開かれた。

第七話　地上の街

「おぉ！　クロム！　体調はどうだ……？」

目を覚ましたクロムを気遣いながら、アラムが尋ねた。

「お父様……。はい、なんだかとっても気分がいいです……」

まだ消耗した体力が戻りきっていないのか、おぼつかない口調でクロムは呟く。

「あぁ……本当に……」

体調が良くなっていると聞いて、傍らに控えていた母親のマージュの瞳に涙が溜まる。息子の回復に感極まり、その場によろよろと座り込んでしまった。

「なんと……なんとお礼を言えばいいのか……」

アラムは三人の手を、それぞれ力強く握ると、何度もお礼の言葉を口にした。

「そうだ。約束の剣をお渡ししなければなりませんね……」

アラムは部屋の前で待機していた使用人に、倉庫から剣を出すように言いつける。

程なくして使用人が、装飾が施された箱に入った宝剣を持ってきた。

「本当に……ありがとうございます……」

深々と頭を下げて、アラムはシアレにその剣を手渡したのだった。

「これで、テオドラと戦う最低限の準備が整ったわね……」

シアレは腰に下げた宝剣を撫でた。

「問題があるとすれば、テオドラがどれくらい深い階層にいるか、ね。最近、ダンジョンに満ちる魔力の濃度が特に濃くなってきてる。きっと封印が解けるのも時間の問題ね……」

「そういえば最初に来たときより、地上の街に漏れてきている魔力の量が多いですね……」

マリアーヌは数週間前に地上の街へ訪れたときのことを思い出した。

テオドラの魔力の影響を若干受ける程度だった地上の街での濃度は、いまやほとんどダンジョン内と変わらないほどになっている。

「出来るだけ早く……テオドラのいる階層までたどり着かないと……」

「次の階層は六十階層……。一応キリの良い数字ですが……テオドラはいると思いますか？」

「ダンジョン自体が成長しているなら、あまり関係ないと思うわ。五十八階層の攻略だけで数十年かかってるわけだから、もう少し下があってもいいんじゃないかしら」

「一階層や二階層なら、強引にどうにかなるかもしれませんけど……」

「強引にダンジョンを攻略するなら、かなりの物資が必要じゃないか？　今から資金集めしてる時間なんてあるのか……？」

「最悪、ダンジョンの中で調達しながら進むっていう方法があるわ」

「あのなぁ……」

今後の予定を決める話し合いは延々と続き、気が付けば夜も遅くなっていた。

だが、泥沼に陥った話し合いに終わりが見えない。三人の間に剣呑な空気が漂い始める。

「はぁ……」

そんな空気を切り裂いたのは、一弘のため息だった。

「これ以上話し合ってても進展しないな。少し休もう」

「そんなこと――」

――している暇はない、と一弘を睨み付けようとするシアレ。

「ちょっとは肩の荷を下ろさないと、きちんと考えることもできなくなる。俺はもう眠くてほとんど考えがまとまらない……。シアレもそうじゃないか？」

「それは……そうだけど」

「それにせっかく地上に出てきてるんだから、普段出来ないことをするのもいいだろ？」

一弘は悪戯っぽく笑った。

◆　◆

翌日、一弘はマリアーヌとシアレを連れて地上の街を歩き回った。

屋台で朝食を買い、食べながら歩く。商店街は朝も早いというのにすでに活気よく、それぞれの目的で集まった客によって賑わっている。

あちこちから値切り交渉のやりとりや、世間話が聞こえてくる。

一弘達はそんな商店街の通りを横切っていく。

出歩き初めてからすぐはテオドラのことで頭がいっぱいだったシアレだが、だんだんと街の雰囲気に呑まれていった。

気が付けばシアレは一弘とマリアーヌとともに、地上の街をここぞとばかりに堪能していた。

気の赴くままに買い物をして、売られているフルーツや珍しい食材を食べる。

一方マリアーヌは、薬品や衣類に目が惹かれているようだ。

そんなふたりを見て、一弘は満足げに笑った。

◆　◆

地上の街を堪能した三人は、爽やかな気分で宿へと帰り着いた。

「ふぅ……」

「楽しかったですね」

「予想以上にね」

大分気分をリフレッシュすることができたのか、シアレは身体を伸ばしながら呟く。

「ふふふ、では本日最後のお楽しみをはじめましょう！」

突然、気を抜いていたシアレの背中をマリアーヌが押した。

勢いよく背中を押されたシアレはよろめいて一弘へと倒れ込む。

「おっと……」

一弘は倒れそうになったシアレを咄嗟に支える。

ふたりの動きが一瞬だけ固まった。マリアーヌはシアレの上から一弘に抱きついてくる。

「ちょっとマリアーヌ……止めなさいって」

一弘とマリアーヌに挟まれて動けなくなったシアレは顔を赤く染める。

だが、そこに強い抵抗はない。

「ふふふっ、シアレさんは分かりやすいですね」

マリアーヌはおもむろにシアレのお尻をなで回した。

いやらしい手つきで撫でまわされたシアレは、お尻の筋肉をびくりと振るわせる。さらにマリアーヌの手はするりと滑り、シアレの太ももへと流れた。こそばゆさにシアレは顔を天へと向けた。

「ふあっ……あっふあ……」

抑えきれずに漏れ出た声は羞恥に震えている。

「ちょ……ちょっと一弘も、ひぁ！」

柔らかい肌と嬌声に感化された一弘が、シアレの首筋を舐め上げた。

敏感な部分を這う生温かい舌を感じ、シアレの目に涙が溜まる。

「これからはダンジョンに潜っても、危険は増していくだろう。余裕を持ってこういうことできなくなるって考えたら、いま楽しんでおいて損はないって思って」

そうだろ？　と問いかけながら、一弘はシアレの胸に手を伸ばす。

柔らかななかにも確かな弾力を感じる豊かな丸みを、一弘は手の平一杯に感じ取る。心地よい感触を堪能するように揉みしだくと、シアレの乳房は指の赴くままに形を変えた。

「は……も、んっ！　駄目っ」

一弘は柔らかな胸を存分に味わうと、今度はその中心で震える突起をつまんだ。

まだ柔らかさを保っていた乳首に、甘く痺れるような刺激が走った。

刺激を受けたシアレの蕾に芯が通る。

「駄目だなんて言いながら、しっかり気持ちよくなっていますよね。ほら、もっと肩の力抜いて……ください」

マリアーヌは太ももから上側へと手を移動させ、シアレの秘部に手を添えた。すでに漏れ出た愛液を指に絡ませながら、パンツの上から手の平全体でシアレの秘部を摩った。するとすぐに割れ目から蜜液が溢れ出し、下着を濡らす。

「脱がすぞ……」

「あっ……うん……」

一弘は濡れて用をなさなくなった下着をずり下げる。下着の股間部分には薄く糸が引いていた。

秘部を晒されたシアレの息が、だんだんと荒くなる。

「もうこんなに濡れてるな」

露わになった縦筋を、一弘は優しくなぞった。

敏感な部分を弄られたシアレは、立っていられない程の快楽を与えられる。がくがくと足を震わせながら床に膝をつくも、なんとか倒れないでいられたのは、一弘の身体に腕を回していたおかげだ。

「大丈夫か……？」

「あっ……はぅ、あっ……かずひろぉ……」

シアレはとろけた視線で一弘を見上げてた。

潤んだ瞳からは、先ほどまであった否定的な態度はなくなっている。

一弘はしゃがみ込んでシアレの腹に手を添え、引き締まった腹をゆっくりと撫でていく。

発情したことで熱くなった肌を撫でられ、シアレの我慢は限界に達した。

シアレは横になって身をさらすと、自ら秘所に指を伸ばして、とろけるように柔らかくなったくぼみをぐにゅりと広げた。頬を染めながら、潤んだ瞳でシアレは呟く。

「お……お願い……」

真っ赤に充血した媚肉は奥から溢れてくる蜜でいやらしく一弘を誘った。

「カズヒロさん。焦らすのはよくないですよ……？」

「うおっ」

後ろから一弘の背中に、マリアーヌが覆い被さる。

前へと回されたマリアーヌの手が、一弘の下半身をまさぐり、怒張した逸物を取り出した。

徐々に血液が集まり始めた逸物を、マリアーヌはゆっくりと擦る。

しなやかな手で刺激を与えられた逸物は多くの血液を下腹部に集め、その身をさらに硬化させていく。

十分に膨張した逸物を、マリアーヌがシアレの秘部へと誘導する。

これでもかと膨れあがった亀頭が、愛液の滴る穴に宛がわれる。

入り口に添えただけで、シアレの媚肉は男根をその身の内に引きずり込もうと絡みついてくる。

その熱を感じて、一弘は短く、熱い息を吐き出した。誘われるがままに、腰を浅く突き出す。

亀頭の半分ほどが埋まり、シアレの入り口付近の肉を感じる。

シアレの膣は、ゆるく一弘を受け入れた。

「ゆっくり……ゆっくり解していきましょうね」

マリアーヌはなお一弘の逸物を掴んだまま、円を描くように回す。

柔らかな痴肉が、一弘のそれの動きに合わせて形を変える。

自分の分身をさらにシアレの奥深くへと突き入れたい衝動に駆られ、欲求のままにシアレへと覆い被さる。

美乳のクッションに支えられながら、一弘の逸物はシアレの奥へと沈み込んでいく。

膣奥へと進むほどその道は引き締まり、キツくなっていた。

入り口とのギャップに魅了された一弘は夢中で腰をピストンさせる。

ぐぽぐぽと音を鳴らしながら、ピストンが繰り返されていく。

「シアレさん、とっても気持ちよさそうです……。カズヒロさん……わたしのことも、気持ちよくしせてくださいませ……」

マリアーヌは必死に腰を振る一弘の耳を甘噛みする。

「はぁ……！　ああ……わかった」

一弘は真横に来たマリアーヌと視線を合わせた。マリアーヌはにっこり微笑むと、口を開けて舌を突き出した。その舌をぱっくりとくわえ込む。ちゅるちゅると吸いつきながら、マリアーヌの秘所に指を這わせた。

一弘はシアレを悦ばせるためのピストンを行いながらも、マリアーヌの十分に濡れた穴の奥に指を突き入れる。逸物よりも細い異物だが、マリアーヌの膣は貪欲に締めつける。それを押し広げながら掻き分けると同時に、空いている指では、女性器の上部で小さく主張する突起を愛撫した。

「んっ……あっ、……ンンッ」

膣ヒダを掻き分けながら陰核を攻められたマリアーヌは、急激に呼吸を乱す。

指の動きに合わせるように腰をくねらせ、自身に与えられる快楽を高めていく。

一弘はシアレの口内に舌を侵入させると、つるつるの歯や歯茎を丹念に舐めていく。

甘い唾液がにじみ出すマリアーヌの口内を、一弘は存分に味わった。

そのあとはマリアーヌも必死に、口内に侵入してきた一弘の舌に舌を絡ませる。

三人の蠢く肉と肉は境目をなくし、一つになっていった。

「ぷはっ……！」

空気を求めてどちらからともなく唇を離すと、ふたりの間に粘度の高い涎の橋が掛かる。

「はぁ……素敵ですカズヒロさん……。あんっ、あっ、おまんこ……とろとろになって……んあっ！」

マリアーヌは穴からぴゅっぴゅっと透明な液体を吹き出す。

軽い絶頂で身体から力が抜けたのか、マリアーヌはそのまま一弘の身体にもたれ掛かった。

マリアーヌの体重を感じながらも、一弘はなおも腰を振り続けた。

いつ射精してもおかしくないほど膨張した逸物は、容赦なくシアレの膣道をえぐり続けている。

「おっ……！　おうっ……！　かず、かず……も、ンンッ！」

シアレは強引な突き入れを続けられ、かなり息を乱していた。一弘がマリアーヌを相手にしている間に、もう何度も絶頂を向かえていたのか、股の間は泡となった白濁液でべとべとに汚れている。

とうに、シアレの子宮は降りきっていた。ピストンの度に当たる亀頭の刺激は、最初とは比べものにならないほど強烈だ。

「あうぅッ！」

激しいリズムで子宮口を刺激され続け、シアレは身体が浮き上がるような奇妙な感覚に襲われた。

シアレの下腹部は、覆い被さる形になっている一弘と、その一弘に身体を寄せるマリアーヌを持ち上げるようにして、何度も力が込められ跳ね上げられている。

反射的な筋肉の運動だったが、一弘にとっては美女の腰振りは誘惑と変わらない。

一弘も最後の力を振り絞って腰を振った。ピストンはシアレの膣を掻き乱し、子宮を熱くさせる。

「ンッ……ふあああああ！」

シアレはそれまでよりも深く、強烈な絶頂を向かえた。膣道全体がぎゅっと縮まり、一弘の逸物を絞り上げた。

その締めつけは一弘の許容を越えた。痛みを伴って、一弘の剛直が限界まで膨張する。

どくり——と、ほとんど塊とも言えるほどしっかりとした精液が溢れ出し、シアレの膣内へと注ぎ込まれた。一弘は逸物の先端をシアレの子宮口へと押しつけると、濃厚な精液を少しでも奥に注ぎ込もうと腰の動きを止める。

「あ……一弘の……あついのが……お腹の中で溜まってる……」

「ふっ……でる……でてるぞ……くうぅ……」

最後の一滴まで注ぎ込むと、一弘は芯が抜けたように硬さを失った逸物をシアレの膣内から引き抜いた。膣穴からペニスが引き抜かれた瞬間に、中に溜まっていた精液が溢れ出す。

流れ出す精液を拭う体力は、今のシアレには残されていなかった。

第八話　本来の力

シアレが、ゆっくりと装備を身につけていく。

一弘に召喚されてから、ずっと着続けてきた装備をしっかりと着込むと、立てかけていた宝剣を掴む。先日無事その手に戻った宝剣は、千年前と変わることのない握り心地をしていた。

腰に下げた宝剣を、試しに抜刀する。鞘に引っかかることなく抜き放たれた宝剣は、一切の曇りもない。それどころか、その刀身は魔力を帯びて青白く光っている。

「……よし」

その刃を見て満足したシアレは、剣を鞘に収めた。

「おはようございます、シアレさん。気合い十分ですね」

そこに、柔らかな声が掛かる。

「おはようマリアーヌ。もちろん、これから目指す場所を考えれば、自然にそうなるわ」

「ふふふ、その気合いに応えられるように、わたしも頑張りますね」

「期待してるわよ。でも、無茶だけはしないでね？　マリアーヌは文字通りこのパーティの生命線なんだから」

「はい、分かっています」

マリアーヌは、シアレにも同じ言葉を投げかけたかったが、彼女にとって無茶をするなというのは、土台無理な話だと理解していた。因縁の相手との決着をつけるための戦いにおいては、特にだ。

「待たせて悪い……」

「遅いわよ、一弘。昨日までの元気はどこいったのよ」

「起きてからずっと嫌な予感がするんだ……上手くいき過ぎているような……そんな気がして」

「まだまだ下の階層があるんだから、別に今日テオドラと戦うってことにはならないわよ」

シアレは頼りない一弘に、ため息を漏らし。

「大丈夫ですか？　不安なようでしたら、ハグしましょうか？」

マリアーヌは一弘の体調を気遣う。

ふたりの反応があまりにも違うので、一弘はそこで思わず吹き出してしまった。

「ふっ、ははは！　いや、悪い。もう大丈夫だ。それじゃあ行くか」

笑ったことで肩の力が抜けたのか、一弘は普段の調子を取り戻し、歩き始めた。そんな一弘の反応に、シアレとマリアーヌは顔を見合わせる。シアレは肩をすくめ、マリアーヌは笑顔を浮かべ、一弘の後を追ったのだった。

◆　◆

五十九階層は直上の階層と違い、規則正しく区切られた分かりやすい構造になっていた。

各ブロックは、それぞれ魔物や仕掛けが待ち受けている。明かりがほとんどなく、まばらに冒険者達が設置した魔法のトーチによってダンジョン内は照らされている――というのは出発時に寄ったメレスのギルドで聞いた情報だった。

「とはいえ、最初はただ歩いていけば良さそうね」

五十九階層の入り口付近にあるブロックはほとんど攻略が済まされていた。

一弘とシアレが、最初にこの階層に足を踏み入れたときにはなかった安心感が今は広がっている。

「結構な攻略スピードね」

「五十八階層は、あの階段を見つけることが困難だったたって聞いたぞ」

「見せて貰った地図も完成していなかったくらいだから、そうなんでしょうね。ま、なんにせよ手間が省けるなら良いことよ」

シアレはそう言うと、どんどん先へと進んでいく。

一時間ほどダンジョンを歩き回った三人は、大きな石像が鎮座する部屋に行き着いた。

「魔物の気配もないし、ここで少し休みましょうか」

マリアーヌは荷物を下ろして、簡易組み立て式の椅子を取り出した。

「どうぞ、カズヒロさん」

「ふぅ……悪いな……」

用意された椅子に、一弘はどっかりと腰を下ろした。疲労が溜まった足から緊張が抜けていく。

マリアーヌは手早く、シアレと自分の分の椅子も用意する。

「下層への階段、見当たりませんね」

マリアーヌはふたりに水筒から出したお茶を渡しながら、ぽつりと呟いた。

「まあ、まだ調べ始めたばかりだしね。避けているってのもあるけど、魔物とも遭遇していないし」

お茶を受け取ったシアレが、そう言って一口啜《すす》る。

そのとき、ゴトリ――と重い物が動く音が響いた。

「――何かいるわね」

シアレは座ったばかりの椅子から立ち上がり、いつでも抜き放てるよう剣の柄に手を添えた。

周囲には生き物の気配はない。だが、何かが動く音は止まらない。

「そういうことね……」

シアレはすぐに事態を把握する。そして、音の元凶に視線を向けた――その先あるのは石像だ。

一匹のオーガを模したその石像は、一弘達がその部屋に入ったときとはまったく別の姿勢を取っていた。石像が、にわかに動き始める。

ぎこちない動作だったのに、徐々に身体の動きがスムーズになっていく。

「せっかくの休憩が台無しね……。ま、そろそろ身体を温めておかなくちゃって思ってたから、丁度良いわ」

シアレは距離を取ると、その腰に下げた宝剣を抜く。

以前、シアレが使っていた剣よりもさらに細い刀身が青白く光っている。刀身の発光は、まだトーチが設置されていない部屋をぼんやり照らし、自身が振るわれるのを今か今かと待ち構えているように見えた。

シアレはそんな愛剣の期待に応えて、思い切り剣を振るう。甲高く、澄んだ音が鳴った。

その一閃は、石像の両足を簡単に切断した。支えを失った石像はあっけなく倒れ、動かなくなる。

「すげぇ……あんな簡単に、硬い石像を……」

「シアレさんの技術があってこそですね」

「ふぅ……ま、こんなものね」

剣を鞘に収めたシアレは、気楽そうに石像から離れ、避難していた一弘達の元へと近付いた。

「やっぱり使い慣れた剣は手に馴染むわ。これならもう、数段階は強い相手でも楽勝ね」

久しぶりに使用した宝剣の調子は上々のようで、シアレは上機嫌だ。

「これならもっとペースを上げていけるわね。あいつに襲われた分、もう少しだけ休んでから――」

戦闘を終えて、シアレが緊張を解く。

途端――石像が片腕の力だけで上体を起こして拳を振り上げた。

握り込まれた拳に、規格外の魔力が流れ込んでいく。

（……！　テオドラの魔力!?）

虚を突かれたが、シアレは石像のその動きに気が付き、対応を迫られる。

石像が纏うのは宿敵の魔力だ。シアレはテオドラが仕掛けてきたと悟る。だが、それをふまえて動きだすには、すでに致命的なまでの時間が過ぎていた。

石像の拳が無情に振り下ろされる。

咄嗟に動いたおかげか、石像の拳はシアレから半身ズレた床を砕いた。

「うおっ!?」

「カズヒロさん！　掴まって下さい！」

轟音とともに足場が割れ、深淵が三人を呑み込む。

動かなくなった石像だけが残る五十九階層の一角に、静寂が残された。

第四章　復讐と平和

第一話　ふたりの過去

——俯瞰で見える風景で、シアレは自分が夢を見ていることに気が付いた。

暗雲が空を覆う高原で、シアレとテオドラが対峙している。

「追い詰めたわよ……」

シアレは宝剣をテオドラへと突きつけた。

「くくく、あたしをここまで追い込んだのは素直に褒めてやる。だが、それまでだ。お前にあたしは殺せない」

不敵な笑みを崩さずに、テオドラはシアレを挑発する。

その挑発に、シアレは顔を歪ませた。ここまでの戦いは、シアレにとってけっして楽なものではなかった。シアレの体力は底をつき、息も上がっている。

なにより、ここまでついて来ていた仲間は全員息を止めて、シアレの後方で倒れている。

最悪の状況で、魔王との決戦が始まろうとしていた。

「そんなの、やってみなくちゃ分からないでしょ？」

だが、それでもシアレは諦めていなかった。

その瞳には不屈の炎が灯り、なおも激しく燃えている。

諦めを知らないシアレに、テオドラは面白いと笑みを深めた。

「ならば向かってくるがよい！　その全力を、あたしは叩きのめしてやるわ！」

テオドラは指揮者のように、軽やかに腕を振るった。

瞬間、何の変哲もない地面からゴーレムが次々と立ち上がった。

ゴーレム達は自身の身体が出来上がると、一直線にシアレへ向かって拳を振り上げる。

食らえばその身を砕く一撃を、シアレは満身創痍の身体を酷使して避け、ゴーレムの核を破壊していく。

「吠えるだけはある！　だが、そろそろ限界のようね？」

テオドラの言うとおり、シアレの限界はすぐそこまで近付いていた。足取りは不確かで何度も躓《つまず》き、最初は一撃で破壊できていたゴーレムの核も、数回に一回の割合でしか破壊しきれなくなっている。

追い込まれた状況で、シアレは足掻き続けた。その身に、テオドラを倒すための切り札を一つだけ残しながら。

シアレはゴーレムを捌《さば》き続けながら、テオドラとの距離を徐々に詰めていった。

余裕のあるテオドラは、慢心からか詰められた距離を再度空けるようなことはしなかった。それが、致命的な一撃につながるとも知らずに。

ふたりの距離はさらに縮まり、シアレはついに一息で詰められる距離まで近づいた。

「――――！」

そして一瞬の隙を突き、シアレはテオドラの身体にしがみついた。

予想外の行動に、テオドラは為す術なく抱きつかれる。

「くっ……キサマ！　何をする、放せ！」

困惑でテオドラは一瞬だけ動きを止めるが、すぐにしがみついたシアレを振り解こうと身体を揺する。だが、決死の覚悟のシアレは飛ばされないように腕と手に力を込める。

「この距離なら……あんたを殺せるわね……！」

「なに……？」

身の内に溜め込んだ魔力を、シアレは暴走させた。身体中を駆け巡る耐えがたいほどの熱。その熱はすぐにシアレの身体を破壊する。

「正気か……!?」

死までの刹那、シアレは笑っていた。世界を乱す魔王を討ち果たせるなら、自分の命の一つなど安いものだと。

「さよなら、魔王」

最期の言葉がテオドラへと届いた瞬間、シアレの身体ははじけ飛んだ。

暴走した魔力の爆発は、ほとんど無傷だったテオドラの身を焼く。

だが――その爆発はテオドラを殺すまでには到らなかった。

「覚えていろ……。この怨みは……決して忘れ――」

そのテオドラの言葉ごと飲み込むようにして、破裂したはずのシアレの肉体が氷の結晶となって集結し、魔王の全身を包み込んだ。

◆　　◆

「つぅ……！」

シアレは全身に走る痛みで、目を覚ました。

霞む視界に見えるのは、淡い光とシアレを覗き込むふたりの顔だ。

「大丈夫か!?」

シアレの意識が戻ったことに気付いた一弘が叫ぶ。

「大丈夫よ……。はぁ……ここは？」

「分からない。五十九階層から落ちてきたのは確かだけど……」

「そう……。なら、場所を把握するところから、うっ！」

無理に起き上がろうとしたシアレは、痛みで顔を顰《しか》めた。すぐにマリアーヌが様子を見る。

そしてシアレの身体に手の平を当てて、治癒魔法を掛ける。

「打ちどころが悪かったみたいですね。シアレさんが気絶している間に、大まかな傷は調べたんですが……まだ治りきっていなかったみたいですね。これでどうですか？」

「ありがと、だいぶ楽になったわ……」

様子を見ながら起き上がったシアレは、改めて周囲に目を配った。

白を基調にした簡素な壁や天井。それとは正反対に、床は真っ黒な素材で作られていた。

シアレは空間の奥へと視線を向けた。そして暗闇の先に、フロアを覆うように氷が張っているのを見付ける。

「やられたわ……。一弘、あなたの予感が当たったったみたい」

シアレは千年前に行ったテオドラとの戦いを思い出す。最後の最後で勝つことができないと悟り、テオドラを封印するために使った魔法のことを。

「それって……まさか。本当か？」

警戒心を強めたシアレを見て、一弘の口内が緊張で乾いていく。

「……この氷、私がテオドラを封印するときに使った魔法の影響だと思う。絶対にそうだ、って言い切れる訳じゃないけど、可能性は高いわ」

一弘はカラカラになった喉をなんとか潤そうと、必死に唾を飲み込んだ。

◆　◆

無言で歩き続けた先に、一際大きな氷の塊が出現した。

所々にひびが入り、今にも崩れてしまいそうな透明な塊。その中に、シアレの予想通り、魔王テオドラが今も封印されていた。

「まったく……手荒い歓迎ね、テオドラ……」

シアレはぽつりと呟いた。返答を期待したものではなかったが、その呟きに声が返った。

「くくくく……良い表情ねぇ、シアレ？」

高音のなかに、多少の濁りが交じった独特の声質は、紛れもなくテオドラのものだ。

ひびの隙間から、膨大な量の魔力が噴出した。

テオドラを包んでいた氷は、その魔力の放出に耐えきれず、瓦解し——魔王テオドラが復活した。

第二話　千年越しの邂逅

氷の欠片が床へと降り注ぐ。辺りを覆っていた氷も、テオドラ復活の衝撃でほとんど吹き飛んだ。

テオドラは足下に溜まった氷の欠片を踏みつけ、着地する。

「ふぅ……生身の身体で動くのって、結構疲れるわねぇ……」

両サイドで束ねられた真っ白な長い髪を揺らしながら、テオドラは三人へと一歩近付いた。

たった数センチ距離が詰められただけで、禍々しいテオドラの魔力が三人に吹きつけてくる。

「うおっ……！」

そのあまりの濃さに、一弘はよろめいて膝をつく。いつもダンジョン内に漂っている魔力とはまったく桁違いの、強力な悪意がこめられた魔力は耐性のない一弘には猛毒だ。

「マリアーヌは一弘をお願い。私は前に出るわ」

シアレは宝剣を抜いた。宝剣の光は、立ちこめるテオドラの魔力を、幾ばくか緩和する。

「まったく……本当に忌々しい剣ね」

その光を見て、テオドラのただでさえ険しい目がさらに細められる。

「でも、そうやって抵抗されるのも、今は悪くないわ！」

テオドラはおもむろに腕をふるった。その一薙ぎに魔力が作用し、暴風が生まれる。

シアレは真っ正面から風を受け、吹き飛ばされそうになった。

なんとか流されないようにバランスをとり、踏ん張る。

風が止むと同時に、シアレはテオドラとの距離を詰めた。至近距離から回転を交えた逆袈裟切りを繰り出すが、テオドラはその攻撃を、なんなく躱す。

「千年経って、そんなそよ風しか出せなくなったの？　テオドラ？」

「安心しなさい？　ちょっと邪魔だったから消えて貰っただけよ」

粘つくような、悪意に満ちた笑顔が咲く。

「――――！」

シアレの背中に悪寒が走った。予感とともに振り返る。

すぐ近くにいたはずのマリアーヌと一弘が、遙か遠くに見えた。

「あの神官は厄介そうだから、ちょっとの間、下がってもらうわ」

豆粒大に見えるマリアーヌが、急いでシアレのいる場所へ戻ろうと走り出している。

「少し大人しくしてなさい？」

テオドラは腕を前に突き出す。その手の平で魔力が圧縮され、光る珠を作り出す。テオドラはその光球を、マリアーヌめがけて撃ち出した。

その攻撃の危険度を察したマリアーヌは立ち止まり、ギリギリまで軌道を読んで避ける。

光球は地面に当たると、大きな爆発を起こした。

衝撃に地面は揺れ、真っ白な壁に亀裂が生じる。亀裂は段々と上へと向かい、遠く天井まで到達した。

亀裂は止まらずさらに広がり、天井の一部が瓦解してしまう。

大きな岩となった天井の一部が降り注ぎ、マリアーヌとシアレの間を分断する。

「おまけよ。存分に戯れるといいわ」

さらにテオドラは一体の強力なデーモンを召喚し、マリアーヌへとけしかけた。

「これでしばらく邪魔者はいないわ。ふたりっきりで、存分に殺し合いましょうか」

テオドラは改めてシアレへと向き直った。

◆　◆

「カズヒロさん！　岩の陰に隠れてください！」

テオドラが召喚したデーモンが飛来するのを見て、マリアーヌは叫んだ。

一弘が言葉に従って咄嗟に岩陰に隠れるのとほとんど同時に、マリアーヌの至近に巨大な体躯のデーモンが降り立つ。以前に戦った全身を宝石で包んだデーモンよりも、一回り以上大きい。

短く息を吐き出すと、マリアーヌは錫杖を構えた。一瞬だけ一弘のほうへと視線を流す。岩陰から顔を出した一弘は力強く頷き、マリアーヌを信じていることを伝えてきた。

マリアーヌは一弘に微笑みを返すと、改めてデーモンと向かい合う。

デーモンの濁った目と、マリアーヌの目が交差する。

一瞬の膠着のあと、先に動いたのはデーモンだった。目を見開き、咆哮するとマリアーヌへ向けて突進する。単調な突進だったので、マリアーヌは冷静にその攻撃を避ける。

デーモンは勢いを殺せずに壁に激突し、その衝撃で空間が揺れ、壁が粉砕される。

「グルゥ……！」

「知性はないようですね。理性の箍《たが》がない分、厄介でもありますが……」

これならば自分ひとりでもやれると、マリアーヌは確信した。

無策に猪突猛進を繰り返すデーモンに、マリアーヌはカウンターで攻撃を与えていく。

マリアーヌの攻撃は着実にデーモンを追い詰めていった。

「ガフゥ……ガフゥ……！」

息を切らしながらも、デーモンは懲りずにマリアーヌへと突進を続ける。

「――これで！」

満身創痍のデーモンに最期の一撃を叩き込むべく、マリアーヌは錫杖を振り上げ――。

「避けろ！」

一弘の声に、攻撃を中止して大きく後ろへと下がった。

ドンと、一瞬前までマリアーヌが立っていた場所に巨大な岩がぶつかった。

マリアーヌはその岩の軌道上へと視線を移動させる。

「もう一体……」

視線の先で、新たなデーモンが鼻息荒くマリアーヌを睨みつけていた。近くに転がっていた新しい岩を持ち上げると、マリアーヌに向けてさらに投擲する。マリアーヌは放物線を描きながら落ちてくる岩を避けたが、そこに満身創痍のデーモンが突撃を繰り出していた。

「くっ……！」

直撃の寸前、マリアーヌは夢中に錫杖を振るった。その一撃は運良く眉間へと直撃し、デーモンはマリアーヌから逸れるように地面へと倒れ込んだ。

「はぁ……はぁ……」

動かなくなったデーモンは、空気に溶け込むように消滅していく。

「ようやく一体……」

二体目のデーモンに向き直る。

「そんな――」

二体目に現れたデーモンの横には、別の新たなデーモンが立っていた。

「増えて――」

三体目のデーモンに気を取られていたマリアーヌの横腹が、衝撃に襲われる。

「がふっ……！」

衝撃で肺に溜まっていた空気が吐き出しながら、マリアーヌは床に転がった。

追撃を受ける前に立ち上がる。そこに――。

「四体目……」

長い鉄の棒を手にしたデーモンがいた。

(このまま増え続けたら……まずいですね)

シアレであれば問題ない数だが、回復役が本職のマリアーヌがまともに相手に出来るのは二体が限界だ。もたつく間にも、デーモンの数はどんどんと増えていく。

(遠くでシアレさんと戦っているテオドラに、デーモンを召喚している余裕はないはず。どうやら一度使用すれば、しばらく自動的にデーモンが召喚される魔法のようですね)

マリアーヌは危機的な状況を意識して、出来るだけ隙を作らないように錫杖を構えた。

第三話　決闘

テオドラはあえてシアレに接近して、近接戦闘をしかけてくるつもりのようだ。手に集中した魔力を刃に変えて、確実に急所を狙ってきた。

「ちょっと!?　勇者がこんなに弱いなんて、聞いてないわよ!?」

「くっ……うるさい！」

テオドラの猛攻を受けて、シアレは苦悶の表情を浮かべた。

一弘との距離が離れすぎているせいで本来の力を出すことが出来ずに、防戦一方を強いられる。

（せめて一弘との距離が近ければ……）

と、シアレはふたりがいるはずの方向を見る。

（あっちもキツそうね……）

遠くでマリアーヌが、デーモン相手に苦心しているのを見たシアレの頬に、冷や汗が浮かんだ。

「よそ見が出来るくらいは、余裕があるのぉ？」

「――ッ！」

テオドラはシアレに向けて、数え切れないほどの光弾を放った。

シアレは自身に向けて放たれた光弾を、宝剣で全て弾く。

「少しはやる気になってくれたかしらぁ？」

「ええ……。でも少し気合いが入りすぎよ？　もう少し力を抜いたほうがいいんじゃない？　そうすれば、私も倒すのが楽になるわ」

ふたりは、お互いに挑発しあう。次の瞬間、瞬きほどの時間でシアレはテオドラへと接近する。

テオドラの懐へ潜り込んだシアレは、魔王の腹へ向けて最短の軌道で剣を振り抜いた。

「危ないわねぇ……！」

だが、その一撃は豪快に空を切るに止まった。テオドラは華麗に宙を舞い、シアレの急襲を躱していた。

「そんな分かりやすい攻撃じゃ、あたしは殺せないわよ！」

テオドラは綺麗に一回転して床に着地する。その一瞬の隙を狙い、シアレはもう一度急接近を試みた。動きの止まったテオドラの心臓めがけて、一息に剣を突き刺す。

肉を貫く感触が、たしかにシアレの腕に伝わってくる。

「だから……そんなに分かりやすくちゃ当たらないってば！」

だが、テオドラはその攻撃を受け止めていた。見るとふたりの間には、無数の目玉が出現していた。剣はその目玉のいくつかを貫いてはいるが、肝心のテオドラには切っ先すらも届いていない。

「悪趣味な魔法ね……」

「とっても可愛いでしょ？　あなたを殺したら、その目をここに加えてあげる」

「遠慮しておくわ！」

シアレは目玉から剣を引き抜くと、再度踏み込み、テオドラのノド元へ向けて突きを入れる。

テオドラは迫る剣の腹に手を当てて、爆発を起こした。

その衝撃でシアレは剣を取り落としてしまう。その好機を逃すテオドラではない。一歩踏み込むと、鋭い爪をシアレの首へ向けて突き立てた。

テオドラの爪は、シアレの首の薄皮を裂いていた。

「ほらほらどうしたの？　そんなんじゃいつまで経ってもあたしは殺せないわよ？　それとも、元々自殺しにきたのかしら？」

シアレはテオドラの顔面に殴りかかるが、その拳もなんなく躱される。それでもその隙をついて、シアレは落とした剣を素早く拾うと、飛び退いてテオドラから距離を取った。

「あらぁ？　準備運動は終わり？　ここからは本気を出しても良いってことかしら？」

テオドラは余裕の態度を崩さずに、次なる魔法を発動させる。

テオドラの足下に魔力の渦が出現し、その漆黒の渦は次第に激しさを増していく。

(あの渦……あのままにしておいたらマズい！)

渦の一つが、シアレへ向かって動き出す。ゆっくりとした動き出しから、徐々にスピードを上げてだ。

「良い判断力ねぇ。だけど、ちょっとだけ遅かったわ」

テオドラは漆黒の渦に、足下に転がっていた小石を蹴り入れた。

「――――ッが!?」

するとシアレに接近していたほうの渦から魔力の乗った小石が撃ち出され、彼女の足を撲《なぐ》った。石には渦の勢いが上乗せされていて、シアレは痛みでうずくまりそうになる。

「くふっ！　止まったわね!?」

待っていましたとばかりにテオドラは笑い、漆黒の渦がシアレの片足を飲み込んだ。

「えっ!?」

渦の中に入った足が、虚空に晒される。

突然、身体を支える地面がなくなったシアレは、バランスを崩して倒れた。

「面白いでしょぉ、この渦でそっちとこっちが繋がってるのよ？　あなたに封印されてから、色々考えてたの。お陰様で時間はたぁくさんあったから、面白い技がたぁくさん出来たんだけど……この分じゃ全部は披露出来そうにないわね……。とりあえず、これは没収おくわねぇ？」

テオドラがそう言うと、渦の嵩《かさ》が急激に増してシアレの腕に纏わりついた。

「な、ちょっ！」

渦に飲み込まれたシアレの手から、強引に宝剣が奪われる。

「ふふふっ。変なことをされる前に、これだけは奪っておかないとね」

テオドラは自身の近くに待機させていた渦の中に手を入れる。そこから、それまでシアレが手にしていた宝剣を抜き出した。

「ここからはセカンドステージよ？　あたしがあんたを狩る、ボーナスステージ！」

テオドラは歓喜の声を上げ、宝剣を振り上げた。

◆　◆

次々と増えていくデーモンに、マリアーヌはついに手にしていた錫杖を取り落とした。

地面に落ちた錫杖を拾おうと手を伸ばすが、そこにデーモンの攻撃が迫る。

マリアーヌは錫杖を諦めて、その攻撃を避けた。

「マリアーヌ……。大丈夫か？」

気が付けばマリアーヌはデーモンの攻撃によって、一弘が隠れていた岩陰まで後退させられていた。

「ええ、体力には余裕があるのですが……あの数を相手にするのは流石に厳しいですね……」

今や十体にまで増殖したデーモンが、じりじりと迫ってきている。

「カズヒロさんはもう少し後ろに……」

「いや、待った」

「え……？」

「現状で勝ち目がないのに、これ以上シアレから離れるのはマズいと思う」

「……ですけど、あの数を相手にシアレさんのところに行くのは、かなり厳しいと思いますよ。岩が障害になっていますから、乗り越えようともたもたしているうちに、囲まれてしまいます」

「ああ、だから……ちょっと考えがあるんだ」

一弘はデーモン達を一瞥した。

◆　◆

「ほらほら！　逃げてるだけじゃ勝てないわよ!?」

宝剣を奪われたシアレは、テオドラの攻撃から逃げ続けていた。

二つの渦が狩人のごとくシアレを追い詰めていく。

「くくく……あははは！　そうやって無様に逃げ回るのがとてもよく似合ってるわよ!?　ほら、もっと必死に逃げなさい！　じゃないと——」

テオドラは二つの渦を消すと、次の攻撃の準備に移る。

「苦しんで死ぬことになるわよ!?」

魔力を溜め終えたテオドラが魔法を発動させる。すぐに空間が歪み、テオドラの背後に巨大で醜悪な手が一つ飛び出してきた。その各指の先端には穴が空いている。

ごぽりと、濁った水音が響く。

シアレの背中に悪寒が走った。その場所に止まっていれば、確実にやられると判断し、なりふり構わず後退した。その一瞬後に、醜悪な指の先端から幾発もの溶液が放たれた。

着弾すると同時に、その溶液は周囲を穢していく。溜まった溶液からはぶくぶくと気泡が上がり、辺りに有毒の魔力を排出していく。その毒はテオドラには影響を及ぼさないのか、彼女は余裕の表情を崩さない。

「まだまだいくわよ！」

テオドラはもう一度、さらに長く魔力を溜め、次の一撃を用意する。

「やばっ……！」

シアレはその攻撃を、もう避けることが出来ないと直感した。

(せめて宝剣があれば……)

テオドラの手に握られた宝剣を見て、シアレは悔しげに唇を噛む。

「避けられるものなら避けてみなさい!?」

嗜虐的な笑みとともに、テオドラは背後の手から溶液を撒き散らす。

シアレはその攻撃から逃げ切ることが出来ず、頭から溶液を浴びた。

第四話　三人の力

「あれじゃあ、シアレが……」

遠目からシアレとテオドラの戦闘を見ていた一弘は小さく呟く。

「何とかこの状況を打開しないと……そうだ！」

一弘が思いついた方法は単純だ。空を飛べるデーモンにしがみついて、障害を飛び越える、それだけだった。問題があるとすれば三つ。

目的のデーモンを追い詰めることができるのかどうか。追い詰めた後に、きちんと飛行してシアレのいる方向へ飛んでくれるのかどうか。そして——。

「俺がデーモンを一体捕まえる」

それが出来るかどうかだ。

「で、出来るんですか……？」

一切の攻撃手段を持たない一弘がデーモンを相手にする。それはほとんど自殺行為だ。

「一体だけならどうにか。そのために、マリアーヌには他の奴らをなんとか引きつけてもらいたい」

楽観的にもとれる発言だが、一弘の目は真剣だ。

「……分かりました」

マリアーヌは決意を込めて頷いた。そして——話している間にも接近してきているデーモンの攻撃を受け止める。動きが止まったマリアーヌの隙をつくように、もう一匹のデーモンが襲いかかった。マリアーヌは最初に攻撃を加えてきたデーモンを盾にしてその攻撃を防ぐ。

「頼んだ！」

一弘はマリアーヌの横をすり抜けて、目をつけていたデーモンへと一直線に向かっていく。

数匹のデーモンが、その動きに反応して一弘を追う。だが、マリアーヌが不得手な攻撃魔法をデーモンめがけて乱発した。その攻撃の何発かが当たり、デーモン達の標的がマリアーヌへと移る。

一弘は目をつけていたデーモンの目の前に立った。まともに戦っても勝ち目がない相対だ。

デーモンは身を晒した一弘を格好の獲物と判断して歓喜の咆哮をあげ、一気に襲いかかった。

一弘はその攻撃をなんとか躱す。だが、デーモンの攻撃はまだまだ続く。何度か致命的なケガを負いそうになりながらも、一弘は必死にその攻撃を避け続けた。

「ギィ――――！」

なかなか攻撃を当てることができないデーモンは、憤って咆哮する。それは大きな隙となり、一弘にチャンスを与えた。すぐさまデーモンの死角へと走り、必死にその背中にしがみつく。

一弘に掴まったデーモンは、振り払おうと暴れ始める。だが、どうにも離れない一弘にデーモンは怒り、さらに激しく身体を揺さぶった。そしてついに、翼を広げて飛び立とうとする。

「マリアーヌ！」

一弘はすかさずマリアーヌを呼ぶ。他のデーモンを相手にしていたマリアーヌは、すぐに一弘の声に気が付いて走り出す。

「お待たせしました！」

一弘はマリアーヌの手を掴んで引き上げる。マリアーヌはしっかりとデーモンの身体にしがみつくと、お互いが振り落とされないように一弘と抱きしめ合った。

「ギィイ……！」

ふたりの人間に背中に飛び乗られたデーモンは更に怒り、勢いよく飛翔した。

くねくねと蛇行飛行し、背中にしがみついたマリアーヌと一弘を振り落とそうとする。

細い綱渡りを続けたふたりは、ここで振り解かれてたまるかと必死にしがみついている。

どうやっても落ちないふたりを落とそうと、デーモンの動きはさらに激しさを増していった。

「うおっ！　おおお！　落ちないよな!?　大丈夫だよな！」

「絶対に離しませんので安心してください！　仮に落ちたとしてもカズヒロさんだけは守ります！」

不意に衝撃が走る。

「ゴ――！　ギィ、ギッ」

ふたりを振り解こうと暴れていたデーモンが、軌道をコントロール出来ず、頭を壁にぶつけたのだ。

一瞬の停滞。そして次の瞬間に、デーモンの身体は落下を始める。真下には――。

「やりましたよカズヒロさん！　真下に魔王が見えます！」

マリアーヌは衝撃に備えて一弘をぎゅっと身体に押しつける。

そして、デーモンの身体が床を砕いた。

◆　◆

「はあ!?」

至近に落下してきたデーモン――と、その背中にしがみついていた一弘とマリアーヌを見て、テオドラは驚きで目を見開いた。

落下の衝撃で動かなくなったデーモンの背中から、ふたりが飛び降りる。

「マリアーヌ！　シアレが死にそうになってる！」

そして、一弘が汚水にまみれて動けなくなったシアレを見て叫んだ。

その声に応えてマリアーヌは飛び出す。シアレを助け起こすと、治癒と解呪の魔法をかける。

「……ごめん、助かったわ」

マリアーヌの肩を借りながら、シアレは立ち上がる。

「うっ……っと、何が起こったの……？」

「何が起こったかとかは分からないけど……」

一弘は、状況が飲み込めずに辺りを見渡すシアレの背中を力強く叩く。

「とりあえず、まだ負けてないぞ」

「……ああ、そう。なら問題ないわね……」

シアレはマリアーヌの肩に回していた手を離した。

「はぁ……まったく運がいいわね」

テオドラは再び戦える状態に戻ったシアレを見て、あからさまに不快感を示した。

「ありがとう、マリアーヌ……」

マリアーヌの回復を受けたシアレは、テオドラを睨みつけた。

「これがわたしの役目ですから。……ですが、今ので私の魔力もほとんど底をついてしまいました。

今のような大きな回復は、使えてあと数回が限度かと思います……」

「それで、十分よ！」

不安げなマリアーヌを安心させるように、シアレは満面の笑みを浮かべた。そして、すぐにテオドラへと向かっていく。

再び、破格同士のふたりの戦いが始まった。

テオドラは光弾で威嚇しつつ、隙をみせたシアレに容赦ない猛攻を仕掛けていく。

シアレはその攻撃を受けながらも恐れず、一歩ずつテオドラへと接近していく。

彼女に攻撃が当たる度にマリアーヌがその傷を癒す。そうしてまた一歩を踏み出す。

それを繰り返すうちに、一方的に攻めていたはずのテオドラが、少しずつ押され始める。

「本当に厄介ね……あの女！」

テオドラはそれまで打ち合っていたシアレから、どれだけダメージを与えてもすぐに回復してくるマリアーヌに標的を変更しようとする。

「ちょっと、どこ見てるの!?」

だが、それを察知したシアレが間に割って入る。

「あんたの相手は私でしょ？」

「仲間が助けに来た途端、粋がらないでほしいわ」

「たったふたり増えただけでしょ？　魔王ならどうにかしてみなさいよ」

「チッ、さっきまで手も足も出ずにやられてた雑魚のくせに！」

テオドラはシアレを睨みつけながら、漆黒の渦を二つ、作り出す。

一つを足下で待機させ、もう一つをシアレにけしかける。

「もう一度動きを止めてあげる！」

しかし――シアレはその攻撃を待っていたとばかりに、手近の石を拾い上げた。

「流石に同じ手は食わないわよ！」

手に持った石を渦へと全力で投げ入れた。テオドラの足下にあったほうの漆黒の渦から、勢いよく石が飛び出す。

「――ッ！」

テオドラは、その一撃を間一髪で避ける。

だが、無理な体勢から回避を行ったテオドラは、その石を完全に避けきることが出来なかった。

その頬に、赤い筋が浮かぶ。

「よ――」

テオドラは傷を負わされた屈辱で、怒りを露わにする。

「よくもやってくれたわね！」

感情を爆発させ、ありったけの魔力を解放した。周囲にいくつもの空間の歪みが発生し、そこから大量のデーモンが出現する。魔物達は咆哮をあげた。

「ちょっと失礼するわよ？」

いつの間にかテオドラの懐にまで接近していたシアレが、奪われていた宝剣に手を掛けた。

「な――」

呆気にとられるテオドラ。

「悪いけど、返してもらうわ！」

シアレは握りしめた宝剣に、全力の魔力を注ぎ込む。シアレが注いだ魔力に反応し、宝剣はより一層輝きを増した。刀身から発せられる光は辺り一面を白く染め上げる。

大量に呼び出されたデーモン達が、その光を受けて一斉に消滅する。

「そんなレベルの魔物じゃ、この剣の光には耐えられないわよ？　数に頼ったのが敗因ね」

光は急速に収束する。召喚されたデーモンは軒並み倒れ、立っているのはテオドラのみだ。

「これで……しばらくはただの剣。でも、十分仕事はしてくれたわ」

光を失った剣を握りしめ、魔力を放出しきって疲れの見えはじめたテオドラの前に立つ。

呼び出せる戦力の大半を失ったテオドラの顔に、焦りが浮かぶ。

「雑魚を一掃したくらいで、勝った気にならないでよね……！」

テオドラは怒りにまかせて、シアレに飛びかかった。

大規模な召喚魔法によって魔力を消費したテオドラは、なけなしの魔力をかき集める。彼女の手の平に集められた魔力が、漆黒の大剣を形作る。柄や刀身に至るまで、複雑な装飾が彫り込まれている。テオドラは、自分の身長に匹敵するその大剣を右手で軽々と持ち上げる。

「面白いじゃない……」

向かい合ったシアレは剣を構え直した。

ふたりはお互いにお互いの隙を探り合う。一瞬の静寂。そして――。

「死ねぇ！」

先に動いたのは、テオドラだった。強引にシアレに接近すると、大剣を勢いよく薙ぐ。

「ツ――――！」

大剣の長い間合いは、シアレの後退する余地を無くした。左右への回避は許されず、剣で受けようにも漆黒の大剣に比べてシアレの持つ宝剣は軽すぎる。折れないにしても、強引な振り抜きによって弾かれてしまうだろう。

地面に転がって避けようにも、目の前にはテオドラがおり、後ろに転べば大きな隙を生む。

絶体絶命の一撃に、シアレの全身が総毛立つ。しかし彼女は攻めることを選択した。

重い衝突音が響く。大剣がシアレの左腕を絶ち、脇腹へとめり込む。

「がぷっ……！」

シアレは口から大量の血を吐き出しながら、地面へと倒れる。

「ぎ――――いぃい！」

それと同時に、テオドラが悲鳴を上げた。大剣を握っていた手が、床に落ちている。

シアレが守りを捨てて、攻勢に出た結果だ。

腕を切り落とされたテオドラは、痛みから逃れようと咄嗟に魔法で腕を再生させる。

それによって、なけなしの魔力で作られていた漆黒の大剣が消滅した。

「シアレ！」

同時に、一弘の叫び声が響いた。その悲痛な声の直後、マリアーヌが最後の回復魔法を使用した。

切り離されていた腕は映像を逆再生しているように接合し、脇腹の傷も癒えていく。

「うっ――――」

シアレはうめき声を上げ、現状を確かめるように辺りを見渡しながら立ち上がった。

その目に映るのは、戦う手段を失った非力なテオドラの姿だ。

「まだよ……」

最後の抵抗とばかりに、テオドラは立ち上がったシアレに向かって拳を振りあげた。

「魔王であるあたしが、こんな小娘に負けるはずがないのよ……！」

だがその手には、一切の魔力も纏《まと》えていない。

シアレは余裕の表情でその拳を避け、お返しにテオドラの無防備な腹へと、握りしめた剣を叩き込んだ。だが、テオドラの腹が両断されることはなく、彼女は勢いよく吹き飛んで地面へと転がった。

「ぐっ……！　がっ！」

苦悶の声を漏らしながら、テオドラは起き上がる。

「硬いわね……。ほとんど魔力も残っていないはずなのに」

「この程度で……倒れるほどヤワじゃないわ！」

声を張り上げるテオドラだがその足は震え、立っているのがやっとといった様子だ。

「それにしてはフラフラしてるけど!?」

ここぞとばかりに、シアレは吹き飛んだテオドラへと肉薄し剣を縦に大振りした。

上段から勢いよく振り下ろされた剣を、テオドラは横に転がるように避ける。その勢いを利用してシアレとの距離を稼ごうとするが――。

「テオドラ……あなたの負けよ」

シアレは地面に伏したテオドラの首筋に、宝剣の刃を当てた。完璧に勝負が決まった瞬間だった。

その宣言を聞いて、テオドラは忌々しげにシアレを睨みつけた。

第五話　崩壊

魔力のほとんどを使い果たし、首筋に刃を当てられたテオドラは、自身を見下ろすシアレを睨みつけた。

（また……こいつにやられるの……？）

千年前は油断と予想外の行動にやられた。しかし今度は多対一とはいえ真正面から戦い、やぶれてしまった。テオドラにとって、それはなによりも屈辱だった。

（何か……何かこいつに一泡吹かせる方法を……）

テオドラはシアレを睨み続けながら、考えた。この状況から、逆転と言わずとも相打ちに持って行ける方法がないか。考え続け、テオドラはふと思い出す。

（あぁ……あるじゃない。とっておきのが……）

◆　◆

「まだよ……」

テオドラはぼそりと呟く。その目は、流れのない池の水がたまに吹く風に揺れるような、歪んだ光を放っている。

だが、誰もテオドラのその瞳には気が付かない。

全身から力を抜くと、テオドラは行動を起こした。

自身の内に仕込まれた、このダンジョンとの繋がりを強引に断ち切ったのだ。

テオドラは肉体の内側にぽっかりと大きな穴が空いたような感覚を覚える。そして――。

「……？　なんでしょう？」

「地鳴りか？」

地下深くから不気味な音が鳴り響き、ゆっくりと地面が揺れ始めた。

「――ッ！　テオドラ……何かしたわね!?」

シアレはテオドラの胸ぐらを掴み、強引に顔を上げさせた。

「くく、やっと気が付いた？　残念だけど、あたしはタダじゃやられないわよ……。あんた達は、あたしと一緒にこの地下に埋まるのよ！」

◆　◆

一弘達がいるよりも上層。

ダンジョンの五十階層にあるメレスシティでも、異常な揺れは感知された。

原因不明の揺れに、街に住む人々は急ぎ脱出を試み始める。

だが、我先にと逃げようとする人々によって混乱が生じる。

泣き声や悲鳴の中に怒号が交じっていった。

その混乱を収めるために、ギルドは冒険者を使って誘導を試みる。だが、それも焼け石に水の効果しかない。

メレスシティの混乱はさらに大きくなっていった。

◆　◆

ダンジョンの上に栄える地上の街にも、地鳴りが伝わっていた。

ダンジョン内よりも混乱は少ないが、それでも住民は避難を余儀なくされる。

◆　◆

「皆、逃げるわよ！」

シアレは叫び、ふたりの手を取った。

地鳴りはより一掃大きなものとなり、地面の揺れは激しさを増していく。

「呑気なこと言うのね……」

テオドラは虚ろに三人を睨みつけた。

「誰も大人しくしているなんて言っていないわよ……？」

そしてテオドラが、不気味な笑い声を上げる。

その態度を見て、シアレが警戒心を強めた。

「暴れたりないっていうわけ？　もうほとんど魔力も残ってないっていうのに……」

「魔力なんて、命を削ればいくらでも捻出できるのよ……。絶対に……絶対に逃がさないッ！」

テオドラの影が伸びると、盛り上がって実体をなしていく。ぶくぶくと泡立ちながら膨れあがった影は、やがて人型に固定された。

第六話　確率

テオドラに活力が戻ったことで、三人の間に緊張が駆け抜けた。

立ち上がった影は、乱雑な攻撃をすることなく、じっと三人の様子を窺っている。

崩壊しかかった状況で、まだ完全にマッピングされていないダンジョンを駆け上がるというのは不可能に近い行いだ。それに加えてテオドラの攻撃をかいくぐらなければならないとなればもう、三人の生き埋めは確定的に明らかだった。

「マリアーヌ……一弘をお願い。私はテオドラの足止めをするから、その間に逃げて」

絶体絶命の状況に覚悟を決めたシアレは、そう言うと一歩前へと出た。その背中には、一切の否定を許さないという気迫が乗っていた。

マリアーヌはシアレの言うとおり逃げるべきか、残ってシアレのサポートをするべきか決められず、逡巡した。

「なにやって――」

いつまでもその場に立ち尽くすマリアーヌに、シアレが痺れを切らす。

「待った」

一弘が、シアレの肩に軽く手を置いた。

「ダンジョンが崩壊する原因は、魔王なんだよな？　なら、魔王にならダンジョンの崩壊を止められるんじゃないか？」

怒りで寄っていたシアレの眉間の皺が、ぱっと消えてなくなった。

瞬きの間、シアレの気が弛緩する。その隙を見逃すテオドラではない。

立ち上がった影が大きく腕を振り上げた。

「マリアーヌ！　援護お願い！」

シアレは早口で言うと、その腕を剣で弾く。

「よし、実体はあるわね……」

ならば問題ないと、シアレはテオドラの影を相手に大立ち回りを始めた。

マリアーヌもそんなシアレをなけなしの回復魔法で援護する。

そんななか、一弘は考え続けていた。テオドラを倒すこと自体は、全力を相手にして戦っていた先ほどよりも容易いだろう。だが殺さずに、かつ一弘達の要求を呑ませるように倒すというのは、かなり難しい。

（……いや）

一弘は、自分の手の平を見つめた。

（もうひとり……召喚すれば）

マリアーヌを召喚してから、しばらく間が空いている。一弘は意識を集中すると、体内に十分な魔力が流れているのを感じた。

（だけど……）

一弘は目の前で繰り広げられる戦いを見た。

そこでは、一弘にはとうてい手出しが出来ないような激戦が繰り広げられている。

（この戦いに入れるような英雄が来てくれるだろうか……）

使用すれば、この世界における伝説級の英雄が現れるのは確実だ。だが、シアレやマリアーヌに並ぶような、戦闘向きの実力者が来てくれるかどうか。

（それでも、やるしかない……か。それに、俺より役立たずを引くことは絶対にないだろうし……そこだけ担保されてるのは大きいな）

一弘は自分の頬をバシリと叩いて気合いを入れ、身体に巡る魔力をかき集める。

床に召喚の魔方陣が描かれていく。

数秒もしないうちに魔方陣は完成し、中心に膨大な魔力の粒子が集まって人の形を成していった。

（もう少し――）

一弘には三度目の召喚が成功するまでのわずかな時間が、とてつもなく長く感じられた。

そして――魔方陣の上で漂っていた魔力が結合し、一弘の目の前にひとりの女性が現れた。

◆　◆

シアレはマリアーヌのサポートを受けながら、テオドラへと向かっていった。

繰り出す連撃はテオドラの動きを縛る。避けるのに専念していたテオドラだが、テンポの速い攻撃に大きな隙を作ってしまう。シアレはその隙に合わせて、大ぶりの一撃を繰り出す。

だが――テオドラはシアレの動きを予想していた。隙の多い一撃が放たれたと判断したテオドラは、その攻撃に合わせて影に指示を出す。

影は自身の腕の形状を槍状に変化させ、シアレの腿へと突き刺した。

「ぎっ――――！」

無防備になっていたシアレは、その一撃で大きなダメージを受けて倒れ込む。

テオドラは動けなくなったシアレに更なる攻撃を仕掛けるよう、影に指示をした。

影は変化させたままの槍で、足に、腹にと至るところを突き刺していく。

影は傷だらけになったシアレに向かって、蹴りを入れようとする。

身体中を穿たれたシアレが、ボロ雑巾のように地面に転がされようとする刹那、マリアーヌが渾身の治癒魔法を使用した。

傷だらけになったシアレの身体が淡い光に包まれた。次の瞬間にはシアレの傷は完治する。

シアレは受け身をとって地面を転がり、勢いを利用して立ち上がる。

シアレもマリアーヌも出し惜しみはしていない。シアレは自身の身体能力をフルに活用して攻撃を繰り出し、マリアーヌは体内に残る命と魔力を使い切るつもりでシアレの怪我を治している。

テオドラには、着実にダメージを与えている。しかし、それでも倒れない。

それどころか――――。

「来ないなら……こっちから行くわよ!?」

手がつけられないほどの暴力性をもって、シアレ達へと襲いかかった。

ありったけの魔力を使って身体能力を強化し、余力で攻撃魔法を撃ち出していく。

一転して防戦一方になるシアレ。

テオドラと影の攻撃は、その一つ一つが致命傷だ。シアレは最大限に集中して攻撃を避ける。だが何発かに一回、どうしても避けられないタイミングで攻撃が繰り出され、シアレにダメージを与える。治癒の援護があるとはいえ、シアレの動きは次第に鈍くなっていく。

テオドラはシアレの動きが完全に止まったのを見計らい、さらに自分の命を削って膨大な魔力を生み出した。

「これで終わりよ！」

テオドラは腕を天高く突き上げた。彼女の周囲に、黒い柱が立ち上る。その柱は、ただでさえ脆くなっている天井を破壊していった。

シアレとマリアーヌはなだれ落ちてくる天井に、血の気が引くのを感じた。

終わりだ――とふたりともが諦め、顔を伏せた。

「暴走が過ぎますよ、テオドラ」

そのとき、涼やかな声が崩壊しかけた空間に浸透していった。同時に、光の一閃が影を貫いた。

影はその一撃によって打ち砕かれる。

――そして崩れ落ちてきていた大岩が、ぴたりとその場に制止した。

その声に、テオドラの怒りに染まっていた表情が、一気に青ざめていく。

ぎこちない動きで、テオドラは声のするほうを向いた。

そこには、今まで隠れているだけだった一弘がいる。そして一弘の隣に寄り添っている女性を見て絶句した。

「な――なんであんたがこんなところにいるのよ――フレイル！」

一弘の横で微笑んでいるのは、彼をこの世界へと送り出した女神、フレイルだ。

「久しぶりですね、テオドラ。こうして顔を合わせるのは、どれくらいぶりでしょうか。また会えて嬉しいです」

「あたしは、出来れば永遠に会いたくなかったわ……。なんでこんな場所にいるのよ」

「こちらの、一弘さんに呼ばれて」

フレイルは一弘の肩に手を置いた。

テオドラの表情が固まる。

「そいつに呼ばれた……？　その無能に……？」

「あら？　あなたともあろう者が、一弘さんを無能扱いとは。千年間眠っている間に勘が鈍りましたか？　あなたを封印したシアレや、あなたが脅威に思うほどの回復魔法を使うマリアーヌと一緒に行動しているというだけで、十分に警戒するべき存在だと思いますが……」

「うっ……ぐ！　で、でも！　この世界で公平中立を信条にしている女神様が、わざわざあたしを倒しに来るっていうのはルール違反なんじゃないの？」

「それはまあ……仕方なく、と言うことになりますね。私は私の意志でここにいるわけではありませんから」

「どういう意味……？」

「あら、先ほどの会話をもう忘れたのですか？　私は呼ばれたのですよ。一弘さんにね？」

「な――」

そこでやっと、何が起きたのかをきちんと理解したテオドラは絶句した。

「そんな、女神を召喚した……？　こんな……弱々しい男が？」

「ええ。ですがテオドラ、確かにあなたの言うとおりです。私は中立の女神。やはり、問題の解決は当人達の間で行われるべきです。それにあなたも、私が強引に手を出したとしたら納得しないでしょう？」

「当たり前よ……」

「そうでしょう。ですから、公平な勝負を行ってもらいましょう。そうですね……今からあなたは一定時間、一弘さんからの攻撃を受け続けるというのはどうですか？　その間に負けを認めなければ、あなたの勝ち。認めれば一弘さんの勝ち。そして、敗者は勝者の言うことを何でも聞く、と」

「ふぅん……。いいわよ？　それにどんな意味があるっていうのかしら。こんな雑魚の攻撃なんて、いくら受けても、負ける気なんてしないもの」

「ではカズヒロさん、こちらへ」

「お……おう」

「ここから生きるか死ぬかはあなた次第です。頑張って下さいね」

そうして、一弘とテオドラは向かい合った。

（頑張れと言われても……）

一弘は、自分を睨みつける魔王を一瞥した。その迫力だけで、負けを認めたくなるが……。

（おいおい、これ、どうすれば……）

そうしている間にもダンジョン崩壊は進む。

ダンジョンが崩れきる前に、どうやってテオドラにこれを止めさせるか――。

一弘は緊張で生唾を飲み込み、テオドラへ向かって一歩踏み出した。

第七話　辱め

「やれるものならやってみなさいよ。あたしは絶対にあんたなんかに負けないから」

ほとんど勝ちを確信して、テオドラは一弘を嘲笑する。

そんなテオドラの全身へ、一弘はくまなく視線を這わせた。

上半身に着けた衣服は、胸を隠すこと以外に機能していない。しかし、テオドラの豊満な胸を隠すにしても、いささか面積が足りていない。大部分の上乳が見えてしまっている。

下半身を覆うスカートも、足首までしっかりと長さはあるが、動きやすいようにか、太股の際どい部分まで大きなスリットが入っている。【魔王】とは言ってもこの魅惑の肉体だ。普通に【美女】と考えたならば……。

「……？　何よ」

まったく油断せず、いつでも一弘の攻撃を捌けるよう身構えていたテオドラは、予想外の観察を受けて首を傾げた。

一弘は大きく深呼吸をすると、テオドラの肩に置いた手を動かし、彼女が身に着けていたスカートをたくし上げて下着を露出させた。

そして勢いのままに下着の隙間から指を入れると、温かな秘所の感触が指先へと伝わってきた。

「――はっ？」

突然行われた痴漢行為に、テオドラの頭は真っ白になった。

一弘は空いた片手で、無駄な肉のない引き締まったくびれ、そして腹を撫でる。

「ちょっ、どこ触って……くっ」

テオドラの全身にぞわりと鳥肌が立ち、防御で固めていた身体から力が抜けていく。

「ふっ、くぅ……なにを……」

一弘は顔を真っ赤にして唇を噛むテオドラを気にとめず、ぴったりと閉じた秘所に指を這わせた。

「ちょ――ちょっと、止めなさいよ！」

「やれるもんならやってみなさい、って言っただろ？」

「――っ」

テオドラは一弘の行動がルールに則《のっと》るものかを確認するために、フレイルを睨みつけた。

「残念ですが、これも立派な攻撃です。それに、どんな状況であっても、今一弘さんに手を上げたら、あなたの負けになりますよ？」

「チッ――。わ、分かったわよ……。まあ、あんた程度じゃ、あたしに負けを認めさせることなんて出来ないでしょうけど」

フレイルの言葉に、テオドラは不承不承ではあるが、抵抗を諦めた。

一弘は改めて、テオドラを辱め、負けを認めさせるためにスジの上部に指を押しつけた。

「んっ……！」

一番敏感な部分に他人の指が当たり、テオドラは吐息を漏らした。

「お……覚えてなさいよ……。これが終わったら、絶対にあんたを殺してやるから……！」

下半身を弄られているテオドラに脅されても、一弘はなんとも思わない。それに、テオドラをどうにか出来なければ結局は生き埋めになってしまうのだ。結局のところ、怖がる理由はなかった。

一弘は淡々とテオドラの陰核をこねくり回す。

「ひっ……んっ、ふぅ……！　あっ……こんな程度……ふっ……へたくそ……でっ」

テオドラは陰核を弄ばれる度に甘い声を漏らす。そんな吐息の間にも、一弘を挑発するような言葉を入れながら。

「へたくそに弄られてる割には、なんだか指先が濡れてきてるんだけどな……」

「そ……それは生理現象で……ふぅ……あんたの指が気持ちいいわけじゃ……ひぅっ……な……いいぃ……」

「そうかよ……」

一弘は焦らずに陰核に当てた指を動かし続ける。テオドラがどう思っていようが、まだ焦るタイミングではない。

一弘が今目指すのは、十分に彼女の秘所を解すことだ。そのためにはまず、生理現象だろうがなんだろうがテオドラの秘所を濡らす必要があった。

一弘は陰核に押し当てていた親指の位置を下へと移動させ、空いた上部には人差し指を滑り込ませた。そして二つの指で陰核を揉むように弄る。

指の動きに合わせて、テオドラの腰がびくりびくりと跳ねる。一弘は激しく動く彼女の腰を空いている手で押さえた。動きを封じられたテオドラの目の端に、涙が溜まっていく。

「うっ……くっ、んっはぁ……はぁ……ひう……やめ……」

一弘は十分に漏れ出た愛液を指に絡めて、小さな突起を責め立てる。

陰核はジンジンと熱を帯び、さきほどよりも硬くなっていった。

指先で陰核の勃起を感じ取った一弘は、テオドラにさらに強い刺激を与えるため、指先で弾くように擦り上げた。

「ひゅっ――！　そん！」

甘い刺激はテオドラの意識をピンク色に染めていく。

「こ、こんなの……こんっ……ふぅう……」

テオドラは歯を食いしばって刺激に耐えようとする。だがその腰は引けて、足は今にも崩れ落ちそうにガタガタと激しく揺れている。

一弘は必死のテオドラを一瞥すると、秘裂の奥に指を埋めた。

「ふぉ……!?　あ……あんた……何して……」

突然自分の中に異物が入り込み、テオドラは悲鳴を上げた。そして、気を奮い立たせて一弘を睨みつけてくる。その反応は、まるで生娘のようだった。

(もう少し濡らせばいいか……)

一弘はテオドラが確実に潤っていくのを感じて、膣内の浅い部分をさらになぞる。

ぷりぷりとした膣肉は、指にしっかりと圧力を加えてきていた。魔王といえども、その秘部は女性としての機能を発揮し始めているようだ。

一弘の指が、膣肉を押し広げるように円を描く。テオドラは咄嗟に一弘に抱きついてしまい、一際大きく腰を痙攣させた。

「ふぅ、中で……動かさないでくれる……？　気持ち悪い……」

「すぐに慣れるから大丈夫だ。それよりも、もっとしっかり足に力をいれないと、倒れるぞ？」

一弘は指の腹を膣壁に押しつけた。弾力のある膣壁のヒダに沿うようにして指をこすりつけていく。

ゆっくりとした動きの愛撫は、不慣れなテオドラの神経を痺れさせた。

「はぅ……あっ、ふぅう……なに……うぅん……あっ！」

与えられる快楽に耐えきれず、足から力が抜けていく。

「おっと……」

テオドラが倒れないように支えると、一弘の身体に体重を預けてくる。

一弘の鼻腔には、甘酸っぱい女性の匂いが漂ってきた。汗ばむテオドラの首筋に顔を埋め、発情した女の濃厚な匂いを胸一杯に吸い込んでいく。

それと同時に、しっとりと汗ばんだ肌を舐めてみた。

しがみつかれた姿勢でテオドラの背中に片腕を回し、もう一方の手はしっかりと股を弄り続ける。

「だから、しっかりしろって言ったんだ」

一弘は優しくテオドラの背中を撫でる。

そっとを移動する指の動きで、テオドラの背中にぞわりと鳥肌が立つ。

「ふあ……ふあぁあ……」

二ヶ所の敏感な部分を刺激され、テオドラは声を震わせた。その声は、明らかに快楽に染まり始めている。

じゅぽりと、わざと下品な水音を立てながら、一弘は膣に埋めていた指を引き抜いた。

「ほら、見てみろよ。こんなに濡らしてる。もう負けを認めてもいいんじゃないか？」

「だ……だれっ、がぁ……」

顔をとろかせてはいるが、テオドラは依然抵抗の意志を見せている。

「そうか。あっ、と。汚した指は綺麗にしてくれ」

一弘は愛液で濡れた指を、だらしなく開いたテオドラの口の中へ押し込んだ。

「あぐ……ふらけんら……」

テオドラは一弘のいいなりにはならないと、押し込まれた指に対して抵抗する。

「綺麗に出来ないなら、こっちから動かすぞ？」

一弘は口の中に侵入させた指で、テオドラの舌を掴んだ。

熱く滑る舌を掴まれ、テオドラは目を見開く。咄嗟に口を閉じようとするも、二本の太い指が開閉を妨げる。

くちゅくちゅと卑猥な音が自身の下半身からも聞こえ、テオドラは屈辱に耐えた。

（こんなはずじゃないのに……こんなに疼くわけないのに……）

下半身を好き勝手に弄り続けられたテオドラは、快楽に溺れそうになる意識を強く戒めた。

それでも、腰がとろけていく事実は変わらない。

一弘の指は、自分の分身を受け入れさせるためにテオドラの入り口を執拗にほじくっていく。

抜かりがないように、入念なマッサージが施される
その結果、ほんの少しだけ残っていた筋肉の緊張もなくなり、テオドラの秘裂は極上の質感に仕上がった。

「こんなもんか」

一弘がとろけた柔肉から指を引き抜くと、粘つく液体が糸を引いた。

それは、テオドラが発情している確かな証拠だった。

「さてと、ここからが本番だぞ」

一弘はテオドラを誘導して壁に手をつかせ、尻を突き出させた。

力が抜けきっていたテオドラは、一弘の思うままに体位を変えられ、恥ずかしい部分を全て晒される。

突き出された尻を、一弘は優しく撫でる。たったそれだけでも気持ちがいいのか、テオドラは下半身を痙攣させた。

「はぁ……はぁ……見るな……ころす……ぜったいにぃ……」

「お前はそう思ってても、下半身のほうは違うみたいだな。両方の穴がひくついてるぞ？」

一弘は指でテオドラの尻の穴を押した。

テオドラはビクリと身体を震わせながら、否定の言葉を口にする。

「そんなこと……ない……！」

「まあ、どっちにしても俺のやることは変わらないけどな」

一弘は準備万端の逸物をさらけ出した。

勃起した逸物は雄々しく血管を浮き出させ、パンパンに膨れあがった亀頭は真っ赤に染まっていた。

一弘はその凶悪な分身で、テオドラの秘所をなぞる。縦筋をなぞられたテオドラは、熱い吐息を漏らして与えられる刺激に精一杯耐える。

そんなテオドラの縦溝に、一弘は剛直をゆっくりと埋めていった。

「はぁ……なかなか良い締まり具合だな……」

中へと進むほど、テオドラの膣の締まりはキツくなっていく。

「うるさい……。くそ、ふっ……くっ……うぅ……！」

一弘は嫌がるテオドラの膣内を強引に掻き分けていくことに、言いようのない高揚感を覚えた。

雌肉の感触を堪能しながら挿入を続けると、やがてゴツリと終着点に到る。

「おっと、もう一番奥か」

一弘の竿はまだ全て埋まりきっていなかったが、これ以上奥へと進むことが出来ない。

「魔王のくせに、大して慣れてないのか？」

「かん、けい……ふぅう……ないでしょ……」

一弘は限界まで逸物を引き抜くと、

「確かにそうだな！」

勢いに任せて再び突き刺した。

「うっ……！　あっ」

剛直が、テオドラの子宮の外壁に叩きつけられる。

テオドラの子宮はその衝撃を受けて、通常収まっている位置から大きく下へと落ちた。

「お？　なんだかまた子宮の位置が下がったみたいだな。なんだかんだ言いながら、気持ちよくなるのは止められないのか？」

「ふぅ……！　ふぅ……！　はっ、はぁ……！」

一弘の言葉責めにも、テオドラは応える余裕がない。

テオドラはただ精神を集中し、快楽に堕ちないようにすることしか出来なかった。

それ以外のことをしようとすれば、たちどころに頭の中が快楽に染め上げられてしまうと直感していた。

逆に、すでにギリギリの状況にテオドラを追い込んで、一弘には余裕が生まれていた。

のびのびと腰をグラインドさせ、テオドラを攻めていく。

だが、そうなると一弘は自分の両手が寂しいことに気が付いた。

手慰《てなぐさ》みに、腰を打ちつける度に奮える尻肉を掴んでみる。

「ふぉ……お尻……やめ、つか、むな……！」

テオドラは興奮を隠そうと必死になるが、一弘の欲求はさらに高まっていく。

「これだけじゃ足りないな……。ああっ」

呟いて、何の気なしにテオドラの背中に視線を落とした一弘は、そこで自分が求めるものを見つけてニヤリとする。

それはもちろん、シアレやマリアーヌにも負けないその大きな胸だ。

一弘はピストン運動を繰り返しながら、テオドラに抱きついた。

ぱつんぱつんと水音が響く。

リズミカルに腰を打ちつけられると、テオドラの胸はそれに呼応するように縦に揺れた。

テオドラの肩から顔を覗かせている一弘にとって、そこはダイナミックな乳の揺れを堪能できる特等席だ。

「こんなに激しく胸が揺れて靱帯が切れたら大変だな。俺が押さえておいてやるよ」

一弘はテオドラの脇の下から手を伸ばし、その豊満な胸をわっしと掴んだ。

弾力のあるおっぱいに指が食い込む。

「まだ触れてもいなかったのに、乳首がこんなに硬くなってる。そんなに下の口を弄られるのが気持ちよかったのか？　それとも、こうやって突き上げられるのが好きなのか？」

「どっちも……ンンッ、違うに決まってるでしょ……」

一弘は強がるテオドラの、硬く尖った蕾をコリコリ弄る。

「ひうっ！　はふぅ……そこ、ぞわぞわする……やめ、ふぅう！」

明らかに過敏な反応を見せるテオドラ。一弘はなるほど、と意地の悪い微笑を浮かべた。

転がすように弄っていた乳首を高速で弾く。

「ンンンッ！　フンンッ！」

乳首を嬲られたテオドラは、それまでの反応とも比べものにならないほど狼狽を見せる。

「ころ——ころしゅ、ぜったいに——やめ、ふぃいい！」

「やめてもやめなくても殺されるなら、この状況を楽しんだほうが得だよな？」

「わ、分かった！　ころさないからぁ、終わっても、殺さないであげる——ン、からぁ——乳首弾くのやめ——」

「ああそう？」

満身創痍なテオドラの乳首を、一弘は思い切りつねり、さらに引っ張った。

「ンくぅ——！」

限界まで乳首を引っ張られたテオドラは、ビクビクと全身を小刻みに振るわせた。

「イったみたいだな。膣内がなんども収縮してる」

「ち……ちが、あたしはイってない……ふぅ、はぁ……」

テオドラはあからさまに乱れた呼吸を、なんとか整えようとする。

「そうか。じゃあ、俺と一緒に気持ちよくなろうか……！」

体勢を整えると、一弘はテオドラへの一突き一突きに力を込めて動き始めた。

「い——いま、だめだ！　いまそんなに激しくされたら——ふぉ！」

一弘はテオドラの懇願を無視して、ピストン速度を速めた。獣のように激しく腰を振り、弱点だったらしい乳首を何度も引っ張る。

「やめっ！　頭が真っ白に！　乳首も、ひっ——」

許容を越える快楽がテオドラに襲いかかる。

意識は白濁に染まり、腹部の切なさと乳首の甘い痺れだけが、まだ意識を失っていないのだということを彼女に自覚させた。

そしてついに——。

「はううぅ！　気持ちいいの！　すごく気持ちいいのがくるぅ！　ふあああああ！」

繰り返される激しいピストンに、テオドラは叫び声を上げた。

第八話　堕ちた魔王

叫ぶと同時に、テオドラは耐えがたい高まりに包まれた。

どこまでも続きそうな、背徳的な浮遊感。

子宮はそれまでにないほど疼き、時間が経つほどに切なさを募らせていく。

気が付けばテオドラは、あまりの気持ちよさに黄金の水を垂れ流していた。

勢いよく放出される聖なる水は、煌めきながら乾いた床に潤いを与えた。ふたりの足下に、水たまりが生まれる。テオドラの放水は数十秒続き、やがてチョロチョロと勢いを弱めていった。

すべてを出し切ったテオドラは、放心してずるずるとその場にへたれ込んでしまう。

自身で作った水たまりに手をつけて。

しかし未だに一弘の剛直を挿入されている関係で、尻を突き上げた獣のような格好になる。

一瞬前なら恥ずかしさでわめいていただろうが、今のテオドラにそんな元気は残されていなかった。

ただ、荒く息を吐き出して、渦巻く快楽への欲求を鎮めようとしている。

放心するテオドラの穴を数度突いてやっても、ほとんど感情のこもらないうめき声が漏れた。

反応を示さないテオドラから、逸物を引き抜く。

白く濁った愛液が、ぶくぶくと泡立っている。

突き出された尻を揺らすように、一弘はパシパシと叩く。

尻を叩かれたテオドラは、それだけで快楽を感じているのか、ぱっくりと空いた割れ目からぴゅぴゅと弱々しく潮を飛ばした。

「これで……お、おわ……おわり……？」

無様な姿を晒してはいるが、テオドラはそれでも頑なに負けを認めない。

「そんなわけないだろ？」

一弘は倒れたテオドラを正面に向かせた。

テオドラはだらしなく緩んだ表情を必死にきつく見せようとしながら、一弘を睨む。

「ン——！　ふむぅ……！」

まだまだ抵抗の意志が残るテオドラの唇を、一弘は強引に奪った。

一弘の舌がその内に侵入しようと、固く閉ざされたテオドラの唇を舐め回す。

「ンンン！　ムンン！」

強引に押し入ろうとする一弘の舌を、テオドラは必死の抵抗で防ぐ。

焦れた一弘は口を大きく開き、テオドラの鼻までを覆った。

気道を塞がれたテオドラは、顔を真っ赤にして解放されるのを待った。

だが、一弘はいつまでも二つの呼吸器官を塞ぎ続ける。それだけでは飽き足らず、一弘はその舌でテオドラの小さな鼻を舐める。

不快感と息苦しさが襲い、テオドラは堪えきれなかった。一瞬だけ固く閉ざされた唇が開く。

ほんのわずかに開いた隙間に、一弘はすかさず舌をねじ込んだ。

唇の裏側へと潜入した一弘の舌は、閉じられようとする歯の隙間を縫って奥へと進む。

口腔内に侵入した一弘の舌が、テオドラの上の歯を舐めた。

テオドラは快楽とも悪寒とも判別できない感覚に襲われる。

このまま口腔内を舐られ続けたらどうなってしまうのか想像も出来ずに、テオドラは震えた。

丁寧に上の一列を舐めた一弘は、テオドラの反応を見て舌の動きを速めた。左右に動く一弘の舌は、とてもではないがテオドラに捕まえられそうにない。

たとえ捕まえて押さえつけたとしても、一弘に余裕で舌を絡ませられるのがオチだ。

それでもこれ以上好き勝手やられるわけにはいかないと、テオドラは必死に舌を動かす。その行為が一弘を喜ばせる結果になるとは思いもせずに。

一弘はテオドラの舌の動きに合わせて、舌を絡ませる。

異物が暴れ回ることで、テオドラの口腔内に涎が溢れ、溜まり始める。

一弘はぴちゃくちゃとわざと音を立て、テオドラの羞恥心をさらに刺激する。

絡みつかせた舌を巧みに操り、一弘はテオドラの舌を自分の口の中へと誘導する。

「んぢゅ、ひゅあ……んんっ、ちゅぱっ」

強引に捕らえた舌を、一弘は強く吸う。

甘い唾液がコーティングされた舌に吸いついた一弘は、その味の虜となってこれでもかと貪る。

ちゅぱちゅぱと優しく吸いついたかと思えば、甘噛みで舌肉の感触を楽しみ、強烈なバキュームでテオドラの涎を味わう。

テオドラはされるがままに上の口も犯された。長時間のディープキスはテオドラを酸欠へと導く。

チカチカと明滅する視界の中で、テオドラは必死で呼吸を繰り返す。

限られた隙間から入る少ない酸素によって、テオドラはなんとか意識を失わずにいる。

だが、首はフラフラと揺れ始め、空いた両手が虚空を掴もうと痙攣する。

「ぢゅうっ……ぢゅぱっ。ふぅ……」

頃合いだろうと、一弘は一際強く舌に吸いつくと、唇を離した。

「はぁ……はっ、ふぅ……はぁ……」

意識を失うギリギリのところで新鮮な空気を確保したテオドラの顔は、酸欠で真っ赤に染まっていた。秘所を弄られているときよりも頬を染め、視線をトロけさせたテオドラを見て、一弘は次の行動に移る。

黄金水と混じり合うように床に落ちている透明な蜜液。その発生源に指を這わす。

熟した媚肉を弄ると、中に溜まっていた愛液がこぽりこぽりと零れだす。

一弘は欲望を溜め込んだ逸物を、再びテオドラの秘所に挿入した。

熟し切った秘裂はなんの抵抗もなく一弘を受け入れ、その身を包み込む。

やはり根元まで入りきりはしなかったが、それでも正常位となったことで、先ほどとは違う感触で一弘を楽しませる。

「今度は最初から全開でいくぞ……」

一弘はドスドスと逸物の先端で子宮口を叩き、準備運動を含めた合図を送る。

「は……？　ちょ、まっ――」

テオドラの言葉は、しかし一弘のピストンによって遮られた。

荒々しい腰使いで子宮をノックすると、テオドラがヒィヒィと息を吐き出す。

「降参する気になったか？」

「だ……誰が……」

快楽に沈みそうになりながらも、テオドラは最後の一線だけは守り切ろうとする。

そんなテオドラを屈服させるために、一弘はさらにピストンのスピードを速めた。

限界のスピードで腰を振る一弘のほうも、相当な体力を削られる。

だが、向き合ったテオドラの艶やかな表情を見ると、自然と力が湧く。

延々と続くピストンに、テオドラの身体は確実にほだされていく。

嬲られ続けたテオドラの乳首や陰核は、すでに限界まで膨張し、空気が触れるだけで甘い痺れを与えるほどになっていた。

（あ……だ、駄目だ……また……イク……。こんなに激しくされて……我慢なんて出来るわけない……それに……こんなこといつまでもされたら、戻ってこれなくなる……。ならいっそ、負けを認めて楽になったほうが……）

その考えは、清らかな湖に垂らされ続ける毒のようにテオドラを浸食していく。

（そう……きっとそのほうが……）

テオドラは虚ろな視線をなんとか合わせ、目の前で腰を振り続ける一弘を見た。

一弘はその視線に気が付く。

「どうした？　ようやく素直になったか？」

「そんなわけ……」

挑発的な言葉をテオドラは反射的に否定する。

一弘はそうか、と呟く。そして、何を思ったのか、ピストンのスピードを徐々に下げていった。あげく、テオドラからペニスを引き抜く。

「あっ……あっ……、ふえ？」

「ふぅ……俺が思ったよりも強情だったみたいだな」

一弘は逸物をいきり立たせたまま、テオドラから離れる。

無言で距離を取られて、テオドラの胸がずきりと痛んだ。

(あたしの勝ち……)

テオドラは遠い目をしながら一弘を見た。どくんどくんと心臓が跳ね、額に脂っこい汗が浮かぶ。

「は……はは、あはは……あはははは」

一弘は、行き場を無くした性欲を、自身の右手を使って処理し始める。そんな一弘を見て、テオドラの力ない笑い声が届く。

数度の激しい交わりで体力を削られたテオドラは、身体を引きずって、上体を起こす。下半身は幾たびも行われたピストンによっていまだに言うことをきかないため、立ち上がることができない。

そんな状態で、テオドラは歪んだ笑みを浮かべ――。

「お願いします……！　あたしの負けでいいから、あたしを……あたしをおか、犯してください！」

三つ指をつき、頭を垂れてそう懇願した。

ぴたりと、逸物を扱く一弘の手が止まる。テオドラは自分が取り返しのつかないことを言っていることを自覚していた。自覚していながら、その懇願を止めることが出来なかった。

「お願いします……ここまでされて、こんな中途半端なところで止められたら、あたし……おかしくなりそうで……」

テオドラは勢いよく顔を上げる。その目には今にもこぼれ落ちそうなほどの涙が溜まっている。

一弘はそんな彼女を見て勝利を確信した。腕を組み、わざと逸物をテオドラの目の前にちらつかせる。

「だったら、もっと誠意を込めて頼めよ。それが礼儀ってもんだろ？」

「は……はい！」

テオドラはよろめきながらなんとか立ち上がった。一弘の目の前に立ち、恥ずかしさからぎこちない動きでがに股になって、腰を前へと突き出した。

てらてらと光る愛液が滴る秘所を、両手で広げ、真っ赤な膣肉を公開した。

「お願いします……あたしを、めちゃくちゃに犯してください……！」

そこにはもう、魔王としての威厳はなかった。

テオドラはひとりの女として一弘を求めている。一弘は軽く息を吐きだした
「はぁ……まったく、そこまで言うなら仕方ないか」

一弘はテオドラの懇願を、侮蔑の眼差しを向けながら受け入れた。

逆に、了承を得たテオドラは心から安堵して感謝の言葉を漏らす。

「あ、ありがとうございます！」

だが、そこから一弘はまったく動こうとしない。期待を裏切られたテオドラは、何故——と首を傾げると、はぁ——とため息を吐いて言う。

「その前に、やることがあるだろ？」

一弘にキツい目で睨まれたテオドラは、びくりと縮こまった。

「ダンジョンの崩壊を止めろ」

「すぐに止めます！」

テオドラは怯えながら、さきほど消し去ったダンジョンへ魔力を供給するための体内回路を修復する。するとすぐに、それまで絶え間なく続いていた揺れが、ぴたりと止まった。

「これで……ダンジョンの崩壊は止まりました……だから、あの……」

「よし」

一弘は改めてテオドラに手を伸ばした。その指先が掴むのは、テオドラの胸の中心で静かに自己を主張する蕾だ。ぎちりと少し強めに二つの指で挟み込むと、テオドラは溜まらずに声を漏らした。

「んはぁ……」

性欲を抑えきれずに、テオドラは秘裂から飛び出した肉ビラをくちゅくちゅと擦った。

潤んだ瞳は早く膣に肉棒を突き刺してほしいと一弘に訴える。

一弘はその訴えに応え、ぎんぎんに張り詰めた逸物をテオドラの下腹部に当てた。

ドッと、テオドラの全身に汗が噴き出た。それは、これからこの凶悪な逸物がもう一度自分を貫くという緊張と、与えられる快楽を想像して全身に血が廻る二つからの影響だ。

テオドラの心臓は期待と不安で爆発しそうなほどに鼓動した。

服従を誓ったテオドラは、気が付けば仰向けに寝転がって秘所を晒していた。

一弘はそんなテオドラの腹を跨いで立つと、腰を屈めていきり立つ剛直を彼女の腹へと押しつけた。逸物が、ゆっくりと下腹部をなぞり、テオドラの入り口へと降りていく。

「ンふぅ！」

逸物は陰核を通過し、ぐちょぐちょに濡れた穴へと到達する。

「はっ……はっ……はっ」

一弘は、ちらりとテオドラを見てから、勢いよく最奥へ突き入れる。

「ふぅあっ！　お……あ……」

テオドラはその一突きで、一瞬意識を飛ばした。だが、それもつかのま、さらなる刺激で強制的に意識を覚醒させられる。

パンパンパンと、肉と肉がぶつかり合う。

「んああ！　すご……さっきより……ずっと気持ちいい……！　ふあ、ふぅうん！」

身体に力を入れて快楽に抗っていた状態から、一弘を受け入れたテオドラの反応は、劇的に変化した。

ずんずんと突き上げられる子宮は、テオドラの思考を性行為のことで埋め尽くしていく。

テオドラは一弘の突き上げに合わせるように腰をくねらせ、自ら乳首を弄る。

先端から電流が走り、テオドラは背中を仰け反らせた。自分で弄る乳首は、一弘につまれるよりも得られる快楽は少ないが、気持ちを高めるのには効果的だった。

テオドラは子宮から発せられる欲求を貪った。

従順になったテオドラの子宮を小突きながら、一弘はちらりとシアレとマリアーヌに視線を送る。

ふたりはその視線に気が付くと、お互いの顔を見合わせた。そしてもう一度一弘を見る。

一弘が頷き、大きく腰を突き出すと、テオドラの悲鳴のような嬌声が辺りに木霊した。

第九話　快楽に溺れて

シアレはテオドラが犯されている光景を目の当たりにして、どうしようもなく身体が疼いていることを自覚した。

一緒に横で控えているマリアーヌも、もじもじと股をすり合わせていることから、同じように発情していることも察している。

だが今、一弘はテオドラと身体を重ね合わせるので忙しくしていた。

先ほどテオドラが醜態を晒してから、ダンジョンの揺れが収まっている。

テオドラと一弘の行為が終われば、後はここを脱出するだけだ。

(脱出する前に、この状態をどうにかしたいけど……)

シアレは自然と、子宮が収められている下腹部をさする。

「……？」

このまま、目の前の行為をおかずに自慰でもしてしまおうか本気で悩み始めていたシアレだったが、不意に一弘と目が合い、股下に伸ばしかけていた手を止めた。

意味を計りかねて、意見を求めようとマリアーヌを見る。

すると、マリアーヌも同じことを考えていたのか、ばっちりと視線がかみ合った。

シアレとマリアーヌは、もう一度一弘を見る。

すると、一弘は無言で頷いた。

シアレはそれで意味を理解した。マリアーヌもまた理解する。

シアレとマリアーヌは、同時に一弘とテオドラに近付いていった。

「はぅんっ！　んふぃう！」

テオドラは一弘の逸物を出し入れされて、気持ちよさそうに声を上げている。

「一弘……？」

「あの、どうかしたのですか？」

ふたりは呼ばれた理由を察しながら、それでも問いかける。

「ああ、ちょっと手伝ってほしくて。それに、ふたりともなんだか物欲しそうな顔してるし」

一弘は、ふたりの予想通りの言葉を返した。

その意味はもちろん、テオドラと一弘の性行為にふたりも加わらないか、という誘いだ。

シアレはごくりと生唾を飲み込んだ。もちろん、断るつもりはない。

マリアーヌに到っては、すでに嬉しそうに股間を弄っている。

一弘は手招きでマリアーヌを呼ぶと、彼女の尻をやさしくなで回す。

「あぁっ、カズヒロさん……わたしも気持ち良くしてください」

マリアーヌは一弘に抱きつき、ふかふかの胸を押し当てる。

「慌てるなって。それに、テオドラを放っておくわけにはいかないだろ？」

一弘はマリアーヌの胸に顔を埋めながら、ムチムチとした尻を揉む。

「出来ればマリアーヌも、テオドラの相手をしてくれると助かるんだけど」

「カズヒロさんの頼みは断れませんね……」

マリアーヌは一度一弘から離れると、横になっているテオドラに寄り添った。

「テオドラさん……。さっきとはまるで別人みたいにしおらしくなって……とっても可愛いですね」

マリアーヌはテオドラの胸に顔を埋めると、先端の突起にかぶりついた。

「あむ……テオドラさんの乳首……ぷっくりしていて、弾力があって……美味しいです……」

「んあぁ……！　そんなに吸いついたら……また乳首でイッちゃうぅ！」

「うふふ、でも好きなのでしょう？　さきほどから離れたところで見ていましたけど、カズヒロさんに乳首を弄られてるときのテオドラさんは、とっても気持ちよさそうでしたよ……？」

マリアーヌは容赦なくテオドラの乳首を吸い、乳輪の縁を舌でなぞる。

ざらざらとした舌の感触でテオドラはビクビクと震えた。

挿入された一弘の逸物が、膣肉が収縮するのを感じる。

「よしよし……」

一弘は満足し、しっかりとテオドラの相手をするマリアーヌの股間に指を挿入した。

テオドラとの行為を見ていた影響で、すでに十分濡れている秘所は、一弘の指を簡単に呑み込んだ。

テオドラを悦楽に落としたマリアーヌをねぎらって、ぐちゅぐちゅになった秘裂を弄ってやる。

「あっ――ンンッ！」

ずっと我慢をしていたマリアーヌは、少し刺激を与えられるとすぐに絶頂し、ぼたぼたと透明な液体を漏らす。

「あふぁ……カズヒロさんの手……気持ちよすぎてすぐにイっちゃいました……」

マリアーヌの秘所は絶頂したことで引き締まり、中に突き入れられた一弘の指にきゅうきゅう吸いついた。

「おいおい、簡単に果てた割には吸いつきが良いな」

「こんなに気持ちの良い指、そう簡単に放せないです……。カズヒロさん……もっとおまんこを虐めてください……」

「分かったよ。……シアレは来ないのか？」

指をくわえて見ているシアレに、一弘は声を掛けた。

「出来れば一緒にテオドラを責めてほしいんだけど」

「分かってるわよ……」

逡巡していたシアレも、一歩踏み出す。

「私はどうすればいいの……？」

「一緒だよ。俺がテオドラの穴を責めてるから、マリアーヌと一緒に乳首を吸ってくれれば良い」

そうすれば一弘に熟れた秘所を弄ってもらえる。シアレはその誘惑に抗うことが出来ずに、先ほどまで殺し合いをしていた相手の乳首に唇を当てた。

シアレは小鳥が餌を食べるように、軽くちゅっちゅと乳首を吸う。たまに、細めた舌の先端で、転がすようにつつく。マリアーヌの乳首舐めとは対照的な軽い責めだ。

だが、敏感になったテオドラにはたったそれだけの愛撫でも強烈な刺激となる。

「ひぅ……！　ひぅう！」

テオドラは何度目になるかも分からない絶頂を向かえ、際限なく愛液を撒き散らしている。

「さすがシアレだ。テオドラの弱点を責めるのが上手いな……」

一弘は目の前に迫るシアレとマリアーヌ、二つの秘裂にそれぞれの指を出し入れする。

じゅっぽじゅっぽと、下品な水音が漏れた。

「あんっ……そんなに激しくされたら……テオドラさんのおっぱいが吸えなくなってしまいます」

「は……恥ずかしい音出さないでよ……」

マリアーヌは尻を振って音を楽しんでいるが、シアレは恥ずかしそうに頬を染めた。

テオドラに到ってはとろけた秘部と両の乳首を虐められて、周りの音が聞こえているかどうかも怪しい。

「シアレ、マリアーヌ。ちょっとテオドラを起こしてもらえるか？」

反応がないのは面白くないと、一弘はふたりの割れ目を掻き回しながら言う。

「ん……うん」

「ええ、分かりました」

ふたりは促されるままにテオドラを抱き起こす。

テオドラは度重なる絶頂によって、支えられなければ上体を起こしていられなくなっていた。

「は……う？　うっ!?」

だが、ふたりに支えられて騎乗位の形を取らされる。

その結果として自重で逸物が深々と刺さり、テオドラの子宮が押し上げられた。

強い圧迫感に、テオドラの意識が戻ってきた。

「はっ……な、これ。子宮が……押されて……きゅんきゅん、する……」

「これならきちんと根元まで入るな。どうだテオドラ、俺のペニスが奥まで埋まった感想は？」

「あっ……すご、いです……」

「そうだろ？　もっとこの太いのを感じたいだろ？　せっかくだから自分で動いてみろ」

小刻みに子宮を小突かれて、テオドラはこくこくと頷いた。

「こ……こうですかぁ……」

テオドラはすぐに腰をくねらせ始めた。

ぎこちない動きだが、必死に快楽を得ようとしている姿に一弘は好感を持った。

そんな彼女を激励するために、一弘は強く腰を突き上げていく。

「ンンンン！」

予想外の動きに、テオドラは唇を噛みながら絶頂する。それでも快楽を得たいという本能からか、グラインドする腰の動きだけは止めなかった。

「いいぞテオドラ。もっと快楽に素直になれ」

一弘は褒めながら、どんどんテオドラを突き上げる。

「もっと……素直に……」

テオドラはさらに激しく腰を振った。結合部分から蜜液が飛び散る。彼女が快感を貪る度に、膣肉はとろけていく。

「ふっ……うおっ！」

逸物を包み込む膣肉は、不規則な収縮を繰り返す。

亀頭から竿の部分まで、強弱のある媚肉の愛撫が一弘の股間を襲う。

「はっ……あっふああ！」

必死に腰を振るうテオドラを見て、一弘の剛直はさらに膨張し硬くなった。

密着していた膣肉を強引に押し広げ、テオドラの膣内を征服する。

するとテオドラの身体から、ふっと力が抜けていった。一弘はその瞬間を見逃さずに、膨張した逸物の欲望を解放させるためにピストンの動きを速めていく。そして――。

「く、いくぞ！　テオドラ！　おおおおっ！　でるっ！」

「うっ……あああ！　あっ……ふぅううう……」

テオドラの最奥に、白濁液が撒き散らされる。膣内に収まりきれなかった白濁液は、膣と逸物のわずかな隙間から泡立ちながら零れ出た。

子袋の入り口に精液を流し込まれたテオドラは呼吸を乱し、びくんびくんと痙攣する。

「ふああ……あっ」

絶頂のしすぎで、テオドラは支えるふたりの身体からズレ落ち、大の字に倒れ込んだ。

テオドラの呼吸は乱れ、早い間隔で呼吸を繰り返している。

絶頂で倒れたテオドラを、いつの間にか立ち上がっていたシアレが見下ろした。

たった今まで殺し合いをしていた仇敵は、もはや快楽を貪るだけの動物と化していた。

シアレはそんなテオドラの顔の上に立つと、それまでの憎しみをぶつけるように、どっぷりと彼女の顔に尻を押しつける。

「ほら、しっかり私も気持ちよくさせなさいよ？」

テオドラの顔に、シアレは腰をぐりぐりと押しつける。

テオドラの鼻先が陰核に擦れ、シアレは少しだけ声を上げる。だがテオドラはそれにまったく気が付かず、命令されるがままにシアレの秘裂を舐め始めた。

ぞくり――とシアレの背中になんとも言えない征服感が駆け抜けた。

散歩の後で水を必死で飲む犬のように、テオドラはぴちゃぴちゃ激しく音を出しながら秘所から溢れ出る愛液を舐め取っていく。

シアレはさらに腰に力を入れて、テオドラの顔に尻を押しつけた。

「んんん……ちゅぶぁ……ちゅぱ、うっ……れろ、んあ……！」

「そう……上手よ……。あんたが一生懸命舐めてくれたから、私……イキそうになってる……。だからもっと一生懸命舐めて……。さっきまで恨んでた宿敵を満足させなさい！」

シアレの言葉がきちんと届いていたのか、テオドラは一生懸命突き出していた舌を引っ込めて、今度はちゅうちゅうとシアレの秘所を吸い始めた。

テオドラの愛撫によって垂れ流された愛液を吸われ、シアレは身体を跳ねさせた。

「そう……ふぅん……！　はぁ……最高……あっふあ……！　そう、上手……！　ああ……！うあっ、うう……イク……イクゥ！」

充血した花びらを甘噛みされたシアレは、テオドラの愛撫で絶頂した。全身の力が抜け、テオドラの顔にシアレの尻がさらに食い込んでいく。

そんなシアレの秘裂から、勢いよく潮が噴き出した。

「ん……んん……あっふっ」

それでもテオドラは顔に掛かる透明な液体を意に介さず、シアレの熟れたスジを無心に舐め続けた。

◆　◆

「あらあら……とっても楽しそうね」

絡み合った四人の姿を、フレイルは楽しげに見つめていた。

「さてと、私の仕事はこれで終わりかしらね」

一弘に召喚されたとはいえ、女神であるフレイルはこの世界を管理する側の者だ。いつまでも顕《けん》現《げん》していれば、なにか致命的な異変が起きないとも限らない。

（せっかく呼ばれたのにあまり役に立てた気がしませんね……何か代わりにしてあげられることはないかしら？）

そう思った。そこでフレイルは、シアレとマリアーヌにある加護を授けることにする。

「名残惜しいですけれど……。また縁があったら、お会いしましょうね」

フレイルはいつまでも楽しみ続ける四人に静かに別れを告げると、その場からかき消えるようにして還《かえ》っていった。

エピローグ

ダンジョンに封印されている魔王テオドラが打ち倒されたという噂は、瞬く間にデビルズネイル内に広がった。期間にして一週間ほど。そんな速度で噂が広がったのには理由があった。

もちろん、一弘達が率先して広めたわけではない。

ダンジョン内に充満していたテオドラの魔力が、弱くなったことが原因だ。

一度ダンジョンとの繋がりを解除して、それを再び繋いだときにはもう、以前よりもテオドラの魔力の総量が少なかった。そのため、ダンジョンに満ちる魔力の量も減ってしまったようだ。

突然の出来事に、ギルドが独自の調査を開始した。ほぼ十階層毎に発展している大小の拠点や街を利用して、効率よく各層の調査を進めていく。調査結果に細かい違いはあれど、大きな結論は違わなかった。すなわち、ダンジョンの奥深くに封印されているはずの魔王が消えたのではないか、と。

討伐成功と断定できないのは、それを確かめることが出来る人間がいなかったからだ。だが、各層を覆い、影響を与えていた魔王の魔力は日々確実に消滅していっていた。

それによって人々の暮らしに二つ、大きな影響があった。

一つは、人々は魔王の魔力に影響されることがなくなり、おだやかな日々を送れるようになったことだ。些細なことから起こる喧嘩や衝動的な自殺などがなくなった。

奔放な性への欲求だけは、それまでとあまり変わることはなかったが……。

そしてもう一つは、ダンジョン内のモンスターが弱体化したことだ。

これによって、ダンジョンの各階層が著しく発展した。

どの階層にも一つは街が出来上がり、地上からも多くの人々が訪れるようになった。より多くの交流が生まれ、ダンジョン内は過去に類を見ないほどの好景気に湧いた。

◆　◆

そしてダンジョンに漂っていた魔力がなくなってから、三年ほどが経った。ダンジョンの内部に住む者は年々増え、それに合わせてさらに発展し続けている。

しかし、ダンジョン解放の立役者である一弘達は、そんな喧噪からは離れて暮らしていた。

というのは、一弘が静かに暮らしたいと言い出したのと、なによりもテオドラの存在が大きい。

一弘に忠誠を誓ったとはいえ、強大な力を持った魔王であることは変わらない。そんな彼女がひとたび街へと足を踏み入れれば、問題が起こることは請け合いだ。そんな事情から、一弘達はダンジョンの五十八階層……その下層にあった隠し階層で慎ましい生活を送っていた。

「ふぅ……」

一弘は、最近やっと読めるようになったこの世界の本を閉じて一息つく。

放置され、埃を被っていた書庫は一弘たちが綺麗に掃除して、快適な空間へと変貌している。

落ち着ける空間を手に入れたことで、暇があれば入り浸るようになっていた。

一弘は、水差しからコップに一杯水を移して喉を潤す。

「お邪魔します。お勉強の調子はどうですか、カズヒロさん」

そこに、一番近い街で請け負った負傷者の治療依頼を終えたマリアーヌが顔を出した。

テオドラと戦ってからというもの、シアレとマリアーヌはなぜか、一弘と別行動をしても、体調を崩すことがなくなっていた。おそらく女神であるフレイルが何か細工をしてくれたのだろうと一弘は目星をつけていたが、実際のところは分からない。

「ああ、そこそこ進んでるよ」

「それは良かったです。さっきまで街にいたのですが、帰り際に美味しそうなお酒とお魚が売っていましたので、皆さんの分も買ってきました。すぐに準備できますので、どうでしょうか？」

「おっ、そりゃいいな。ちょっと待っててくれ」

一弘は持ち込んだ荷物をかき集めた。一分後には帰宅の準備を済ませ、ふたりは書庫の外へと出る。

薄暗く荒れていた通路にも、一弘の采配で等間隔に灯りが設置され、丁寧に瓦礫を撤去してかなり歩きやすくなっていた。

書庫から一分ほど歩いた場所に、今の一弘達が住処として利用している隠し部屋があった。

「ちょっと！　テオドラ、またズルしたでしょ!?」

「なんのことよ。あんたさっきから一回も勝ててないからって、変な言いがかりやめてくれない？」

「ズルしてるあんたに、言われたくないわ！」

その部屋に入ると机を挟んで向かい合うシアレとテオドラが、もの凄い形相でにらみ合っていた。

机の上には将棋の駒が並べられている。退屈しのぎにと、一弘が作ったものだ。

将棋を与えられたシアレとテオドラはルールを理解すると、たちまち熱中した。

ふたりはもう何回目になるか分からない勝負を、今日も続けていたらしい。

「またやってるよ……」

一弘はその様子を眺めて肩をすくめた。だが、呆れたのではなく、その光景に安堵してのものだ。

（はじめはどうなるかと思ったけど、ふたりの間で折り合いがついたってことかな）

一弘に忠誠を誓ったテオドラは、それまでの態度を一変させた。一弘やマリアーヌに対しては無邪気な態度を取るようになったのだ。唯一、シアレにだけは——陰湿さが抜けたという差こそあれ——キツい態度で接していたが。

「ふふふ、おふたりはとても仲がいいですね」

そんなふたりの様子を見て、マリアーヌはうらやましそうに目を細めた。

「あ、おかえりなさいカズ。見て、今日もあたしが勝ち越しそうよ！」

「ちょっと、なに勝手に決めてるのよ！　一弘！　今の勝負はテオドラがズルしたの！　なんとか言い聞かせてよ！」

一弘は耳元で騒ぎ始めたふたりの相手を余儀なくされる。そんな一弘達の横を通り過ぎて、マリアーヌは買ってきた酒と魚の準備を始める。

「そういえば、五十九階層に新しい街を発展させるそうです。そのときに魔物の追い立てをやるそうなんですよ。シアレさんどうですか？　報酬も良いみたいですよ」

奥の調理場で忙《せわ》しなく動き始めたマリアーヌが、シアレに街で聞いてきた仕事を話す。

「ふぅん、ちょっと興味あるかも。引きこもるのにもお金は必要よね」

「人手が必要なら俺も出ようかな」

報酬が良いと聞いた一弘は、腕を回してやる気を出す。

「ちょ、ちょっと待ちなさい！　そうしたらあたしはどうなるの!?　ひとりでお留守番してなきゃいけないの!?」

途端に、テオドラが慌て始めた。一弘の袖をぎゅっと引っ張って寂しさをアピールする。

「外に出られないテオドラちゃんは、少しくらい我慢を覚えたほうがいいんじゃない？」

シアレは弱々しく肩を落としたテオドラを煽る。

「うるさいわね！」

涙目で怒鳴るテオドラの頭を、一弘はそっと撫でた。

「まあまあ、そんなにひとりが嫌なら、顔を隠してついてきてもいいんじゃないか？　正直、俺より使える人材なのは確かなんだし」

「……ま、一弘が反対しないなら私はどうでもいいわ」

「あたしはよくないけどね……」

つーんと、シアレはそっぽを向き、テオドラは頭の上に置かれた一弘の手を、嬉しそうに両手で押さえた。

「お魚のお刺身と、お酒が用意できましたよ」

そこにマリアーヌが、料理と酒をウキウキした足取りで持ってきた。

「わぁ、美味しそうね！」

見事な料理を見たシアレは、それまでのやりとりを放り出して、机の上にある将棋盤を素早く片付ける。

「ちょ！　ちょっと何してるのよバカ！」

まだ勝負にケリをつけていなかったテオドラが叫ぶが、シアレはまったく気にしたそぶりを見せずに机の上を布巾で拭いた。綺麗になった机の上に酒と肴が並ぶ。

「丁度良い時間だし、もう少しおつまみを足してご飯にしないか？」

少し寂しい机の上を見て一弘が提案する。マリアーヌは「そうですね……」と頬に手を当てた。

「じゃあ、少し追加で作ってきますね」

「言い出しっぺだし、俺も手伝うよ」

一弘はマリアーヌとともに、保存してある食材を使って、さらに食卓を彩る料理を作っていく。

肉と芋を炒めて和えたものに、新鮮な葉野菜を数種類使ったサラダなどなど……。

作られた料理は机の上を華麗に彩った。

四人は豪華な食卓を囲む。軽い乾杯を済ませて、四人はそれぞれのペースで料理を摘まみながら酒を飲みはじめた。一弘もおつまみを味わい、美味い酒を飲む。

シアレとテオドラは、お互いに取ろうとした料理を取り合ってまたも騒いでいる。マリアーヌはマイペースにお酒を口に運び、少しずつ頬を朱に染めていった。

そんな騒がしく楽しい食事の最中、一弘は満足そうに息をついた。

こんな平和な時間がいつまでも続くように願ったのだ。

その一瞬の間は、シアレ、マリアーヌ、テオドラの誰にも気が付かれることはなかった。

「美味しいもの食べてるときに喧嘩するなって！　ほらふたりとも、俺が作ったサラダでも食べて落ち着けよ」

一弘はまた喧嘩を始めそうになるシアレとテオドラの仲裁に入り、笑い声を上げたのだった。

アフターストーリー

最強魔王のスローライフ

「……むぅ」

誰もいない食堂で、テオドラは腕を組んで目をつぶっていた。

一弘の元で暮らすようになってから数ヶ月、テオドラはかつてないほどの窮地に陥っていた。

基本的に外に出ることができないテオドラは、遊び相手であるシアレがいなくなり、することがなくなってしまったのだ。

ただでさえやることがない彼女の日常において唯一の――たとえそれがいけ好かないやつであっても――話し相手がいなくなって暇《ひま》を持て余していた。

「おっ、珍しいな。今日はテオドラだけか」

そこに一弘が、本を片手に食堂へと入ってきた。

「ひとりで何してるんだ?」

一弘は椅子に座っているテオドラを見て、声を掛ける。

「見れば分かるでしょう?」

そう言いながら、テオドラは不満げに顔をあげた。

その様子を一弘は一瞥し、首をひねった。

状況を理解しない一弘に、テオドラは頬を膨らませて、両手足を投げ出してばたつかせた。

「暇なのよ!」

ただ通り過ぎようとする一弘を睨みつけて、テオドラはトントンと机を叩く。その剣幕に押されて、一弘はテオドラの対面に座った。

「はぁ……」

これ見よがしにため息を吐くと、テオドラは片目を閉じて一弘を見る。あからさまに構ってほしそうに見ているのを感じ取り、一弘は「うっ」と息をのんだ。

テオドラが、外に連れ出してほしそうにしているのを察して、どうするべきか考えあぐねているのだ。

ふたりの間に沈黙が訪れ、ゆっくりと時間が流れていく。その間、一弘の頬にはプレッシャーによる汗が垂れる。

テオドラは視線の効果を実感し、一弘を見つめ続けた。

「ねえカズ。あたし暇なのよ」

「えっと、じゃあ……テーブルゲームでもするか……？」

二度目となる言葉に、一弘はテーブルゲームを取ってこようとする。だが——。

「うーん……それもいいんだけど、あたし、外に出たいわ。特に町に行ってみたいのよね」

（やっぱりか……）

どこへも出られないテオドラが、そう言い出すだろうというのは時間の問題だった。

一弘は唸った。

要求に応えて外に連れて行くことは簡単だ。だが、そこで万が一にも、テオドラが魔物を統べる魔王であることに気が付く手練れとすれ違ったら……。

負けることはないかもしれないが、戦闘は避けられない。そうなれば普段テオドラと一緒にいる一弘も街への出入りがしづらくなってしまう。

だが、テオドラにストレスを与え続けるのも一弘の望むところではない。どうにか折衷案《せっちゅうあん》が思い浮かばないか首を捻り続けた一弘は——。

「あっ、そうだ」

妙案を思い付いたのだった。

◆　◆

一時間後、一弘とテオドラは五十九階層の一角へとやってきていた。

そこには、二年ほど前に六十階層に都市を作るために即席で利用された町のなれの果てがあった。

「ふっふ〜ん」

廃墟が連なるその町を、テオドラは一弘を引っ張って楽しそうに闊歩する。よほど外に出られたのが嬉しいのか、テオドラの歩くペースは徐々に上がり、気が付けば走り回っていた。

ハイペースな彼女に手を掴まれた一弘は、振り回されながらついていくのがやっとだった。

しばらくテオドラは自分の気の赴くまま、ひと気のない町の中を走り回る。

「ふー……」

ひとしきり満足するまで走り回ったテオドラは、服が汚れるのも厭わずに、近くにあったボロボロの長椅子に座った。

「満足したか？」

「すこしだけ物足りないけど、発散は出来たわね」

「それなら良かったよ。俺がいた意味は薄そうだけどな」

「そんなことないわよ。こんな寂れた場所をひとりで歩き回ってもつまらないでしょ」

それもそうか、と一弘は腕を組んで納得した。

「ほら、カズも座って」

促されるままテオドラの真横に座り込もうと、一弘が腰を屈めたときだ。

ズン——と大きな揺れが起きた。

一弘は咄嗟に揺れの元凶を探して視線を彷徨わせる。

「カズ、あそこよ」

テオドラがそっとその原因となった対象へ指を向ける。そこには一弘とテオドラの身長の軽く二倍はある人型の魔物がいた。

廃れた家を掻き分けるようにして姿を現した魔物は、羊のような角と大きな牙を持っている。

背中や足に数本の矢が刺さっているのが見える。

「討伐隊の攻撃から逃げてきたのか……」

負傷した魔物が、しきりに辺りを気にしているのが、その証拠だ。

「まずいな……どこか隠れる場所は——」

すぐに身を隠そうと、一弘はテオドラの手を取って、その場から離れようとした——が、隠れるより前に、魔物の真っ黒に塗りつぶされた瞳がしっかりとふたりを捉える。

途端に魔物の鼻息は荒くなった。ぐっと身を屈め、突進の予備動作をおこなう。

「あたしに掴まって！」

テオドラは叫ぶと同時に一弘を引き寄せた。そして、しっかりと抱きしめるとその場から飛び退いた。

魔物は腕をふるって、範囲外へと逃れようとするふたりに再突進する。迫る五指を冷静に目で追っていたテオドラは、直撃の寸前、飛び上がって魔物の手の甲を蹴って直撃を避けた。

攻撃を払われた魔物は勢い余って倒れ込む。

着地したテオドラは襲ってきた魔物を見て、表情を曇らせた。

「テオドラ、逃げられそうか？」

自身が作り出したダンジョンで生まれた魔物を傷つけたくないと彼女が思っていることを、一弘は知っていた。だからこそ、臨戦態勢の魔物を倒そうと言わなかったのだ。普段シアレ達の仕事には何も言わないが、そんな心中を一弘はいつも気にしている。

テオドラが頬に汗を浮かべながら振り返った。眉が八の字に下がり、どうにかして穏便に逃げ切りたいが、出来そうにないと言っているようだった。

「そうしたいけど……あの足の速さ、カズを庇いながらだと多分逃げ切れないわね」

そう言うテオドラの顔には、明らかな焦りが浮かんでいる。魔物を傷つけたくないという想いと一弘を守らなければという気持ちがせめぎ合っていた。

足を止めている間にも、体勢を整えた魔物がふたりに、負傷による怒りで血走った目を向ける。

「今は逃げよう」

一弘は動けなくなっているテオドラの手を取って走り出そうとするが、彼女はその手を払った。

「お、おい」

まさか拒まれるとは思っていなかった一弘は、焦りながらテオドラを見る。

「あいつを倒すわ」

一弘との勝負に敗れて主従関係となったテオドラが最終的に下した決断は、一弘を守るというものだった。

一弘を危険に晒せば、目の前の魔物を説得することは出来るかもしれない。だが、失敗して一弘を傷つけてしまったときのことを考えたときに、胸中で言いようのない胸騒ぎに襲われた。その感情を放っておくことが、テオドラには出来なかった。

なにより、シアレに一弘を危険な目に遭わせたと知られたら、どんな罵倒が飛んでくるか分からない。

テオドラは軽く深呼吸して息を整えると、目前に迫った魔物に憂いの視線を向ける。

そして——向かってきた魔物の攻撃に合わせて、手の平に魔力を溜め、いっきに放出した。

爆音とともに魔物は吹き飛ばされ、地面に転がった。

しばらくの間、動かなくなった魔物を見つめていたテオドラの視線は憂いを帯びていた。

不意に、テオドラは魔物に興味を失ったかのように、踵を返して一弘の元へと戻る。

「カズ……」

その一言に、一弘は妙な気迫を感じ取った。じりじりと後ろへと下がり、壁まで追い込まれた一弘は、背中を壁に打ちつける。

「テ……テオドラ、なんか、目が怖いんだけどさ……？」

「ねえ、カズ……あたし今、あいつからカズを守ったわよね？」

テオドラは乱雑に身に纏っている服をはだけさせ、さっと下着を脱ぎ捨てた。

その言葉には、直前の出来事を払拭したいという想いが滲んでいる。

「あっ、ああ……」

それを悟った一弘は思わず頷いてしまう。

「なら……少しくらいご褒美があっても良いわよね……？」

勢いよく飛び出したテオドラの胸がぶるりと飛び出した。魔物との戦いによって上がった体温を冷ますために、テオドラの身体には汗が浮かんでいる。その汗はテオドラの身体を艶めかしく照らしていた。

一弘の視線は自然とその胸へと吸い込まれる。

食い入るように豊かな胸を見続ける一弘の頭を、テオドラは愛おしそうに引き寄せてなでる。

そしてテオドラは、そのまま唇を奪ってきた。

一弘が驚きで身を竦ませ、その隙を突いたテオドラは股間に手を伸ばし、まだ柔らかい逸物を取り出してしまう。

一弘はその行動を止めるために慌てて、テオドラの手に自身の手を重ねた。

テオドラはくすりと笑い、露出した逸物に優しく刺激を与えていく。親指で亀頭をこねくりながら、もう片方の手で竿を擦る。すると一弘の逸物はすぐに反応を示し、ぐんぐん大きくなっていく。

一分もしないうちに猛った逸物に、テオドラはさらに刺激を与える。

竿を擦るスピードは上がり、亀頭を手の平で包み込むようにしながら手首を回す。

ダイレクトに伝わる快感に一弘の身体に力がこもる。キスもますます情熱的になった。

「ちゅぷっ……はっ、十分に勃ったわね……」

テオドラが一弘の逸物から手を離すと、手の平にはねっとりとした液体が糸状に伸びていた。

逸物は過度の快感と拘束から解放されて、びくびくと細かく痙攣している。

テオドラはぺろりと手の平についた粘液を舐めると、立ったまま一弘に身体を押しつける。

そして、逸物に自身の秘裂を宛がい、上下に腰を動かした。

一弘の逸物とは正反対に、極限まで柔らかくなった媚肉はその隙間に硬い肉を半分ほど埋めさせる。

「はぁ……カズの、すっごく硬い……」

熱い吐息が一弘の鼻先をくすぐり、腰をびくびくと跳ねさせる。それにより逸物が徐々に膣の中へと埋まっていき、一弘は強い快感に襲われる。

テオドラ自身も、挿入される陰茎を堪能していた。

そして膣の中に剛直が収まる。

一弘はテオドラの肉壺の中をじっくりと肉棒で感じる。熱々の肉は一弘をしっかりと締め付けていた。

「はっ……膣内《なか》、カズので一杯で、きつきつ……」

「動かしても大丈夫か……？」

「だい……じょうぶよ」

一弘は徐々に腰を動かしはじめた。浅い部分を重点的に擦るような腰の動きは、テオドラの下半身をじんわりと甘く温めていく。

「ふぅ……あっ、入り口で、ゆっくり動かされるの……好きぃ……」

テオドラは臍の下辺りから広がる熱に身を任せる。一弘の首に手を回し、その動きに合わせて腰をくねらせる。初めてのときのように取り乱した様子はない。一弘に染め上げられてからしばらく。

何度したか数えることも出来ないほどの性行為を繰り返した結果、テオドラはそれ相応の耐性を手に入れていた。

「あっ……でも、奥はもっと好き……」

嫌がるどころか自ら腰を押しつけて、逸物を埋め込んでいく。

膣から滲んだ分泌液によって、許容以上の太さの逸物を強引に押し込むと——一弘の剛直はテオドラの子宮をぐっと押し上げた。

「うぅん……！　あっ……はぁ……これぇ……」

テオドラは子宮へ与えられる刺激を欲して、細かく腰を引いては、一弘へと押しつけた。

腹に重い衝撃を感じて、テオドラは甘い吐息を漏らす。抗いがたい刺激をどこまでも追い求めて、テオドラの腰はいやらしく上下する。

動くたびに身体の深い部分が押し広げられ、テオドラは秘裂から悦楽の液体を吹き出した。

その液体は一弘のシャツや、下半身を濡らしていく。愛液で服がぺったりと肌にくっつくのもかまわず、一弘はテオドラに潮を吹かせていく
肉と肉が、激しくぶつかり合った。

「ふぅ……ふぅ……！　あっ、いい……んなぁ……！　ふぁ……！　かずぅ……」

激しいピストンによって、テオドラの全身の筋肉は緊張で強張っていく。

何度も内側を押し広げられ敏感に充血させられた膣壁は、実際に与えられている快楽をより増幅してテオドラの脳へと伝達する。

脳に伝わる快感は、テオドラの身体を貪欲にさせ、

さらなる快楽を求めて子宮が疼く。

下腹部からの抗いがたい欲求によって、テオドラは自身がさらに気持ちよくなれる場所を探る。

今までにしたことがないような動きで、自身の内側にある剛直を自ら膣壁にこすりつける。

男を悦ばせるために形成された膣内のヒダやくびれを、様々な角度から肉棒に当てる。

テオドラは何カ所か、今まで知らなかった強く感じる場所を探し当てると、そのポイントをローテーションするように肉棒を誘導する。

ぱたぱたと多量の愛液が床に滴り、ふたりの足下に水たまりを作っていた。

テオドラの秘裂から分泌される液体に、徐々に、白濁した粘度の高いものが混ざりはじめる。

一弘はピストンを続けながら指でその粘液を掬い、テオドラの陰核をめちゃくちゃに擦り上げた。

「ンンッ！　つよ……！　あっ、あっ……！」

陰核を刺激されたテオドラは電流を流されたように痙攣した。

全身を駆け巡る刺激を受けて、テオドラは通路中に響く嬌声を上げて、絶頂した。

絶頂に到ったテオドラの膣肉は、引き攣るように痙攣して一弘から精子を絞り出そうとする。

そのキツい締めつけに、一弘も限界を悟る。

一弘はテオドラの首元に顔を埋めると、膣内に欲望の固まりを吐き出した。

◆　◆

「大丈夫……？」

身体の火照りを冷ましたテオドラは、精を吐き出して疲れ切った一弘を気遣う。

「もう少ししたら、歩き出せそうかな」

「そう。ならもう少しだけ待ってるわ」

テオドラは息を整えている一弘の横に座り直す。

「休み終わったら、改めて町を一緒に歩いてよね」

気怠げにため息を漏らしたテオドラだったが、その表情はどこか楽しげだった。

あとがき

どうも、犬野アーサーです。いつもはノクターンノベルズ様で連載しておりますが、今回は完全書き下ろしです。『最強を統べる最弱者　～転生したら召喚魔法で女勇者と奴隷契約できました～』をお手に取っていただき、本当にありがとうございます。

この作品はなんと、執筆にほぼ一年がかかってしまいました。筆が遅くてすみません。

こうして一年間小説を書かせていただけたのも、前作『転生オーク』があったからだと思います。前作から応援してくれた方には、感謝いたします！

思い返せば大変なことばかりでした。特に年々暑くなる夏には困りものです。冷房のない部屋にずっと籠もっていると、身体中に熱が溜まって目を開けていられない程の汗が滴ってきまして、お話を書いている場合ではなくなってしまうことが何度もありました。そうなった場合は大抵お風呂でシャワーを浴びて汗を流してリセットすることで、なんとか凌いでいました。

逆に冬はとても快適な季節だな、と個人的に思っていまして。

というのも、寒いのはお鍋やシチューを作って何とか対処できます。こういうとき、自分は料理が出来てとても良かったと思うので、皆さんも一つか二つ、料理を覚えてみてはいかがでしょうか。暖を取れるお鍋とシチューはとてもオススメです。どちらとも、具材を切って適当に煮るだけで出来ますので！

さて、私のつまらない話はここまでにさせていただき、お世話になった方々にお礼の言葉を贈らせていただきます。

今回も大変お世話になりました担当様。

不出来な私を優しく導いてくださる担当様に、私は数々の貴重な経験をさせていただきまして、感謝の言葉がいくつあっても足りません。どうぞ、これからもよろしくお願いします。

続きまして、美しい線で描かれた素敵なイラストで本作のキャラクターを描いてくださいました、アジシオ様。

アジシオ様が描くシアレ達はとても生き生きとしており、今作の物語は一旦終わっていますが、四人のその後が何度も浮かんできました。

素晴らしい才能で拙作を彩ってくださり、本当にありがとうございます。

そして最後に本作を読んでくださった全ての読者様へ、最大限の感謝を送らせていただきます。

特に、前作から応援してくださっている皆様の応援がなければ、こうして本になることがなかったと考えると、どう感謝を表現すればいいのか分かりません。今出来る限界の表現として、心より土下座申し上げます。

勿論、書籍から本作を知っていただきました方にも、同様の感謝を送らせていただきます。

これからも読者の方々に満足いただけるような作品を投稿していこうと思っておりますので、どうぞよろしくお願いいたします。

それでは皆さん。また、機会がありましたらお会いしましょう。犬野アーサーでした。

二〇一七年一二月　犬野アーサー

キングノベルス
最強《さいきょう》を統《す》べる最弱者《さいじゃくしゃ》
～転生《てんせい》したら召喚魔法《しょうかんまほう》で女勇者《おんなゆうしゃ》と奴隷契約《どれいけいやく》できました～

2018年 1月 31日　初版第１刷 発行

■著　　者　　犬野アーサー
■イラスト　　アジシオ

発行人：久保田裕
発行元：株式会社パラダイム
〒166-0011
東京都杉並区梅里2-40-19
ワールドビル202
TEL 03-5306-6921

印 刷 所：中央精版印刷株式会社

KN047

奴隷から始まる
成り上がり
英雄伝説
～女剣士とメイドとエルフで
最強ハーレム！～
大石ねがい
negai ooishi
イラスト もねてぃ
美女と宝を掘り起こせ！
職業チートで迷宮探索！
『異世界で魅了チートを使って奴隷ハーレムをつくってみた』の
人気作家・書き下ろし最新作！
異世界への転生者となったマルクは、《魔術師》の能力を持っている。この世界ではスキルとして「職業」を持つことが特別であり、マルクはその力で遺跡の探索者となることを夢見ていた。同じく《剣士》の能力を持つ幼なじみのユリアンとともに、一攫千金を求めた冒険へと旅立つが!?